KB265841

전능의 팔찌

THE OMNIPOTENT BRACELET

김현석 현대 판타지 소설
FUSION FANTASTIC STORY

전능의 팔찌 5

김현석 현대 판타지 소설

초판 1쇄 찍은 날 § 2011년 11월 17일
초판 1쇄 펴낸 날 § 2011년 11월 24일

지은이 § 김현석
펴낸이 § 서경석

편집부장 § 권태완
편집책임 § 박우진

펴낸곳 § 도서출판 청어람
등록번호 § 제1081-1-89호
등록일자 § 1999. 5. 31
어람번호 § 제1-1292호

주소 § 경기도 부천시 원미구 심곡2동 163-2 서경B/D 3F (우) 420—822
전화 § 032-656-4452   팩스 § 032-656-4453
http://www.chungeoram.com
E-mail § chungeoram@chungeoram.com

ⓒ 김현석, 2011

ISBN 978-89-251-2683-8 04810
ISBN 978-89-251-2596-1 (세트)

전능의 팔찌

THE OMNIPOTENT BRACELET

5

FUSION FANTASTIC STORY

김현석 현대 판타지 소설

CONTENTS

Chapter 01   야스쿠니 신사에서   7

Chapter 02   이런 겁없는 놈 같으니!   29

Chapter 03   잘생긴 오빠!   53

Chapter 04   한류스타 납치사건   77

Chapter 05   크리스탈과 생파   101

Chapter 06   많이 좋아해요. 그래도 되죠?   125

Chapter 07   풍운의 유카리안 영지   149

Chapter 08   카이로시아는 여기 없는데?   173

Chapter 09   니들이 최루탄 맛을 알아?   197

Chapter 10   님도 보고 뽕도 따는 계획   221

Chapter 11   회복 포션의 효능   245

Chapter 12   본격적인 행보   269

Chapter 13   난, 당한 건 잊지 않아!   293

CHAPTER 01
야스쿠니 신사에서

“내가 그랬지? 니들은 이런 걸 가질 자격이 없다고……."

나직이 중얼거린 현수는 나머지 금화를 찾아 이곳저곳을 기웃거렸다.

히데요시가 감춰두었다는 금화를 모두 거둬들인 것은 갱도로 들어간 지 만 이틀 정도 시간이 흐른 뒤였다.

현대 기술보다도 더 뛰어난 마법이 있으면서도 이토록 오랜 시간이 걸린 이유는 금화와 금괴를 보관한 장소가 봉인된 상태였기 때문이다.

아무튼 중간에 잠깐 휴식을 취한 시간을 빼고 나면 약 42시간 동안이나 이 갱도 저 갱도를 떠돌았다.

그 결과 엄청난 양의 금괴와 금화를 거둬들이긴 했다.

아공간에 담으면서도 질리도록 많은 양이라는 생각이 들 정도로 어마어마한 양이었다.

"흐음, 이제 스물한 군데 다 찾았으니 슬슬 나가볼까?"

처음 들어섰던 갱도로 되돌아 온 현수는 밖에서 들리는 소리에 이맛살을 찌푸렸다. 이틀 동안 계속된 이상 현상을 파악하기 위해 제법 많은 사람들이 우글거렸던 것이다.

"제기랄, 이제 마나도 얼마 남지 않았는데……."

퍼펙트 트랜스페어런시와 플라이 마법을 구현시킬 마나의 양을 가늠하던 현수는 또 한 번 이맛살을 좁혔다.

모든 이목을 속이려면 상당히 먼 곳까지 마법이 유지되어야 하는데 그 정도는 안 될 것 같았기 때문이다.

"제기랄……! 하여간 쪽발이들은 도움이 안 돼."

나직이 중얼거린 현수는 마지막으로 지나쳤던 갱도 쪽으로 발걸음을 되돌렸다.

스며든 빗물로 인하여 작은 호수가 만들어진 곳이다. 당연히 엄청나게 깊다. 호수의 건너 쪽엔 또 다른 갱도가 있다.

안으로 들어오려는 인원이 얼마나 되는지 모르지만 이곳까지 올 수는 없을 것이다. 수영으로 건너기엔 거리가 있고, 수온도 매우 차갑기 때문이다.

"마나여, 내 몸을 띄워다오. 플라이!"

사람들이 들어오는 소리가 들리자 얼른 호수 건너 쪽으로 날아갔다. 안쪽으로 조금 들어가면 널찍한 곳이 나온다. 그곳에 결계를 치고 들어가 마나를 모을 생각을 한 것이다.

"앱솔루트 배리어. 타임 딜레이!"

전능의 팔찌에 마나를 불어넣자 원하던 결계가 쳐진다.

안으로 들어간 현수는 아공간에서 침대를 꺼내 일단 잠을 자두었다. 신체가 재구성된 후, 다시 말해 탈태환골한 후론 피로를 적게 느끼는 체질이 되었다. 그렇다 하여 한잠도 자지 않아도 되는 몸이 된 것은 아니기 때문이다.

몇 시간 숙면을 취하고 일어난 현수는 식사를 했다. 메뉴는 샌드위치와 우유이다.

귀를 기울여 보니 시끄럽게 떠들며 들어온 쪽발이들이 얼마 전진도 못한 채 멈춰 있다. 워낙 갱목들이 오래된 것인지라 들어가기 겁이 나서 못 가는 것이다.

확인해 보니 이쪽으론 아예 올 생각이 없다. 하여 마나 집적진 위에 올라 마나심법을 시전했다.

외부 시간으로 여덟 시간, 결세 내부 시간으로 띠지면 60일이 지났을 즈음 원하던 만큼의 마나를 모을 수 있었다.

인공이 가미된 곳이긴 하나 외부에 비해 오염이 덜 되어 그런지 마나 밀도가 상당히 높았던 때문이다. 점검해 보니 단전과 심장 모두 마나가 빵빵하게 채워진 상태였다.

"흐음, 이제 슬슬 나가볼까?"

결계를 해제한 현수는 투명 은신 마법과 플라이 마법을 써서 밖으로 나왔다. 나오면서 보니 쪽발이들이 각종 첨단 기기들을 총동원하여 갱도 내부를 샅샅이 탐색하고 있었다.

'요즘 일본 경제가 어렵다고 했지? 좋아, 돈 한번 써봐라.'

현수는 악동의 개구진 웃음을 지었다. 그리곤 조사단이 있는 인근으로 다가갔다.

"콜랩스(Collapse)! 콜랩스! 콜랩스! 콜랩스!"

현수는 자신이 있던 곳을 기준하여 여덟 방위를 향해 붕괴 마법을 구현시켰다. 그러자 멀리로부터 둔중한 굉음이 터져나오기 시작한다.

우릉……! 우르르룽! 우르르르룽! 쿠쿵! 쿠쿠쿠쿵!

첨단 기기를 들여다보며 조금씩 전진하던 놈들이 화들짝 놀라며 호들갑을 떤다.

"아앗! 지, 지진이다. 어서 피해라!"

"지진이 일어났다. 여긴 지반이 약한 곳이니 모두 피해!"

놀란 메뚜기들이 산지사방으로 도주하듯 쪽발이들이 우르르 도망가고 약 2~3분쯤 지났을 때이다.

우르르룽! 우르르르룽! 콰아아앙―!

탐사반들이 있던 인근 지반이 밑으로 푹 꺼져 버리면서 굉음이 터져 나왔다. 그리곤 자욱한 먼지가 솟아오른다.

"짜식들……! 이제부터 고생 좀 해봐라."

물러섰던 사람들이 현장으로 다시금 모여들 즈음 현수는 그곳을 떠났다. 더 할 일이 없기 때문이다.

이제 일본 정부가 이곳에서 할 일은 금괴를 찾기 위한 갱도 탐사가 아니라 생존자 구출이다.

현수는 마법을 시전할 때 붕괴 반경을 조절했다. 하여 탐사하러 들어왔던 놈들은 모두 안전하다.

　이들의 목숨을 거두지 않은 이유는 일본 정부가 많은 돈을 쓰게 하려는 것이다. 그리고 다시는 이곳에서 히데요시의 황금을 찾을 생각을 하지 못하게 하기 위함이다.

　이처럼 갱도가 쉽게 무너진다면 어느 누구도 발을 들여놓으려 하지 않을 것이기 때문이다.

　어쨌거나 상당히 먼 곳까지 이동한 현수는 마법을 해제했다. 그리곤 택시를 타고 터미널까지 갔다.

　"돈 들여서 여기까지 왔는데 그냥 갈 수는 없지."

　다음 목적지는 동경이다.

　고속버스를 타고 이동하는 동안 향후 행보를 고심했다. 그 결과 야스쿠니 신사와 황거(皇居)를 붕괴시킬 생각을 했다.

　그래야 속이 시원할 것 같아서이다.

　현수가 동경에 당도한 것은 깊은 밤이다. 터미널로부터 택시를 타고 먼저 이동한 곳은 야스쿠니 신사이다.

　입구에 도착해 확인해 보니 면적이 약 9만 9,000㎡에 달한다. 한국식으로 계산해 보면 약 3만 평이다.

　이곳엔 약 246만 명의 전몰자 위패가 안치되어 있다.

　또한 대형 함포 등 각종 병기, 전함 야마토의 특대형 포탄 등이 전시되어 있다.

　뿐만이 아니다. 군마와 군견의 위령탑, 제로센 전투기 등 제2차 세계대전 당시의 전쟁 유물과 전범의 동상들이 헤아릴 수 없을 만큼 많이 전시되어 있다.

　신사의 상징인 흰 비둘기는 평화를 의미한다,

그런데 전시되어 있는 것들은 이와 반대로 온통 전쟁과 전투의 의미를 부각시키고 있는 것들이다.

"이게 뭐야? 신사야, 아님 전쟁 박물관이야? 하여간 쪽발이들은……. 어쨌거나 이곳은 오늘로 끝이다. 플라이!"

야스쿠니 신사 전체가 한눈에 보일 정도까지 올라간 현수는 눈대중으로 마법의 범위를 설정했다.

그리곤 더 이상 생각할 것도 없다는 듯 마법을 구현시켰다.

"마나여, 온 땅을 헤집어라. 어스퀘이크(Earthquake)!"

우르룽! 우르르르룽! 우르룽! 우르르룽—!

땅속으로부터 진동이 전해져 옴을 느꼈는지 신사 내부에 있던 놈들이 일제히 밖으로 튀어나온다. 지진의 나라 일본에서도 좀처럼 경험하기 힘든 강도라 느꼈기 때문일 것이다.

현수의 몸에서 상당히 많은 양의 마나가 뿜어져 나가는 동안 신사 내부의 기물들이 떨어지고, 엎어졌으며, 쓰러졌다.

그러던 어느 순간, 강력한 진동이 사방으로 퍼져 나갔다.

지금껏 응축되었던 마나가 폭발적으로 뻗어 나가면서 만든 파격적인 위력을 뿜어낼 지진이다.

지진파는 크게 네 가지로 분류된다.

P파는 종파이며 빠르다. 그리고 고체, 액체, 기체를 모두 통과한다.

반면 S파는 횡파이며 느리다. 그리고 고체만 통과한다.

이 둘이 있기에 지구 내부 구조를 알 수 있는 것이다.

L파(Love Wave, 러브파)는 표면파이다.

진행 방향에 수평으로 표면을 따라 진동하기 때문에 파괴력이 크다. 속도는 느리며, 매질의 밀도 변화를 수반하지 않는다.

R파(Rayleigh Wave, 레일리파) 역시 표면파로 지진 중 가장 강력한 파괴력을 자랑한다. 전파 속도는 L파와 비슷하다.

하지만 진행 방향에 대하여 역회전 원운동을 하기 때문에 매질의 밀도 변화를 수반한다.

그래서 현대식 고층 건물에 치명적인 손상을 가한다.

현수가 시전한 어스퀘이크는 L파에 해당된다.

아르센 대륙의 7써클 마법사가 있어 어스퀘이크를 시전하면 이보다 훨씬 덜한 위력을 보일 뿐이다.

멀린의 독창적인 마나 배열식 때문이다.

현수가 나중에 9써클 대마법사가 되면 가장 강력한 파괴력을 지닌 R파와 같은 위력을 낼 수 있게 될 것이다.

우르르르! 콰아앙! 콰아아아앙! 콰아앙! 콰아아앙!

이 소리는 신사 내부에 있던 모든 건축물이 일시에 무너지는 소리이다.

가미카제 특공대원의 동상이 앞으로 엎어지면서 세 동강이 났다. 일본 육군의 아버지라 불리는 오무라 에키지의 동상은 뒤로 자빠졌다. 그 결과 목이 부러져 데굴데굴 굴러갔다.

몸체는 네 동강으로 부서진 상태이다. 나머지 동상들도 거의 모두 엎어지거나 자빠져 산산조각 났다.

놀라서 밖으로 대피했던 사람들은 난리법석이다. 소중히 여기던 것들 거의 전부가 파괴되고 있기 때문이다.

하나 현수의 입가엔 냉정함이 배어 있다.

임진왜란과 한일합방 과정에서 왜놈들이 저지른 일들을 결코 용서할 수 없고, 지극히 혐오하기 때문이다.

"흐음, 이 정도로는 안 되지. 복구하면 그만이니까. 그럼 이제부터 모두 불살라 볼까? 파이어 스톰(Fire Storm)!"

화염의 폭풍은 6써클 화계 마법이다. 하나 위력은 8써클 블레이즈 템페스트(Blaze Tempest)에 버금간다.

물론, 멀린의 독창 마법이기 때문이다.

어쨌거나 이글이글거리는 화염이 폭풍처럼 쏟아져 들어간 곳은 야스쿠니 신사 본관이다. 목조인지라 쉽게 불이 붙는다. 그리곤 글자 그대로 활활 타올랐다.

휘발유라도 뿌린 듯 시뻘건 화염이 넘실거려 사방이 환해졌다. 당연히 안에 있던 전몰자의 위패들 역시 한줌 재가 되고 있을 것이다.

건물 밖에서는 발을 동동 구르는 놈들이 보인다. 현수는 피식 비웃어주었다.

"짜식들아! 그러니 평소에 이웃에게 잘 하지. 좀 겸손하게 살고……. 니들은 그걸 전혀 못하는 개 같은 놈들이잖아."

현수는 곳곳을 돌아다니며 파이어 스톰을 시전했다. 거의 모두 목조 건물인지라 어마어마한 화염을 뿜어낸다.

그 결과 야스쿠니 신사 전체가 대낮처럼 밝아졌다.

"후후후, 통쾌하군……! 총리 새끼들이 여기 와서 참배하는 꼴 보기 싫었는데. 특히 고이즈미라는 개새끼가 여기 왔었다는 뉴스를 볼 때마다 기분이 나빴어. 크크, 이젠 어디서 참배하지? 그나저나 소식 한번 빨리도 전하네.”

멀리서 다가오는 소방차와 구급차들의 요란한 사이렌 소리가 들렸던 것이다.

웨에에에엥! 삐뽀삐뽀! 웨에에에엥! 삐뽀삐뽀!

“저것들도 확……! 에이, 아니다. 어라, 이건……!”

밖으로 나오려던 현수가 멈칫했다. 정문이 아직 붕괴되지 않은 까닭이다.

“너라고 멀쩡하면 안 되지. 여기 있는 건 다 무너져야 하니까. 안 그래? 파이어 스톰!”

화르르륵! 쑤아아앙!

시뻘건 화염이 야스쿠니 신사의 정문으로 향했다. 잠시 후, 또 하나의 불꽃이 사방을 밝혔나.

“으음, 조금 피곤하군. 마나 소모가 너무 많았나 보다.”

문득 피곤함을 느낀 현수는 그 자리에 서서 체내 마나량을 확인했다. 예상대로 거의 모두 소진된 상태이다.

신사로부터 멀리 떨어진 곳까지 이동하는 동안에도 투명 은신 마법은 해제하지 않았다.

일말의 증거도 남기지 않기 위함이다. 그리고 오늘의 붕괴와 화재는 신이 내린 징벌이 되어야 하기 때문이다.

주택가에 당도한 현수는 골목을 따라 정처없이 걸었다. 결계를 칠 만한 장소를 찾기 위함이다.

그렇게 한참을 걷던 중 저택 한 채를 볼 수 있었다.

"뭔 집이 이렇게 커?"

나직이 중얼거리며 저택의 담을 따라 걸었다. 수목이 우거져 있는 집이다. 경비견이 몇 마리 있는 것 같고, 경비원도 있다.

"재벌 회장집인가? 아무튼 여기가 괜찮겠군."

마나의 양을 확인한 현수는 플라이 마법으로 솟아올랐다. 그리곤 저택의 지붕 가운데 움푹한 부분을 골라 그곳에 내렸다.

외부에선 결코 보이지 않을 곳이다.

"앱솔루트 배리어. 타임 딜레이!"

결계 안으로 들어간 현수는 마나 집적진 위에 가부좌를 틀고 앉아 마나심법 삼매경에 빠졌다.

결계 안 시간으로 180일, 외부 시간으론 24시간이 지났을 즈음 현수의 눈이 뜨였다.

"휴우~! 소모된 마나가 엄청났었어. 일단 마나를 채우긴 했는데 언제까지 이래야 해? 되게 귀찮고 번거롭네. 다음에 아르센 대륙으로 가면 만드라고라를 꼭 가져와야겠어."

현수는 마나 포션 제조 방법을 다시 한 번 떠올려 보았다.

현대의 실험 기구가 모두 있으니 제조하는 것은 그리 어렵지 않으리라 판단되었다.

"흐음, 이제 황거를 망가뜨릴 차례인가?"

현수는 어젯밤 자신이 벌인 일로 말미암아 오늘 일본과 한국에서 어떤 일이 벌어졌는지 전혀 모른다.

일본에선 모든 방송사들이 정규 방송을 중단하고 일제히 폐허가 된 야스쿠니 신사 앞에 집결하였다. 그리고 가슴에 검은 리본을 단 앵커들이 비장한 표정으로 방송에 임했다.

야스쿠니 신사의 유래 및 의미 등을 되짚어본 것이다.

이걸 보고 많은 일본인의 가슴에도 검은 리본이 달렸다.

관공서 및 주택엔 조기가 내걸리기도 했다.

하루 동안 술 판매가 금지되었고 모든 클럽이 문을 닫았다. 다시 말해 술 먹고 춤추며 노는 일이 금지되었던 것이다.

유흥주점이나 클럽 등이 멋모르고 문을 열면 극우 꼴통들의 공격을 받을 것이라는 살벌한 경고가 있었다.

한국에서도 이 일에 관한 보도가 이어졌다.

일부 친일언론에선 사안의 중요성을 따져 신중한 보도를 했다. 아무런 논평 없이 사실만을 간략히 내보낸 것이다.

하나 일본의 눈치를 보지 않는 언론사들도 있다. 다음은 어떤 언론사에서 보도한 내용 중 일부이다.

이것은 분명한 천벌!

일본이 저지른 죄악에 분노한 하늘이 벌을 내렸다.

어젯밤 11시 30분경, 야스쿠니 신사 경내에 강력한 지진과 화재가 발생되어 모든 건축물과 동상 등 전시물들이 파괴되었다. 재건은 꿈도 꿀 수 없을 정도로 완벽한 말살이다.

그 결과 단 하나의 건축물도 무너지지 않거나 화마를 피한 것이 없을 정도로 완전한 폐허가 되었다.

하지만 야스쿠니 신사 바깥은 손톱만큼의 피해도 없었다. 하늘이 일본에 내린 강력한 경고라 판단된다.

일본은 주변국에 입힌 피해에 대한 사죄를 하지 않았다. 또한 그에 합당한 보상과 관련된 어떤 논의조차 없었다.

즉각적이고 진심 어린 사죄와 피해 보상이 없다면 하늘은 다음 순서로 어디를 또 붕괴시킬지 아무도 모른다.

이 기사를 내보낸 신문은 화염병 투척이라는 불상사를 당했다. 다행히 큰 화재로 번지진 않았지만 직원들이 퇴근하지 못하고 있다. 일본의 극우인사들이 일본도를 소지한 채 삼엄한 기세로 신문사를 둘러싸고 있기 때문이다.

신문사는 즉각 신고했다. 하여 경찰 2개 중대가 출동하기는 했다. 하지만 일본 극우파들을 해산시키지는 못했다.

말 몇 마디 하고는 스스로 물러났던 것이다. 하여 이 신문사의 인터넷판에 또 하나의 기사가 떴다.

이 나라는 아직도 일본의 식민지인가?

정부 및 경찰 관계자는 본인이 친일파임을 극명하게 드러내고 있다.

굵은 제호 아래엔 작은 글씨로 된 기사가 떠 있다.

일본 야스쿠니 신사 붕괴 사건을 보도한 본사를 둘러싼 일본 극우세력들은 법으로 금지된 살상무기를 소지하고 있다.

이 문장 다음엔 새파랗게 날이 선 일본도를 뽑아 든 몇몇의 사진이 올려져 있다.
머리엔 욱일승천기가 그려진 두건을 쓰고 있고, 전통적인 일본 복식을 갖추고 있는 인물 사진이다.
이것의 아래에 다시 기사가 이어진다.

본사는 불법 살상무기를 소지한 채 본사 임직원을 위협하는 이들을 해산시켜 줄 것을 경찰에 요구하였다. 하지만 출동한 경찰은 이들과의 짧은 대치 끝에 포위망을 풀었다.
일본 대사관 직원들이라는 설명이 있었지만 대체 어떤 나라 대사관에 저토록 많은 인원이 있단 말인가!

이 글귀 아래 사진 하나가 올려져 있다.
아무리 적게 잡아도 200여 명이나 된다. 일개 대사관에 소속된 직원이라 하기엔 너무 많은 숫자임이 분명하다.
아래엔 또 기사가 이어지고 있다.

경찰은 즉각 불법무기 소지죄로 전원 연행하고 엄벌에 처해야 할 것이다. 아울러 경찰의 포위망을 풀도록 명령한 관계자를 색출하여 처벌하여야 할 것이다.

끝으로 대체 이 정부는 누구를 위한 정부인지를 묻지 않을 수 없다. 자국민을 위협하는 불량한 일본인들을 그냥 놔둔다는 것은 어불성설이다.

기사를 본 시민들이 대거 몰려나가 항의를 시작했다.

놈들은 일본도를 뽑아드는 등의 위협을 가했다. 이 소식을 듣고 더 많은 시민들이 항의대열에 동참하기 시작했다.

불과 두 시간 만에 시위에 참여한 인원이 10만을 넘어섰고, 점점 더 늘어나는 추세이다.

신변에 위협을 느꼈는지 일본 극우세력들이 슬그머니 포위 망을 풀고는 전원 일본 대사관으로 들어갔다. 이에 시민들은 그들의 뒤를 따라가며 과거사를 사죄하라는 구호를 외쳤다.

일본 대사관에선 즉각 정부에 항의의 뜻을 표했다.

이에 정부는 또 다시 경찰을 출동시켰다.

전투경찰들이 항의하는 시민들을 둘러싸고 있다는 말이 번 지자 시위대의 숫자는 금방 50만으로 늘어났다. 야스쿠니 신 사의 붕괴 사건이 갑자기 반일 시위로 번진 것이다.

정부 및 경찰 관계자는 자신들의 미숙한 대처가 국민들의 분노를 야기시켰음을 인정하지 않을 수 없었다.

하지만 국제 관례상 일본 대사관을 보호하지 않을 수 없다. 그렇기에 국무총리가 핸드마이크를 들고 시위대 앞에 나섰다.

"여러분들의 분노한 마음을 저는 압니다. 하지만 일본 대사 관을 공격하는 것은 결코 바람직스럽지 않은 일입니다. 그러니 조금만 진정하고 물러서 주시기 바랍니다.”

하지만 성난 민심은 쉽게 진정되지 않았다. 국무총리 자체가 인심을 얻지 못한 인물이었기 때문이다.

그래서인지 곧이어 새로운 구호가 나타났다.

“친일 정부는 물러나라! 물러나라! 친일 국무총리와 친일 대통령은 즉각 하야하라! 하야하라!”

국무총리는 얼른 몸을 빼지 않을 수 없었다.

자칫 성난 군중들에 의해 반일 시위가 반정부 시위로 번질 것이 우려되었기 때문이다.

성난 시민들에 의해 곤욕을 치르는 것은 전투경찰들이다. 밀려드는 시위대를 밀어내느라 죽을 고생을 한 것이다.

이전 같으면 고위 경찰로부터 시위대를 제압하라는 명령이 떨어졌을 것이다. 그랬다면 방패로 찍는 등의 못된 짓을 했을지도 모른다. 하나 이번엔 그럴 수 없다.

반일이라는 의미가 담기면 대한민국 국민들이 어떻게 변하는지 너무도 잘 알기 때문이다.

방패로 찍어 누군가에게 상해를 입히면 구호만 외치던 시위대가 폭력을 쓰게 될 것이다.

전경이 많이 출동해 있기는 하지만 어느새 100만 이상으로 늘어난 시위대를 어찌 감당해 내겠는가!

그렇기에 몸으로 막아내는 도리밖에 없었다.

하여 깊은 밤이건만 한바탕 난리가 벌어지는 중이다.

한편, 이런 상황을 전혀 모르는 현수는 밤이 깊기를 기다렸다. 그리곤 고쿄라 불리는 황거 인근으로 이동했다.

고쿄는 옛 에도성 일대를 지칭하는 말이다.

면적은 115만㎡로, 한국식으로 따지면 약 34만 9천 평이다. 해자로 둘러싸여 있으며 여덟 개의 문이 있다.

안에는 목조, 석조 및 철골철근 구조물 등 상당히 다양한 양식의 건물들이 있다.

현수가 황거에 당도한 시간은 밤 12시가 넘은 시각이다. 당연히 인적이 끊겨 있다.

"마나여, 내 몸을 띄워라. 플라이!"

굳이 투명 은신 마법까진 필요없을 정도로 어두웠던 것이다.

"휘유……! 엄청나게 넓구나."

35만 평 가까이 되는 황거를 본 현수는 입맛을 다셨다.

넓기는 하다. 하지만 어스퀘이크로 흔들려면 못 그럴 것은 없다. 그런데 면적이 너무 넓기에 어제와 같이 완벽한 피해를 입히기엔 힘들 듯하다.

특히 석축 위에 있는 후지미야구라 같은 것은 경미한 피해만 입을 수 있다. 한눈에 보기에도 상당히 견고했던 것이다.

"흐으음, 할 수 없군. 각개격파가 답이야."

땅으로 내려온 현수는 건물의 중요도를 따졌다. 그리곤 우선순위를 매겼다.

첫째는 당연히 어소라 부르는 곳이다.

후키아게 정원 안에 있는 천황부부의 처소이다. 그 다음이 표어좌소동, 정전, 풍명전, 연취, 장화전 등이 있는 궁전이다.

"남의 나라에 침입하여 무고한 사람들을 죽이고 재물을 약탈했으며, 부녀자들을 강간한 죄를 묻지 않을 수 없지. 어디 오늘 한번 당해봐라."

현수는 잠시 후 시전한 마나 배열을 다시 한 번 되새겼다. 최상의 결과를 얻어내기 위함이다.

시간이 흘러 12시 30분쯤 되었을 때 자리를 털고 일어났다.

그리곤 옷을 갈아입었다. 머리에서 발끝까지 모두 검은색이다. 오늘 밤 격하게 마나를 써야 할 듯하다. 그렇기에 퍼펙트 트랜스페어런시 마법은 쓰지 않을 생각을 한 것이다.

"플라이!"

적당한 위치에 이른 현수는 어소 인근으로 범위를 좁혔다. 충격의 극대화를 노린 것이다.

"마나여, 땅거죽을 뒤흔들어 지상의 모든 걸 무너뜨려라. 어스퀘이크!"

우르릉! 우르르르릉! 콰르르릉!

어소라 불리던 건축물이 가장 먼저 무너졌다. 하나 그것으로 끝낼 생각은 없다.

"마나여, 모든 것을 불태워라. 파이어 스톰!"

화르르르륵! 쑤아아아아앙!

화염의 폭풍우가 무너지는 건물 잔해를 덮치자 즉각 화마가 기승부리기 시작했다.

화르륵! 화르르르륵! 화르르르르!

쪽발이들의 정신적인 지주라 일컫던 자가 최후를 맞이했을 것이라 생각한 현수는 다음 장소로 이동했다.

그리곤 곧장 어스퀘이크와 파이어 스톰 마법으로 폐허를 만들어냈다. 지상 2층 지하 1층으로 된 궁전은 철골철근 구조물이다. 하나 R파에 버금갈 L파를 견뎌내기엔 부족했다.

아무리 내진설계가 되어 있다지만 한 번도 경험해 보지 못한 지진 강도 10.5에 해당하는 강력한 움직임을 어찌 견뎌낼 수 있었겠는가!

콰앙! 콰아앙! 콰르르르릉!

자욱한 먼지를 뿜어내는 궁전의 모습을 잠시 지켜본 현수는 다음 건물을 부수러 이동했다.

잠시 후, 요란한 사이렌 소리가 들려온다. 당연히 소방차와 구급차들이 긴급 출동하는 소리이다.

"빠르군! 하지만 누가 빠른지 시험해 볼까?"

현수는 순서를 바꿔 여덟 개의 문을 차례로 붕괴시켰다. 어떤 소방차도 진입할 수 없도록 한 것이다.

그리곤 차례대로 건축물들을 무너뜨리고 불태웠다. 사람들이 튀어나와 아우성쳤지만 그따위 것은 쳐다보지도 않았다.

새벽 4시, 모든 건축물이 거의 완벽하게 붕괴된 시각이다.

"흐음, 그냥 갈 수는 없지."

하늘 높이 올라가 황거 전역을 조망한 현수는 남아 있는 마나량을 가늠했다. 많이 소모된 상태이지만 아직 한 번의 마법을 구현시킬 양은 되었다.

"좋아, 마지막 선물이다. 어스퀘이크!"

우르르릉! 우르르르릉! 우르르르르르릉!

황거 전역이 뒤흔들리는 모습을 확인한 현수는 인근 건물 옥상으로 자리를 옮겼다. 그리곤 어제와 마찬가지로 사람들의 시선이 미치기 힘든 구석에 결계를 쳤다.

안에 들어가자마자 침대를 꺼내곤 곧장 잠을 청했다. 피곤해서 쓰러지기 일보 직전인 상태였기 때문이다.

여덟 시간쯤 흐른 뒤 현수는 다시 쌩쌩한 모습이 되었다. 하긴 60일이나 지났는데 쌩쌩해지지 않았다면 이상할 것이다.

두 달이나 결계 안에 있어야 하는 현수로선 고역이었다. 어찌 지루하지 않을 수 있겠는가!

이전엔 새로운 마법을 깨우치고, 서클을 올리기 위함이었다. 하나 지금은 단지 고갈된 마나를 채우려는 것뿐이다. 그렇기에 몹시 지루했던 것이다.

"으이그, 지겨워! 언제 이걸 벗어나지? 뭔가 특단의 대책을 세우던지 해야지. 마나가 고갈될 때마다 이 짓을 할 수도 없고. 제기랄!"

나직이 투덜거리며 밖으로 나온 현수는 결계를 해제했다.

오전 10시 반이면 이미 출근을 마친 시간일 것이다.

그런데 황거 인근은 난리가 났다. 언론사의 차들이 모두 출동한 듯 길이 꽉 막혀 있다.

황거 쪽을 보니 생존자 확인 작업이 진행되는 듯하다. 하긴 하늘처럼 떠받들던 천황이 죽었을지도 모른다. 그러니 난리법석을 떠는 모양이다.

"후후후……!"

조금 전에 투덜거렸다는 생각은 벌써 저만치 멀어졌다. 쪽발이들이 우왕좌왕하는 모습에 통쾌한 기분이 든 것이다.

"약간의 처벌은 되었군. 이제 슬슬 귀국해 볼까?"

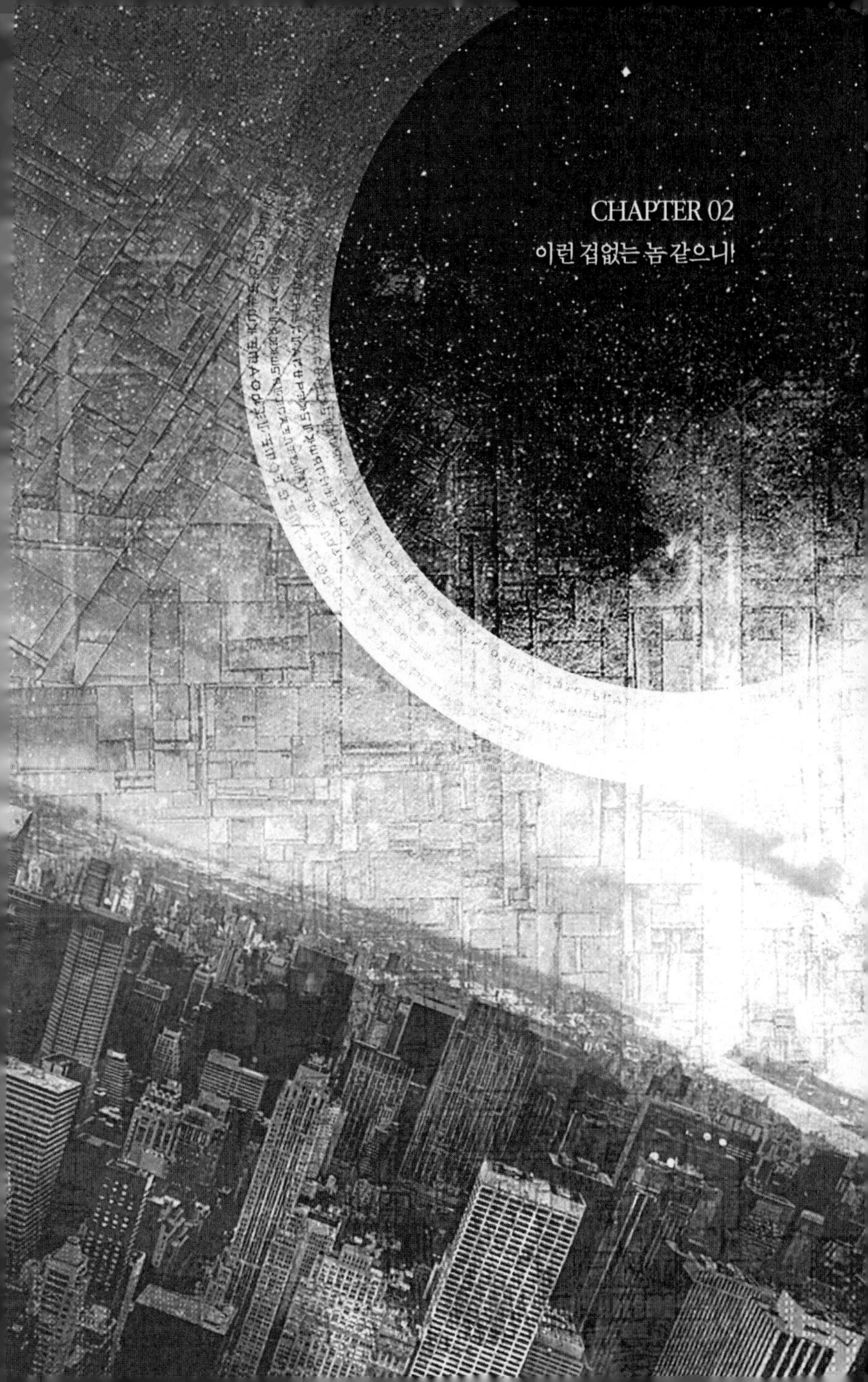
CHAPTER 02
이런 겁없는 놈 같으니!

건물 아래로 내려온 현수는 천천히 걸어가며 음식점을 찾았
다. 혹자는 일본에 왔으니 일본 음식을 먹어볼 생각을 할 것이
다. 하나 현수는 그럴 마음이 눈곱만큼도 없다.

한참을 걸은 결과 불고기 집이 보인다.

"어서 오십시오, 손님!"

현수가 발을 들여놓자 종업원이 고개를 숙이며 맞아들인다.
스물대여섯 살쯤 된 아가씨이다. 현수는 일본어로 대답했다.

"식사되지요?"

"물론입니다, 손님! 무엇을 드시겠습니까?"

"불고기 백반 일인분 주세요."

"네에. 불고기 백반 일인분 주문 받았습니다. 잠시만 기다

려 주세요."

종업원 아가씨가 주방으로 간 사이 식당 내부를 둘러보았다. 일본에 있는 가게라 그런지 오밀조밀한 느낌이다.

텔레비전이 켜져 있기에 리모컨으로 음량을 키워보았다. 손님이라곤 자신밖에 없으니 거리낄 바가 없다.

화면엔 심각한 표정을 한 방송국 앵커가 보인다.

"다시 한 번 정리해서 말씀드립니다. 천황 폐하께서는 이번 지진이 발생되기 하루 전에 요양차 북해도 별궁으로 가셨습니다. 그러니 폐하의 안위는 심려하지 않아도 됩니다."

'에이, 하필이면……!'

현수는 나직이 혀를 찼다. 직접적인 살인 의도까지는 없었지만 무너지는 건물에 깔리기를 바라지 않은 것은 아니다. 그런데 당하지 않았다니 아쉬운 마음이다.

그러거나 말거나 앵커는 제 할 말을 이어간다.

"전문가들은 이번 지진이 유례없는 것으로 아직 학계에 보고되지 않은 유형이라 합니다. 지금 제 곁에는 재난방재센터의 센터장이신 오구치 야스히로 상이 와 있습니다. 동경대 지구물리학과 원로교수이자 지진에 관한 한 권위자입니다. 오구치 상! 이번 지진에 대한 설명 부탁드립니다."

야스히로는 60대 후반으로 뿔테 안경을 썼고, 약간 돌출된 입, 그리고 왜소한 체구이다. 전형적인 일본인 모습이다.

"에, 야스쿠니 신사와 고교에 국한된 이번 지진은 학계에 보고된 적이 없는 국지성 천발지진이라 할 수 있습니다. 당시의 진동이 기록된 지진계에 따르면 지하 30m에서 발생된 L파인 것으로 추정됩니다. 이런 지진은 유례없는 것으로……."

야스히로는 여러 전문적인 도표를 꺼내놓고 설명을 이어갔다. 먼저 이렇듯 지표면 가까이에서 발생된 지진은 지금껏 없었다는 것을 강조했다.

야스쿠니와 고쿄에서 일어난 지진의 다른 점은 고쿄의 지진이 훨씬 더 강력했다는 것, 그리고 진앙이 여러 곳으로 분산되었다는 것임을 설명했다.

과학적으로 설명할 수 없는 부분이 많다고는 했지만 마법일 것이라곤 전혀 의심치 않는 표정이다. 하긴 마법이 없는 세상이니 상상조차 못하는 것이 당연하다.

어쨌거나 그래놓고는 자신이 알고 있는 한도 내에 어떻게든 꿰어 맞추려 애를 썼다.

"크크, 국지성 천발지진? 이름 한번 잘 붙이네. 그리고 학회에 보고된 적이 없다고? 마치 대단한 발견이라도 한 듯하네."

현수가 피식 실소를 머금었을 때 종업원이 다가온다.

"오래 기다리셨습니다, 손님!"

"아, 네에."

현수가 수저를 들자 종업원이 빙긋 웃음 짓는다. 그리곤 한국말로 바꿔 이야기 했다.

"일본말은 아주 능숙한데 한국분이신가 봐요."

종업원의 한국어는 매우 유창했다. 재일한국인인 듯하다.

"어……! 어떻게 알았어요?"

"수저를 한 손에 드셨잖아요. 그건 한국인만 가능하거든 요."

"아, 그렇습니까?"

"네, 출장 온 거예요? 아님 관광 오신 거예요?"

"뭐, 두루두루……. 출장 겸 관광인 셈입니다."

"그렇군요. 근데 어쩌죠? 야스쿠니 신사와 고쿄에 지진이 발생하여 교통도 그렇고, 여러 가지가 불편하시겠어요."

"아, 네에. 뭐어, 괜찮습니다. 한국에서도 교통 체증이야 매양 일어나는 일이니까요."

현수가 수저로 밥을 먹기 시작했건만 여종업원은 곁을 떠날 생각을 하지 않는 듯하다.

'뭐야? 내게 반한 거야?'

현수는 고개를 갸웃거리며 식사에 열중했다.

하나 여종원원은 그게 아니다. 한국 드라마를 보다보면 모르는 어휘가 튀어나오곤 했기에 그걸 묻고자 함이다.

잠시 머뭇거리던 종업원은 절묘한 순간에 물음을 던진다.

"저어, 손님. 식사 중에 죄송한데 먹튀가 무슨 뜻인가요?"

"먹튀……? 아, 그건 어떤 사람이 높은 계약금이나 연봉을 받았지만 기대에 미치지 못하는 활약을 보일 때 그 사람을 일컫는 말로 먹고 튀었다는 뜻이에요."

"아, 그랬군요. 그럼, 지름신이란 말은 무슨 뜻이죠?"

"그건 신제품이나 마음에 드는 물건을 보면 일단 사도록 부추기는 가상의 신을 일컫는 말이에요."

"고맙습니다. 하나만 더요. 지못미는 무슨 뜻이지요?"

"'지켜주지 못해서 미안해'의 첫 글자예요."

"아, 그게 그거였군요."

그간 궁금했던 게 해결되었다는 듯 환한 표정이 되었다.

"죄송합니다, 식사하시는데……. 대신 제가 서비스로 반찬을 더 드릴게요."

"하하, 그래주면 저야 고맙죠."

생각보다 미역 줄거리 무침과 김치가 맛이 있었다. 튀각도 아주 맛깔나게 튀겨져 달콤하면서도 고소한 맛을 냈다.

하지만 일본은 반찬을 더 달라고 할 때마다 돈을 지불해야 한다는 것을 알기에 말하지 않고 있었던 것이다.

돈이 없는 것은 아니지만 왠지 돈 내고 반찬을 더 달라고 하는 것이 억울한 기분이 들어서이다.

추가 반찬을 가져온 종업원이 그릇들을 놓는다.

"야스쿠니 신사랑 고쿄가 무너져서 속이 시원해요."

식당에 둘만 있기에 한 말일 것이다. 만일 일본인들이 이 말을 들었다면 틀림없이 개판을 쳤을 것이다.

"네에. 저도 뉴스 봤습니다. 지진이 아주 좋은 데만 골라서 일어났더군요."

"네, 그러고 보면 진짜 신은 있나 봐요. 천벌을 받은 거죠."

여종업원은 아주 신난다는 표정이다.

"일본에 살면서도 그렇게 생각하세요?"

"네, 그동안 우리 재일한국인들이 당한 차별을 생각해 보면 아주 이가 갈리거든요.”

“으음, 그랬군요.”

현수는 입안 가득히 밥을 넣고도 말을 이었다.

“근데 어떤 차별을 받나요?”

문득 궁금해서 물어본 말이다.

“어휴! 그걸 말로 하려면 하루 종일 해도 다 못해요. 정말 치사한 놈들이에요, 일본놈들은……!”

종업원을 말끝을 흐리며 부르르 떨었다. 치가 떨린다는 표정이다. 그러다 간신히 말을 잇는다.

“내라는 세금 다 내도 우리는 여전히 외국인이에요. 갈 데만 있다면 떠나고 싶어요. 근데…….”

종업원이 갑자기 눈물을 뚝뚝 흘린다. 현수는 의아했지만 아무런 말 없이 있었다.

“흐흑! 죄송해요. 식사하시는데…….”

종업원이 고개를 꾸벅 숙이고는 카운터로 갔다.

그리곤 탁자에 엎어졌다. 어깨가 들썩이는 것으로 미루어 짐작컨대 오열하는 듯하다.

현수는 천천히 식사를 했다. 남의 일이라 내버려 둔 게 아니라 지금은 가만히 있는 게 돕는 것이라 생각한 것이다.

식사를 마쳤지만 현수는 일어나지 않았다. 여전히 카운터에 머리를 박은 채 오열하는 종업원 아가씨 때문이다.

“무슨 일인데 그래요?”

현수도 사람인 이상 궁금했던 것이다.

"흐흑! 아빠가, 아빠가 병원에 입원해 계세요. 그래서 일본을 떠날 수가 없어요."

"……!"

"매일 보호비 뜯으러 오는 야쿠자가 있어요. 그놈이 저한테 집적거려서 여길 뜨려고 했어요. 근데……."

여종업원의 말이 이어졌다.

재일교포 3세인 여종업원의 이름은 김나윤이다.

돌아가신 증조할아버지는 항일독립운동을 하다 투옥되어 돌아가셨다. 그리고 할아버진 강제 징용에 끌려왔던 분이다.

그렇기에 일본식 이름은 없다. 한국인임을 밝히지 못할 이유가 없기 때문이다. 당연히 귀화하지 않았다.

사방이 일본인이지만 당당한 한국인으로 살고자 했다. 그래서 수없이 많은 차별을 당했고, 억울한 일도 많이 겪었다.

그 모든 것을 견뎌내면서도 나윤은 교사가 되고자 하는 뜻을 꺾지 않았다. 하여 열심히 공부하여 사범대학을 졸업했다.

하지만 일본 사회는 한국인 교사를 반기지 않는다.

공립 고등학교에 배치되어 어떻게든 적응하려 했지만 일본인 교사들의 조직적인 왕따를 당하게 되었다.

학생들로부터는 한국인이라는 이유만으로 배척받았다.

결국 일 년 만에 학교를 그만두었다.

그리곤 가업인 식당의 종업원이 되었다. 프랑스어를 가르치던 교사가 주문받고 식탁 닦는 여종업원이 된 것이다.

모친은 어려서 교통사고로 사망했기에 부친과 함께 일을 하

고 있었다. 그런데 얼마 지나지 않아 보호비를 뜯으러 오던 야
쿠자가 나윤에게 집적대기 시작했다.

한때이지만 학생들을 가르치던 실력있는 교사였다. 그러니
어찌 야쿠자 따위와 시시덕거릴 수 있겠는가!

하여 사귈 마음이 없다면서 다시는 말도 꺼내지 말라는 정
중한 거절의사를 수차례나 밝혔다.

그럼에도 놈은 점점 더 강하게 추근댔다. 나윤의 의사 따위
는 개의치 않는다는 것이다.

놈은 거의 매일 들렀다. 그리곤 어깨를 두드리는 척하면서
가슴을 만지는 것이 예사가 되어버렸다.

견디다 못해 가게를 팔기로 했다.

교포들이 많이 사는 오사카 쪽으로 이사할 계획이었다. 그
마저 여의치 않으면 한국으로 귀국할 생각까지 했다.

그런데 가게가 팔리지 않았다. 이 가게는 유동인구가 많은
자리에 있어서 장사가 제법 잘 되는 곳이다.

하여 가게 터를 팔라는 요청이 제법 많았었다. 그런데 이상
하게도 보러 오는 사람조차 없었다.

웬일인가 싶어 알아보니 그놈이 수작을 부려놨다.

가게를 팔지 못하면 나윤이 동경을 떠나지 못할 것이라 생
각한 듯하다.

그러던 어느 날, 나윤의 부친이 생일을 맞이했다. 하여 친지
들을 초청하여 밤 늦도록 술을 마셨다.

그날, 늦은 밤이건만 그놈이 또 왔다. 얼굴이 뻘건 게 술을

마신 듯하다.

나윤의 부친은 마침 잘 만났다는 듯 왜 남의 가게를 팔지 못하도록 했느냐면서 화를 냈다.

처음엔 웃는 낯이었다. 속내는 어떤지 모르지만 장인이라는 표현을 쓰기도 했다. 하나 계속된 추궁에 그놈은 결국 본성을 드러냈다.

항의하는 나윤의 부친을 주먹으로 때리고, 강하게 밀친 것이다. 어찌 힘없는 노인이 0.1톤이 넘을 거구의 힘을 당해내겠는가!

하여 뒤로 밀려 쓰러지면서 탁자 모서리에 머리를 부딪쳤다. 그리고 바닥으로 쓰러지면서 또 한 번 머리에 충격을 주었다.

그 결과, 역전회 회주 오대준과 비슷한 상황이 되었다.

다시 말해 뇌사와 유사한 상태가 된 것이다.

이제 동경을 떠나고 싶어도 떠날 수 없는 상황이다. 생명 유지장치를 떼어내면 즉시 숨을 거두기 때문이다.

폭력을 행사한 야쿠자는 그날 이후 행방을 감췄다.

경시청에 신고했지만 가해자가 일본인이고 피해자가 한국인인 이런 경우의 수사는 늘 그렇듯 흐지부지되고 있다.

결국 병원비는 본인 부담이 되었다.

그간 모아놓았던 돈으로 감당해 내고 있지만 점점 잔고가 줄어들기에 장사를 하지 않을 수 없었다. 그래도 천성이 밝은 아가씨이기에 그늘없는 얼굴로 장사하고 있었던 것이다.

그런데 현수와의 대화에서 문득 억울한 심정이 북받쳐 눈물이 났다. 그런데 울다보니 그 감정이 점점 더 심해져 오열했던 것이다.

말을 하면서도 계속해서 울먹이던 나윤의 이야기를 모두 들은 현수는 이맛살을 찌푸렸다. 생판 처음 보는 완전한 남이지만 왠지 그냥 갈 수 없다는 생각이 든 때문이다.

현수는 일본에 대해 결코 좋은 감정이 없다.

그런데 그 속에서 핍박과 차별을 받으며 살아온 아가씨의 처지가 남의 일 같지 않다는 기분이 들었다.

자세히 물어보니 피해를 입힌 녀석은 야마구치구미 다음으로 큰 세력을 지닌 스미요시카이의 조직원이다.

스미요시카이는 경시청 추산 12,600여 명의 조직원을 거느린 거대 야쿠자 조직이다.

이중 동경의 동부를 관할하는 조직의 휘하인 스즈끼조의 말단 조직원이 사고를 친 것이다.

"그놈이 입힌 피해는 뭡니까?"

"그날 집기 일부를 부쉈고, 손님들을 위협해서……."

나윤은 그날의 악몽이 떠오르는 듯 쉽게 말을 잇지 못했다.

"지금껏 들어간 병원비와 가게에서 입은 피해액을 합치면 어느 정도 됩니까?"

"네? 그걸 왜……?"

왜 이런 걸 묻느냐는 표정이다.

"아, 그냥 궁금해서요."

"글쎄요? 한 번도 계산해 보지 않아서……."

나윤의 입을 빌어 파악한 야쿠자는 신창 173㎝에 몸무게 100㎏쯤 되는 야비하게 생긴 놈이다.

"고맙습니다. 제 얘기 다 들어주셔서……. 다음에 또 오세요."

"하하, 네에."

현수가 나윤의 가게를 나선 것은 점심 무렵이다. 많은 사람이 오갔기에 그중 하나를 잡고 길을 물었다.

"실례합니다. 이와세 종합병원이 어디 있는지 아십니까?"

"아, 그 병원이라면 이쪽으로 조금 가다가 왼쪽 골목으로 접어들면 보일 겁니다."

"네에, 감사합니다."

나윤의 말대로 병원은 걸어서 5분도 걸리지 않을 곳에 위치해 있었다. 그런데 상당히 낡아 보인다.

한국으로 치면 동네에 있는 아주 오래된 후진 병원이다.

병원에 도착해서는 능숙한 일본어로 나윤의 부친 김상용 씨가 머무는 병상을 찾았다.

나윤의 말대로 뇌사 비슷한 상태임에도 중환자실이 아닌 일반 병실에 방치되어 있었다.

각종 생명유지 장치가 부착되어 있는데 뇌파기를 보니 완전한 정지 상태는 아닌 듯 간헐적인 움직임을 보이고 있었다.

이렇게 스스로 몸을 움직일 수 없는 환자의 경우엔 두어 시간에 한 번씩 몸을 뒤집어주어야 한다.

안 그러면 욕창이라는 것이 생긴다.

그럼에도 간병인이 보이지 않는다. 그럴 경제적 여유가 없기 때문일 것이다.

하지만 곪는 냄새는 나지 않는다. 장사하는 틈틈이 바쁜 걸음으로 이곳까지 와서 몸을 뒤집어주는 모양이다.

후진 병원이라 그런지 6인실이지만 환자는 셋뿐이다. 모두 먹고 살기 바쁜 사람들인지 가족도 간병인도 보이지 않았다.

"마나여, 이들을 잠들게 하라. 슬립!"

깨어 있던 환자 둘이 잠든 것을 확인한 현수는 김상용 씨 곁으로 다가섰다.

"흐음, 이제 시작해 볼까? 마나 디텍션!"

병실로 들어서면서 입구에 알람 마법을 구현시켜 둔 상태인지라 내놓고 마법을 쓴 것이다.

예상대로 뇌에서의 마나 움직임이 거의 없다. 살펴보니 마나의 통로가 될 부분의 두개골이 함몰된 듯하다.

"흐음, 왜 뇌수술을 안 했지? 수술하기 어려운 부분인가?"

고개를 갸웃거린 현수는 환자의 상태를 살폈다.

한눈에 보기에도 온갖 고생을 다한 얼굴이다.

병상에 걸려 있는 표찰을 보니 올해 나이 53세이다. 그런데 백발이 많아 그런지 족히 일흔 살은 되어 보인다.

"하긴, 일본 땅에서 한국인으로 살아가는 게 쉽지는 않았겠지. 마나여, 모든 상처를 치유시켜라. 컴플리트 힐!"

부드러운 황금빛이 환자의 몸속으로 스며들었다. 얼마 후 뇌파기에서 반응이 나타난다.

"다행히 효과가 있구나. 좋아, 다시 한 번 컴플리트 힐!"

잠시 후 뇌파가 달라졌음이 확연하다.

"마나 디텍션!"

두 눈을 감은 현수는 마나의 움직임을 세심히 살펴보았다. 조금 전과는 확실히 다르다. 하나 정상은 아니다.

"이상하네. 컴플리트 힐을 연속으로 시전했는데……. 뭔가 다른 문제가 있었나? 마나 디텍션!"

머리가 아닌 다른 부위를 살피던 현수의 눈살이 찌푸려졌다. 심장에서의 마나 움직임이 정상적이지 않은 탓이다.-

정상인의 심박수는 분당 70~80회이다. 그런데 김상용 씨의 심장은 분당 150회 이상 뛰고 있었다.

조금 전엔 이러지 않았다. 그렇기에 무엇인가 잘못되었나 싶은 생각에 등에서 진땀이 배어나왔다.

얼른 기억을 더듬어보니 여러 이유로 이런 빈맥증상이 나타난다는 사실이 떠올랐다. 그런데 그 많은 원인 가운데 무엇 때문에 이러는 것인지 어찌 알겠는가!

"흐음, 이거야 원……! 본격적인 의학 공부를 하던지 해야지. 원인을 알 수 없으니……. 그나저나 어쩌지?"

현수는 고개만 갸웃거렸다. 그러다 마음을 굳혔다는 듯 입술을 다물었다.

"마나여, 이상이 있는 부위를 원상복원시켜라. 리커버리!"

서늘한 푸른빛 마나가 환자의 몸속으로 스며든다. 현수는 얼른 심박기로 시선을 돌렸다.

차도가 있는지 점차 심박수가 낮아진다.

"휴우……! 다행이군."

괜히 나섰다가 목숨 하나 끊는가 싶었던 생각이었는지라 내
쉰 안도의 한숨은 길었다.

잠시 머뭇거리던 현수는 회복 포션 하나를 꺼냈다. 그리곤
환자의 벌어진 입술 사이로 조심스럽게 넣어주었다. 그러자
병실 안에 달콤하면서도 상쾌한 향이 번져 나갔다.

"이제 할 수 있는 일은 다 했군. 아저씨! 꼭 깨어나세요."

현수가 병실 밖으로 나가려 문을 열 때 지금껏 감겨 있던
김상용 씨의 눈이 뜨였다. 그의 눈에 현수의 옆모습이 보였
다.

하나 의식이 완전히 들어온 것이 아니라 흐릿한 형상만 보
인 것이다.

잠시 후, 환자들에게 주사를 놓기 위해 병실 안에 발을 들여
놓았던 간호사가 호들갑을 떨며 밖으로 향했다.

그리고 얼마 지나지 않아 놀란 표정을 한 의사가 들어섰다.

그의 눈엔 소생 가능성 제로라 판단을 내렸던 환자가 어리
둥절한 표정을 짓고 있는 모습이 보였다.

얼른 다가가 김상용 씨의 뒤통수를 만져보았다. 그런데 움
푹 들어가 있어야 할 환부가 멀쩡하다.

어찌 놀라지 않겠는가!

하여 이전에 찍었던 단층 촬영 사진을 꺼내보는 등의 소란

이 빚어졌다. 하긴, 함몰되었던 두개골이 저절로 원상 복구되어 있으니 어찌 난리가 벌어지지 않겠는가!

그렇게 수선을 떨고 있는 사이에 앞치마조차 벗지 못하고 뛰어온 나윤이 병실에 들어섰다. 그리곤 하염없는 눈물을 흘렸다. 물론 기쁨의 눈물이다.

같은 시각, 현수는 파친코 가게 뒤편 막다른 골목 안쪽에서 니시카와 슈사쿠라는 샌드백을 두들기고 있었다.

김상용 씨를 입원하게 만들었던 그 야쿠자이다.

홀드 퍼슨과 보이스 익스토션 마법에 걸린 놈은 고통에 겨운 비명조차 지르지 못한 채 벌벌 떨고 있었다.

그리고 그를 사정없이 두들겨 패고 있는 현수의 주먹과 발엔 조금의 인정도 배어 있지 않았다.

자기밖에 모르는 미친개는 몽둥이가 약이기 때문이다.

퍽! 퍽! 으득! 퍼퍽! 퍽! 와드득! 퍼퍽! 퍽! 퍽! 퍽!

"우욱! 욱! 으윽! 크으윽! 켁! 끄윽!"

바닥엔 놈의 입에서 튀어나온 선혈이 낭자하다. 그 사이사이로 허연 것들이 여러 개 보인다. 부러진 이빨들이다.

하나 현수의 주먹과 발은 멈추지 않았다.

길이가 10㎝쯤 되는 송곳이 수없이 찔러대는 오토 매직 김렛 마법이 있다. 하나 이를 쓰지 않는 이유는 용서하기 힘들었기 때문이다.

현수가 이놈을 찾았을 때 이놈은 파친코 가게 뒤편 골방에 있었다. 대낮임에도 질펀한 상황을 연출 중이었다.

현수는 문을 열면 민망한 장면이 보일 것이기에 잠시 기다렸다. 그런데 안에서 들려오는 소리를 듣고 격분했다.

놈과 함께 있던 여인은 가정주부로 어느 날 이놈에게 성폭행을 당한 모양이다. 그를 빌미로 남편이 출근하면 수시로 불러 제 욕심을 채우는 중이었던 것이다.

그것으로도 모자랐는지 이웃집 여인까지 노렸고, 그녀를 유인해 내도록 강요했다.

말을 듣지 않으면 남편에게 알려 가정을 파탄 낼 것이며, 유흥가 주점에 팔려 나가는 신세가 되게 하겠다고 협박했다.

어찌 분노하지 않겠는가! 하여 여인은 재우고 놈만 끌고 나와 개 패듯 패는 중인 것이다.

퍽! 퍽! 퍼퍽! 으득! 퍽! 와드득! 퍼퍽! 퍽! 퍽! 퍽!

"우욱! 욱! 으윽! 크으윽! 켁! 끄윽!"

얼굴이 퉁퉁 부어오르고, 코뼈가 부러졌는지 그 부분이 괴상하게 변해 있다. 입과 코에서 선혈이 낭자하게 흘러내렸지만 현수의 주먹과 발은 쉬지 않고 움직였다.

내상을 입어 죽든지 말든지 상관없다 생각했기에 현수의 주먹과 발은 매서웠다.

소위 진기를 머금은 폭력이 진행 중인 것이다.

퍼어억—!

"끄으윽!"

현수의 주먹이 놈의 아구창에 작렬하는 순간 놈의 눈에서 검은자가 사라졌다. 혼절한 것이다.

잠시 놈을 노려보던 현수는 방으로 가서 놈의 소지품들을 꺼내왔다. 지갑을 열어보니 10만 엔이 조금 넘는 돈이 있어 이를 꺼냈다. 신용카드도 있지만 써선 안 될 듯하다.

전화기를 열어보니 단축 다이얼 1번이 형, 2번은 Boss라 되어 있다. 2번을 길게 눌렀다.

"니시카와. 이 시간에 웬일이냐? 긴급히 보고할 것 있나?"

잔뜩 무게를 잡은 굵직한 저음이다. 그러거나 말거나 현수는 할 말만 했다.

"네가 두목이냐? 니시카와 슈사쿠라는 놈을 잡고 있다. 여긴 치요다구 마루노우치 3—3—2 파친코 가게 뒷마당이다. 몸값은 200만 엔이다. 앞으로 한 시간을 준다. 몸값을 가져와라."

"뭐야? 넌 누구냐?"

"아! 그건 알 것 없고. 한 시간이 지나도록 오지 않으면 이놈의 시체를 보게 될 것이다."

전화를 끊고 꼼꼼하게 지문을 지웠다. 그리곤 방으로 갔다.

여인은 여전히 민망한 자세로 잠들어 있었다. 깨울 수도 없기에 진땀 흘리며 옷을 입혔다.

"허억! 누, 누구세요? 그, 그 사람은요?"

잠에서 깨어난 여인은 얼른 몸을 사리며 뒤로 물러앉는다. 그러면서 자신의 모습을 훑어본다. 조금 전까지 어떤 상황에 있었는지를 알기 때문일 것이다.

"진정하세요. 놈은 갔습니다."

“누, 누구세요?”

새로운 인물이 등장하여 자신을 겁탈하려는 것으로 오인했는지 잔뜩 긴장한 표정과 말이다.

긴말할 필요 뭐 있겠는가!

“마나의 힘이여, 이곳에서의 기억을 삭제하라. 메모리 일리머네이션! 그리고 잠들게 하라. 슬립!”

샤르르르롱—!

보라빛 마나가 여인의 몸을 감싸자 여인의 표정이 변한다. 그리곤 금방 잠에 빠져들었다.

현수는 잠든 여인을 인근 건물 계단까지 들고 갔다. 그리곤 계단 아래에서 마법을 구현시켰다.

“어웨이크!”

잠에서 깬 여인은 어리둥절한 표정을 지으며 주변을 둘러보았다. 그러는 사이에 현수의 신형은 사라졌다.

잠시 후, 골목으로 들어서는 일단의 무리가 있었다. 여섯 놈인데 모두 검은 양복을 걸치고 있다.

모두들 0.1톤짜리들이다. 다시 말해 나는 야쿠자라는 표를 내는 놈들이 온 것이다.

놈들의 눈에 벌거벗겨진 채 기절해 있는 니시카와 슈사쿠가 보이자 발걸음이 빨라진다. 그때 현수가 앞을 가로막았다.

“왔냐……? 누가 두목이냐?”

“웬놈이냐? 네가 니시카와를 이 지경으로 만들었냐?”

인상 더럽게 생긴 놈이 째려보자 현수는 피식 실소 지었다.

"누가 두목이냐고 물었다."

"보스는 아직 안 오셨다. 넌 누구냐?"

"그럼 긴말할 것 없지. 일단 맞고 이야기하자."

"뭐야? 어디서 이런 놈이……?"

여섯이 우르르 달려들자 현수의 입술이 달싹인다.

"그리스(Grease)!"

"으윽! 앗! 어어어어! 이, 이게 왜 이래?"

갑작스레 미끄러워진 바닥에 놀란 놈들이 균형을 잡으려 애를 썼으나 어찌 견뎌내겠는가!

0.1톤 거구들이 엎어지고 자빠지자 육중한 소리가 난다.

와당당탕, 쿠쿵! 와당탕!

그 순간 현수의 입술이 또 한 번 달싹인다.

"쿼드러플 그래비티(Quadruple Gravity)!"

"으윽! 끄으응! 허억! 왜? 왜 이래? 으윽!"

자리에서 일어나려던 놈들의 표정이 하나같이 일그러진다.

0.1톤이던 몸이 갑자기 0.4톤으로 늘어난 것 같은 엄청난 중압감이 느껴진 때문일 것이다.

"홀드 퍼슨! 홀드 퍼슨! 홀드 퍼슨!"

"으윽! 갑자기 왜……?"

움직일 수조차 없게 되자 놈들의 얼굴에 당황했다는 표정이 역력하다. 그 순간 현수의 발길질이 시작되었다.

퍽! 퍽! 퍼퍽! 퍼퍽! 퍽! 퍽!

"아악! 악! 끄윽! 켁! 으윽! 커억!"

어디가 부러지든 말든, 이빨이 부러지든 말든, 장기에 손상을 입히든 말든 그건 관심 밖이다.

폭력으로 남들을 위협하여 제 뱃속을 채우는 놈들이다.

이런 놈들에겐 인정을 베풀 필요가 없다 생각하였기에 걷어찰 만한 곳이 보이면 가차없이 갈겨댔다.

여섯 놈이 기절하는 데 걸린 시간은 대략 10분이다. 흰자위만 남겨놓고 눈을 뜬 놈도 있고, 입에 거품을 문 놈도 있다.

현수는 놈들의 지갑을 모두 털었다.

다 합쳐서 88만 엔에서 조금 빠지는 돈이 모였다. 이걸로는 김상용 씨의 병원비로 부족하다. 하여 전화를 들었다.

"니시카와! 풀려났나?"

여전히 잔뜩 무게 잡은 저음이다.

"병신! 니시카와 같은 소리하고 앉았네."

"뭐……! 누, 누구냐? 아까 그놈이냐?"

"오라는 놈은 안 오고 부하만 보냈더군. 앞으로 30분 준다. 그리고 이제 몸값이 늘었다. 500만 엔을 들고 오도록!"

전화를 끊은 현수는 기절한 일곱 놈의 다리 근육이 제 기능을 하지 못하도록 마법을 걸었다. 이제 이놈들은 현수가 매직 캔슬을 하기 전엔 평생토록 제 발로 걷기 어려울 것이다.

중증 근무력 마법인 마이어시니어 그래비스를 쓰지 않은 것은 마나가 아깝기 때문이다.

"병신 같은 놈들……! 지 몸이 무슨 도화지인 줄 아나? 뭘 이렇게 그렸어?”

놈들의 몸에 그려진 문신이 흉측해 보여서 현수는 인상을
잔뜩 구겼다.

이십 분쯤 지났을 무렵 골목 어귀에서 자동차 멈추는 소리
가 연달아 들린다.

끼익! 쿵! 쿵! 끼이익! 쿵! 쿠쿵!

“다섯 대, 열일곱 명……? 좋아, 아주 작살을 내주지.”

나직이 중얼거리는 사이에 새로운 무리가 나타났다.

막다른 골목을 등지고 선 현수의 뒤에 동료들이 포개져 있
자 놈들의 인상이 사납게 변한다.

“누가 두목이냐?”

“나다!”

“긴말하지 않겠다. 네놈의 부하가 무고한 사람에게 피해를
입혔다. 이놈들 지갑을 열어보니 88만 엔이 조금 안 되더군.
412만 엔을 더 내놔야겠어.”

“너, 어느 조직 소속이냐? 설마 야마구치구미는 아니겠
지?”

“네 눈엔 내가 쓰레기 같은 야쿠자로 보이냐? 콩 까는 소리
하지 말고 돈이나 내놔.”

“이런, 미친 놈! 뭐하냐? 놈을 조져 버려!”

“예, 보스!”

보스를 뺀 열여섯 놈이 골목을 꽉 채운 채 다가섰다.

그들의 손엔 전문용어로 연장이라 불리는 회칼, 너클, 일본

도, 체인 등이 들려 있었다.

"호오, 니들이 오늘 죽고 싶어 환장했구나."

연장을 들고 다가서는 폼을 보아하니 한두 번 이런 게 아닌 듯하다.

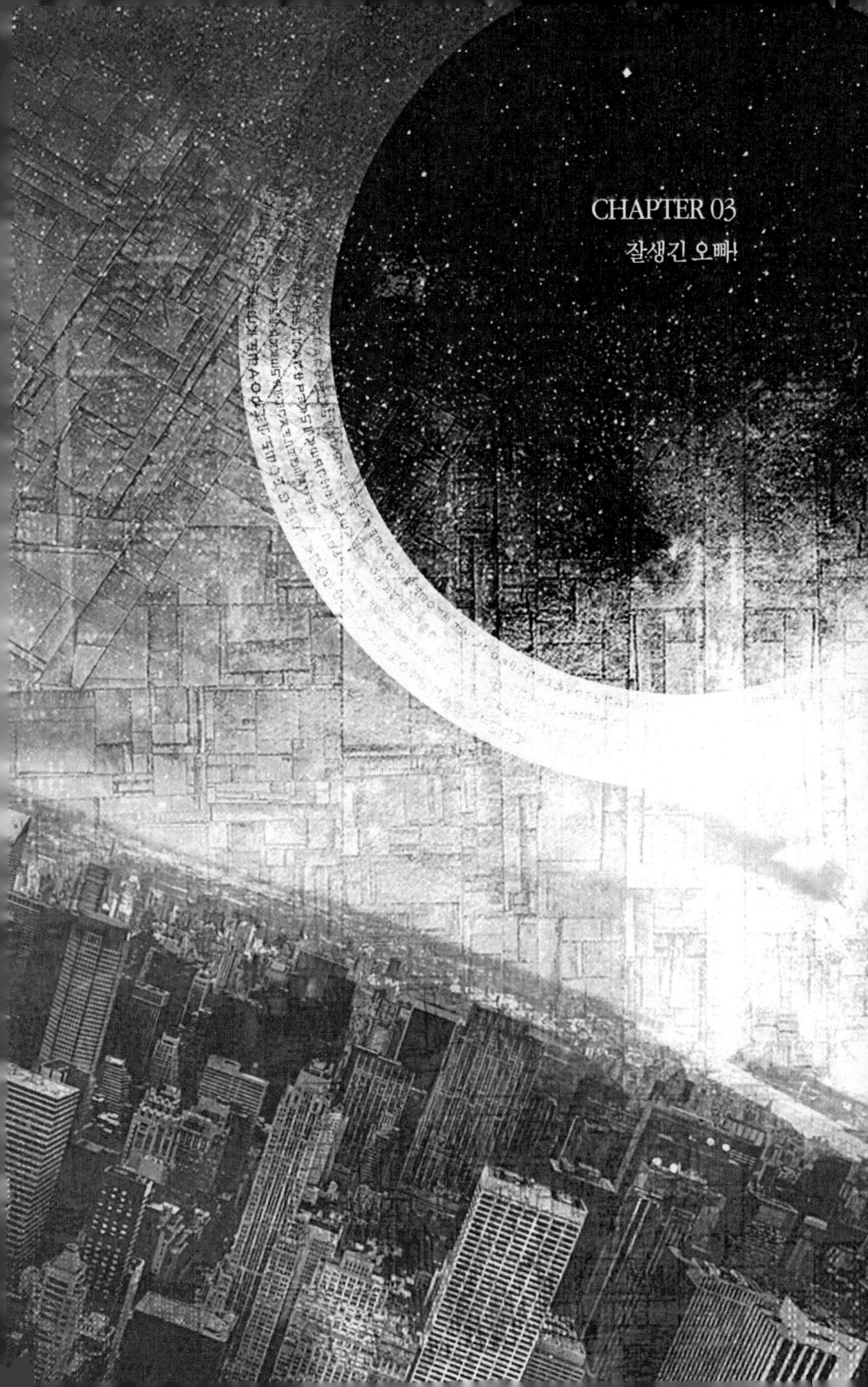
CHAPTER 03
잘생긴 오빠!

“악터플 그래비티(Octulpe Gravity)!”

“으윽! 허억! 으헉! 으흑! 갑자기 몸이……!”

열여섯 놈이 일제히 엎어지면서 경악성을 토해냈다. 중력이 여덟 배로 늘었으니 어찌 안 그렇겠는가!

“뭐, 뭐야? 니들 왜 그래?”

“두, 두목! 갑자기 몸이…….”

“홀드 퍼슨!”

“으윽! 왜, 왜 이래?”

너무 놀라 뒤로 물러서려던 두목 또한 경악성을 토했다. 다리가 말을 듣지 않은 때문이다.

“일단 맞고 시작하자.”

퍽!

"으으윽!"

퍽, 퍼퍽! 퍼퍼퍼퍽!

"켁! 끄윽, 헉! 으윽! 아악!"

두목이라는 놈의 얼굴이 엉망이 되는데 걸린 시간은 불과 5분이다. 눈, 코, 입은 물론이고 곳곳이 찢겨져 선혈이 낭자해졌다. 그러는 동안 어떻게든 몸을 일으키려던 놈들에게도 가차없는 발길질이 가해졌다.

15분쯤 지난 후 골목 안에는 스물네 명의 야쿠자들이 보기 민망한 모습으로 엎어지거나 자빠져 있었다.

이들의 공통점은 멀쩡한 곳이 없다는 것이다. 그리고 놈들의 곁에 지갑들이 수북하다.

놈들이 타고 왔던 차의 문도 모두 열려 있다. 샅샅이 뒤져 현금이란 현금은 모두 챙긴 때문이다.

"흐음, 예상보다 조금 많네."

두목이 타고 온 듯한 차 트렁크에는 자루 하나가 있었다. 그 안에 제법 많은 현금이 있었던 것이다.

주민들의 신고가 있었는지 멀리서 경찰차가 오는 소리가 들렸기에 현수는 유유히 현장을 빠져나갔다.

그러기 전에 기절했던 놈들을 모두 깨웠다. 그리곤 이곳에서의 기억을 지웠다. 아울러 모두가 하반신 근육을 쓸 수 없도록 만들어주었다. 이제 폭력으로 밥 먹고 살기는 틀린 것이다.

잠시 후, 들이닥친 경찰들은 이맛살을 찌푸렸다. 야쿠자들간의 세력 다툼인 듯 하기 때문이다.

일으켜 세우려는데 어느 하나도 제 발로 땅을 딛고 서지 못한다. 하여 다리 근육이 잘렸나 싶어 바지를 걷어올렸다.

그런데 아무런 이상도 없다.

왜 이러는지 물었지만 만족할 만한 대답을 듣지 못했다.

자신들이 누구에게, 어떻게 당했는지 전혀 기억하고 있지 못하기 때문이다.

다음 날 아침, 마이니치 신문에 조그만 기사가 떴다.

물론 스미요시카이의 조직원들에 관한 내용이다.

누군가의 린치에 의해 스물네 명이 하반신 불수가 되었는데 의사들이 원인을 알 수 없다고 나와 있다.

이에 대해 스미요시카이 조직은 야마구치구미의 소행일 것이라 단정하고는 대대적인 보복을 준비 중이라는 내용이다.

"네에? 뭐라고요? 병원비를 안 내도 된다니요?"

나윤이 놀라는 표정을 짓자 수납처 여직원이 환히 웃는다.

"어제 오빠라는 분이 오셔서 병원비를 모두 계산했는데요? 그리고 이거⋯⋯."

"네에⋯⋯? 오빠요?"

"네, 아주 잘 생기셨던데, 나중에 나 소개해 주면 안 돼요?"

"잘 생겨요?"

나윤은 의아하다는 표정의 연속이었다.

"네. 키도 훤칠하고 아주 미남이었어요. 아⋯⋯!"

수납처 여직원은 어제 오후 300만 엔 가까운 병원비를 일시 불로 내고 간 사내의 모습을 떠올렸다.

키도 크고, 몸매도 일품이었다. 게다가 얼굴은 한류스타 장근석을 닮았다. 그렇기에 뻥간 표정을 짓고 있는 것이다.

물론 현수가 시전한 이미지 체인지 마법 때문이다.

수납처 여직원이 본 대로 현수는 장근석의 얼굴로 나타나 병원비를 내고 갔던 것이다.

"근데 이건 뭐죠?"

"아! 그건 오빠가 김나윤 씨 오면 드리라고 맡겨놓으신 거에요. 그걸로 아버님 잘 보살펴 드리라고……."

"……?"

오빠가 없는 나윤이기에 의아하다는 표정을 지으며 두툼한 봉투를 열었다. 뭐가 들었나 싶었던 것이다.

"어머! 이건……?"

수납처 여직원이 아는 척하며 입을 연다.

"제가 돈을 많이 만져봐서 아는데 그 정도면 500만 엔쯤 될 거예요. 좋겠어요. 돈 많은 오빠가 있어서."

"이거 분명히 날 주라고 했어요?"

"네, 김나윤 씨 맞죠? 의식불명이던 김상용 환자의 딸."

"제가 김나윤이에요. 김상용 씨는 우리 아버지구요."

"그럼 맞네요. 김상용 환자의 딸 김나윤 씨에게 전해주라고 신신당부하고 갔거든요. 이거 보세요."

수납 여직원이 보여준 메모지엔 '김상용 환자의 딸 김나윤에게 봉투 전달'이라는 글씨가 쓰여 있었다.

메모 날짜는 어제 오후로 기록되어 있다.

"……!"

나윤은 부친을 제외하곤 일가친척 하나 없다.

그렇기에 도대체 누가 오빠라 했을까를 생각하느라 아무런 대답도 하지 않았다. 공부하느라 사귀었던 남자도 없기에 나윤은 고개만 갸웃거릴 수밖에 없었다.

그러거나 말거나 수납처 여직원이 덧니를 드러내며 웃는다.

"나윤 씨, 나중에 꼭 소개해 주세요. 꼭이요."

"네……? 아, 네에."

건성으로 대답한 나윤이 고개를 갸웃거린다. 아무리 생각해봐도 누군지 알 수 없었기 때문이다.

일본을 떠나 한국으로 오는 비행기에 덥숭힌 헌수는 흐뭇한 미소를 짓고 있었다. 만족감 때문이다.

일본이 차지했다면 세계평화에 문제가 생겼을 막대한 양의 금괴와 금화를 챙겼다.

그리고 핍박과 차별 속에서 살아온 나윤에게 도움을 주었다.

또한, 고쿄(皇居)라 불리는 서거(鼠居:쥐새끼 서식지)를 무너뜨려 완전한 폐허로 만들었다.

마지막으로 쪽발이들이 신성시하던 야스쿠니 신사를 무너뜨리고 불태운 것에서 느껴진 통쾌함 때문이다.

비행기에서 받아든 신문을 펼친 현수는 굵은 글씨로 쓰여진 기사들을 보며 계속해서 고개를 끄덕였다.

기분 좋은 소식이기에 얼굴엔 미소가 띄워져 있었다.

일본 전역은 현재 후쿠시마 원전 사고 때보다도 더한 난리법석 중이다.

천황이라 부르는 왜왕이 죽음을 모면한 것이 유일한 위안이라면 위안이라고 떠들고 있다.

비교적 온건하고 제대로 된 사고를 지닌 인사들은 일본이 저지른 만행에 대한 하늘의 벌이라는 표현에 고개를 끄덕인다. 반면 극우인사들은 열폭하고 있다.

이웃나라들의 냉소적인 언론 보도 때문이다.

'후후, 히데요시의 금괴까지 몽땅 털렸다는 걸 알면 어떤 얼굴들을 할까?'

생각만 해도 흐뭇했기에 현수의 얼굴엔 웃음기가 가득했다.

이때 스튜어디스 하나가 웃음 띤 얼굴로 상냥하게 묻는다.

"손님, 기분이 좋으신가 봐요."

"네……? 아, 네에. 이 기사가 저를 웃게 만드네요."

현수가 가리킨 것은 무너진 야스쿠니 신사를 찍은 사진이다.

"어머, 저도 그 기사 보고 기분 되게 좋았거든요."

허리를 숙이곤 속삭이듯 말했다. 모르긴 몰라도 일본인 손님이 인근 좌석에 앉아 있는 모양이다.

현수 역시 나직한 음성으로 대꾸했다.

"고교도 무너졌다지요? 그래서 기분이 좋아요."

"호호, 네에. 근데 커피 드려요? 아님 주스 드려요?"

이름표를 보니 이수정이라 쓰여 있다. 분명 처음 보는 이름이다. 그런데 왠지 낯이 익다는 느낌이다.

하여 농담하듯 말했다.

"수정 씨 주고 싶은 걸로 주세요."

"호호, 그래요? 그럼 주스 드릴게요. 그게 몸에 좋거든요."

"네, 감사합니다."

"에구, 농담이었구요. 커피는 내려서 같이 드시는 거 어때요? 저도 착륙하면 곧 바로 퇴근하는데…….."

"네에……? 지금 저한테 작업 거시는 겁니까?"

현수의 웃음 띤 얼굴에 이수정이 환한 웃음을 짓는다.

"맞아요, 작업 거는 거……. 왠지 그쪽이 마음에 들었거든요. 그러니 조금 기다려 주실 수 있죠?"

이수정이 현수에게 남다른 호감을 느끼게 된 것엔 그만한 이유가 있다.

바디 체인지를 하면서 외모가 반듯하고 균형 잡혀 잘 생겨진 때문이기도 하다. 게다가 키도 크고, 몸매도 날렵하다.

하나 그것은 부차적인 것이다.

여자들에겐 본능적으로 좋은 남자를 차지하려는 욕구가 있다.

아르센 대륙에서의 현수는 7써클 마스터인 대마법사이다. 또한 코리아 제국의 백작이기도 하다.

한국에서는 천지건설의 과장이며, 이실리프 무역상사의 대표이사이다. 콩고민주공화국에선 내무장관의 각별한 비호를 받는 주요인물이며, 천지약품의 공동 대표이사이다.

콩고민주공화국 군인들에겐 Un homme sans peur 즉, '두려움이 없는 사나이'라는 별명으로 불리고 있다.

따라서 눈에 보이지 않는 아우라가 은연중에 뿜어지고 있다.

기감 예민한 이수정의 본능이 이것을 느끼게 되었기에 먼저 접근한 것이다.

"그럽시다, 뭐!"

"네에, 착륙 후 로비에서 기다리고 계세요. 곧 갈게요."

"네에. 그러지요."

괜스레 기분이 좋았던 현수이기에 스튜어디스가 장난친다 생각하곤 장단을 맞춰준 것이다.

잠시 후, 공항에 도착한 현수는 길게 늘어선 행렬의 맨 뒤에 서게 되었다. 잠시 화장실을 다녀온 사이에 다른 비행기들이 도착한 모양이다.

"여기요. 여기에요."

"……!"

누군가 손을 흔든다 싶어 고개를 돌렸던 현수는 환한 웃음을 짓고 있는 이수정을 볼 수 있었다.

'뭐야? 농담 아니었어?'

"헉헉! 좀 뛰었더니 숨이 차네요."

이수정이 가슴에 손을 얹고 헐떡이는 숨을 골랐다.

그러고 보니 대단한 미인이다. 적어도 몇 번쯤은 길거리 캐스팅의 대상이 되었을 것이다.

게다가 정갈하게 빗어넘긴 머리카락, 단정한 제복, 그리고 날씬한 몸매와 늘씬하게 뻗은 각선미가 조화를 이루고 있다.

"뭐가 그렇게 급해서 뛰셨어요?"

웃음 띤 현수의 물음에 이수정이 눈빛을 반짝인다.

"그쪽이 그냥 갈까 봐요. 저 진짜 그쪽이 마음에 들었거든요. 그런데 그냥 가면 어떻게 해요? 그래서……! 헉헉!"

"네에……?"

"저 진짜 이런 마음 드는 거 처음이었거든요. 아까 비행기에 탑승할 때 심장이 멈추는 줄 알았어요."

"그게 무슨 말입니까?"

"그쪽, 아니 김현수 씨를 처음 보는 순간 반했단 말이에요."

"……!"

현수가 놀랍다는 표정을 지었다. 여자로부터 이런 말을 들어볼 것이라곤 생각조차 해보지 않은 탓이다.

"저 진짜 이런 맘 든 거 태어나서 처음이에요. 근데 그냥 가버리면 어떻게 해요? 그래서 윗사람에게 퇴근한다는 말도 안 하고 막 뛰어 왔어요."

보아하니 진심인 듯하다.

"고, 고맙군요. 그렇게 봐줘서."

"네에, 그나저나 지금 곧장 나가실 건가요?"

"그건 왜요?"

"저, 아직 밥을 못 먹어서……. 위로 올라가면 음식 맛있게 하는 집 있어요. 제가 살게요. 같이 가서 먹어요. 네?"

수정이 간절히 바라는 표정을 짓고 있다. 미녀에 약한 현수가 어찌 매몰찬 거절을 하겠는가!

저도 모르게 고개를 끄덕이고 있었다.

"뭐, 그러죠."

"와아! 호호, 좋아요. 얼른 가요. 배가 많이 고팠거든요."

현수는 의아하다는 표정을 지었다.

"출발 전에 아무것도 안 먹었어요?"

"전 비행기 타기 전부터 내릴 때까지 음식을 먹을 수 없어요. 음료수도 그렇구요. 먹으면 다 토하거든요. 그래서 오늘은 아침부터 굶은 상태에요."

"흐음, 그거 이상한 증상이군요."

"네, 저도 그래서 미치겠어요."

둘은 위층으로 올라가는 에스컬레이터를 타고 가며 이야기를 나눴다. 수정은 자신의 말을 이었다.

"그래서 장거리 노선은 못 타요. 하여 늘 국내선만 탔었는데 오늘은 같이 일하는 언니가 갑자기 아프다고 해서 제가 땜방 나온 거거든요."

"그렇군요."

대화를 하던 현수는 문득 권지현을 떠올렸다.

괴한으로부터 성폭행을 당할 뻔한 사건을 겪은 직후 자궁의 마나가 잔뜩 움츠러들어 있던 것이 생각난 것이다.

그때 검사를 해보면 멀쩡하다는 판정을 받지만 불임하는 여자들에 대한 생각을 했었다. 그리고 기회가 닿는다면 그걸 확인해 보자고 마음먹었었다.

그런데 오늘 이수정을 만나 또 하나의 특이한 케이스를 접하게 되었다. 갑작스레 인체에 대한 궁금증이 솟았다.

하여 나름대로 생각해 보았다.

비행 전부터 착륙할 때까지 음식을 먹지 못한다는 것은 소화기관 어딘가에 문제가 있다는 것을 의미한다.

이게 아니라면 심리에 문제가 있다.

이를 확인해 보려면 직접적인 신체 접촉이 있어야 한다. 하나 처음 만난 아가씨의 손을 어찌 잡겠는가!

아무리 호감을 갖고 있는 상태라곤 해도 그렇게 되면 자칫 치한으로 몰릴 수 있다. 하여 고개만 갸웃거렸다. 그러는 사이에 둘은 제주본가 부대찌개라는 가게 앞에 당도했다.

"호호, 저 이 집 되게 좋아해요. 가격 저렴하고 맛도 있거든요. 여기 부대찌개 잘하는데 그거 시킬까요?"

"뭐, 그러세요."

별로 배가 고프지 않았기에 현수는 고개를 끄덕여줬다.

"아줌마, 여기 부대찌개 2인분이요. 라면사리 하나 추가해주시구요, 수제비도 조금 더 넣어주실 수 있죠?"

환한 표정으로 주문하는 수정을 본 현수는 참 밝고 명랑한 아가씨라는 생각을 했다.

그러고 보니 미모 또한 상당하다. 강연희 대리나 권지현 사무관 못지않은 미인이다.

"근데 김현수 씨는 무슨 일을 하는 분이세요?"

컵에 물을 따라주며 묻는 말이다.

"그냥 회사 다녀요. 천지건설이라고……."

"아, 저 그 회사 알아요. 우리나라에서도 손꼽히는 재벌의 계열사잖아요."

"네, 맞습니다. 그 회사."

"어머, 그러셨구나. 좋은 대학 나오셨나 봐요."

"아뇨, 그건 아니고, 그냥 운이 좋아 입사했습니다."

"치이! 겸손은……. 아시다시피 전 A항공사 스튜어디스에요. 입사한 지는 2년 되었구요."

"네에."

별다른 대꾸를 할 수 없는 말이었기에 가볍게 고개만 끄덕여줬다. 그럼에도 기분이 좋아졌는지 환한 미소를 짓는다.

"전화 있으시죠?"

"전화요?"

"네, 급히 써야 할 데가 있거든요. 잠깐 빌려주실 수 있죠?"

"뭐, 그러시죠."

현수가 꺼져 있던 핸드폰을 건네자 수정이 재빠른 손길로 전원을 넣고는 뭔가를 조작한다.

"잘 썼어요. 자요."

"어라! 통화한다면서요? 아, 문자 보내신 거예요?"

“호호, 아니에요. 제 전화로 전화를 걸었죠. 방금 김현수 씨 전화번호를 딴 거거든요.”

말을 하면서 자신의 전화를 꺼내 얼른 뭔가를 조작한다. 그리곤 입력된 것을 보여주었다.

전화번호부에 ‘김현수 씨’란 글씨와 전화번호가 보인다. 수정의 말대로 자신의 전화번호를 입력한 것이다.

현수는 요즘 신세대 여성들은 정말 대단하다는 생각을 하며 쓴웃음을 지었다.

이런 분위기를 눈치챘는지 수정이 입을 연다.

“가르쳐 달라고 하면 망설이실 거잖아요. 그러다 거절당하면 전 어떻게 해요? 자존심 상하잖아요. 그쵸? 그래서 그랬어요. 이해해 주실 거죠?”

“하하, 네에. 그럼요. 근데 그냥 알려달라고 했어도 알려 드릴 수 있었는데…….”

“어머, 정말요? 호호, 그랬구나. 고마워요. 절 그렇게 생각해 주셔서…….”

수정이 환한 웃음을 짓는 사이에 아주머니가 와서 음식 세팅을 끝내고 갔다.

국물이 끓을 때까지 잠시 침묵이 흘렀다. 그것을 참지 못하겠다는 듯 수정이 현수와 시선을 맞춘다.

“전 스물다섯인데 김현수 씨 나이는 어떻게 되세요?”

“스물아홉이에요.”

“어머나! 전 저하고 동갑 쯤되는 줄 알았는데……. 그럼 오빠라고 부를게요. 그래도 되죠?”

　성장과정이 어땠는지 알 수는 없지만 거침이 없다. 하나 결코 무례한 것이 아니다.

　자신의 속내를 당당하게 밝히는 것으로 미루어 짐작컨대 제대로 된 가정에서 좋은 교육을 받으며 성장한 듯싶다.

　“뭐, 편한 대로 하세요.”

　“아이, 저보다 오빠신데 왜 존댓말을 써요? 그냥 반말 하셔도 되요. 그리고 앞으론 제게 이수정 씨라고 하지 말고 그냥 수정아 그러서도 돼요. 헤헷, 오빠니까 특별히 그렇게 해도 되게 해드릴게요.”

　현수는 문득 이 여자가 어떻게 항공사 면접시험을 통과했는지 짐작이 갔다.

　친화력이 대단하다. 처음 만났지만 무엇을 말하든 다 들어주고 싶은 마음이 들도록 한다. 미모와 애교 때문이기도 하다.

　하지만 그게 전부가 아니다. 환장할 것 같은 눈빛 때문이다.

　깊고 그윽하면서도 신비한 빛을 내뿜는다는 느낌이다.

　그러고 보니 이런 눈빛을 겪은 바 있다. 아르센 대륙에서 만난 카이로시아의 눈빛도 이랬다.

　현수는 그제야 자신이 왜 이수정의 요구를 모두 들어주고 있는지를 깨달았다.

　“어머, 벌써 끓어요. 헤헷, 맛있겠다. 그쵸? 오빠도 드세요.”

　국자를 들고 앞접시에 건더기와 국물을 담은 수정은 그걸 현수에게 먼저 건넸다.

"배 고프다면서요? 먼저……."

"치잇! 오빠, 제가 조금 전에 그랬죠? 존댓말 쓰지 말고, 그냥 수정이라고 부르라고……. 근데 지금 제게 존댓말 쓰셨고, 이수정 씨라는 말을 쓰려 했어요. 그죠?"

"……?"

"그러니까 왠지 멀게 느껴지잖아요. 그러니까 그냥 편하게 대해요. 으음, 애인은 아직 아니고… 그죠? 하긴 오늘 처음 만났으니까요. 그럼 그냥 친한 동생 대하듯 하세요. 알았죠?"

"……!"

"뭐해요? 수정이 팔 떨어지겠어요. 어서요. 팔 아프단 말이에요. 글구 저도 배고프거든요? 오빠가 얼른 이걸 받아야 저도 먹죠. 그죠?"

"응……? 아, 그, 그래!"

방금 전 활달하면서도 매력석인 아가씨에게서 뿜어지는 기분 좋은 아우라를 느꼈다.

현수는 수정의 재촉에 미망에서 깨어나며 말을 더듬었다.

"헤헷! 성공이다. 오빠가 드디어 반말 한 거예요. 그죠?"

처음 보는 남자로부터 반말을 들었다며 기분 좋아하는 수정을 바라본 현수는 잠시 아찔함을 느꼈다. 상대를 기분 좋게 해주는 눈부신 미모와 환한 웃음 때문이다.

'헐……! 내가 왜 이러지?'

현수는 의아했다. 강연희, 권지현, 카이로시아 같은 미녀들과 있을 때도 이런 기분은 들지 않았던 때문이다.

'이거야 원……! 완전히 마녀에 홀린 기분이네. 참, 마녀는 아니군. 저 정도면 천사지.'

현수는 고개를 설레설레 흔들고는 먹는 데 집중했다.

그런데 그럴 수가 없다.

밥을 뜨면 그 위에 반찬을 올려준다. 그리곤 빤히 바라보고 있다. 어서 먹고 무슨 맛인지 알려달라는 표정이다. 그러니 어찌 마음 편히 밥을 먹을 수 있겠는가!

심리적 곤욕을 치르면서 밥을 먹었지만 맛만큼은 일품이었다. 식사를 마친 둘은 커피숍으로 들어갔다.

커피가 나오는 동안 침묵하던 수정이 정색하며 입을 연다.

"오빠, 오늘 제가 너무 들이대서 당황하셨죠?"

"응……? 뭐, 조금은……."

"그랬을 거예요. 저도 오늘 제가 왜 이러는지 모를 정도였거든요. 미안해요."

"아, 아니야. 미안할 것까지는 없지."

"오늘 처음 만났는데 제가 생각해 봐도 너무 심할 정도로 들이댔어요. 근데 제가 왜 그랬는지 정말 모르겠어요."

"그랬어?"

"네에. 제가 오빠를 너무 좋아하게 돼서 그런가 봐요."

"그, 그래?"

"이상해요. 이런 적 정말 한 번도 없었거든요. 근데 이상하게 오빠하고 있으니까 뭔가를 주체할 수가 없어요. 마음속에만 담아둬야 할 말들이 그냥 막 나와서 너무 부끄러웠어요."

"……!"

현수는 대꾸없이 수정의 얼굴만 바라보았다.

아기 피부처럼 매끄럽고 보드라운 얼굴에 이목구비가 정확히 제자리에 위치해 있다. 반짝이는 눈빛은 곤혹스럽다는 심리상태를 보여주는 듯 약간 흔들리고 있었다.

"내가 마음 좀 편하게 해줄까?"

"……?"

"손 줘봐."

현수의 말이 떨어지기 무섭게 수정이 기다렸다는 듯 손을 내민다. 마주 앉은 채 두 손을 잡은 현수는 잠시 눈을 감았다.

'마나 디텍션!'

수정은 뭔가를 느끼려 바르르 떨리는 현수의 속눈썹을 보고 있었다. 그러는 사이에 현수의 마나가 수정의 몸 전체를 휘감아돌았다.

매우 건강한 듯 막히거나 움직임이 이상한 곳 하나 없다. 다만 소화기 계통이 전체적으로 약하다는 느낌을 받았다.

눈을 떠 외모와 체격을 살피니 생각대로 소음인이다.

다시 눈을 감고 확인해 보니 비장은 약하지만 신장은 좋다. 소화기는 약한 대신 배설 기능이 강한 체질인 것이다.

사상 체질에서 소음인은 소극적, 내성적이며, 유순하고 침착하다고 평가되어 있다. 또한 자기 의견을 잘 표현하지 못하며 추진력이 약한 편이라 되어 있다.

그런데 수정은 오늘 매우 적극적이고, 외향적인 모습을 보여주었다. 침착하지 않고 덜렁댔다.

자신의 체질과는 정반대 성향을 보여준 것이다.

현수는 그 원인을 찾으려 고개를 갸웃거렸다. 소화기를 제외한 신체의 모든 기관이 완전한 정상이다.

'남은 건 정신적인 문제인가?'

현수가 고심하려는 순간 수정의 몸이 움찔거린다. 전화가 온 것이다. 손을 놔주니 얼른 전화를 받는다.

"네, 엄마! 네에……? 네. 네. 네. 알았어요. 금방 들어갈게요."

표정을 보아하니 기분 좋은 일은 아닌 듯싶다.

"오빠, 집에 일이 생겨서 이만 들어가 봐야 할 것 같아요."

"그래? 그럼 들어가야지."

"네에, 죄송해요. 제가 전화 드려도 되죠?"

"그럼, 언제든지……!"

말이 끝나기 무섭게 수정이 고개 숙여 인사를 하곤 종종걸음으로 달려 나간다. 무슨 일인지 알 수는 없지만 긴박한 상황인 듯싶다. 하나 현수는 오지랖을 넓히지 않을 생각이다.

하여 남은 커피를 모두 마시고는 천천히 일어났다.

"아! 사장님. 오셨어요?"

현수가 문을 열고 들어서자 업무를 보던 이은정이 자리에서 벌떡 일어나 고개를 숙인다.

"네. 특별한 일은 없었죠?"

"콩고민주공화국의 이춘만 사장님께서 연락 달라는 것 외에는 없었어요."

"급한 일이래요?"

"그건 말씀 안 하셔서 잘 모르겠어요."

"알았어요."

사장실로 들어간 현수는 전화를 집어 들었다. 그리곤 콩고민주공화국으로 전화를 걸었다.

예상대로 전화 연결이 되지 않는다.

"이거야 원! 위성통신 시스템을 갖추던지 해야지."

나직이 중얼거리고는 인터넷 검색을 시작했다. 확인해 보니 돈이 많이 든다.

"에구, 당분간은 팩스로 처리해야겠군."

말을 마친 현수는 문서 작성을 시작했다.

이춘만 차장은 하루에 한 번은 곰베에 마련한 천지건설의 킨샤사 사무실을 들른다. 이곳은 외국인들이 많이 거주하는 곳이기에 다른 지역에 비해 전화 사정도 좋고, 인터넷도 비교적 괜찮은 상태라 하였다.

이제부턴 긴밀한 연락체계를 갖춰야 하므로 인터넷을 활용하자는 내용의 문서였다.

팩시밀리로 내용을 전송하고는 커피 한 잔을 청해서 마셨다.

역시 사약이다. 하여 앞으론 커피믹스를 쓰라는 말을 하려 했다. 그런데 은정이 선수를 친다.

"사장님, 제가 타드리는 커피 맛없다는 거 알아요. 근데 조금만 더 기회를 주세요. 금방 배울게요."

"……!"

현수는 고개를 끄덕일 수밖에 없었다. 이렇게 당부하는데 어찌 안 된다 할 수 있겠는가!

은정이 나간 후 문득 떠오른 생각이 있었다. 하여 꺼낸 것은 유진기의 금고에서 복사해 온 장부와 비망록이다.

하나하나 꺼내서 내용을 소상히 살피던 현수는 이맛살을 잔뜩 찌푸렸다. 담긴 내용이 심상치 않았기 때문이다.

역삼동에 소재한 세정파는 단란주점 열한 군데와 나이트클럽 여섯 곳, 그리고 열세 개의 모텔을 운영하고 있다.

뿐만 아니라 마약, 인신매매, 고리대금업, 매매춘, 장물취급, 무기밀매 등 그야말로 어둠과 관계된 거의 모든 일과 관련이 있다.

이렇게 얻은 재물은 백두마트에 재직 중인 조직원 및 그 가족의 개인통장을 통해 세탁되었다. 그 과정에서 조직원 및 그 가족의 벌이 가운데 일부가 상납되었다.

매달 적지 않은 돈이 차곡차곡 쌓였기에 어마어마한 액수가 되었다. 확인해 보니 1,300억 원이 넘는 거액이다.

이 돈은 케이먼 제도 등 사법기관의 손이 미치기 힘든 외국의 은행에 예치되어 있다.

거래 내역을 보니 야마구치구미는 물론이고 현수가 혼내주고 왔던 스미요시카이 등 야쿠자 조직과도 연관이 있다.

지나의 삼합회와도 아주 밀접한 관계가 있다.

장부엔 거래 및 접대한 내용이 상세히 기록되어 있다.

언제, 어디서, 누구를 만났으며, 어떤 대화를 했는지 구체적으로 메모되어 있다. 또한 거래를 하며 오간 물품의 종류와 수량, 그리고 가격 또한 기록되어 있다.

뿐만이 아니다. 부산에 진출해 있던 러시아 마피아와도 거래를 한다. 권총 등을 몰래 반입하여 밀매하고 있었던 것이다.

이것 역시 상세한 기록으로 남겨져 있었다.

국내의 정재계 인사들과 접촉한 것 역시 표기되어 있다.

룸살롱을 갔으면 언제, 어디에 있는, 어떤 곳을 갔으며, 들어간 시각과 나온 시각이 기록되어 있다. 그리고 카드로 결제한 전표 등이 첨부되어 있다.

또한 그 자리에 참석한 인사들의 면면이 찍힌 사진들도 있다. 호스티스의 얼굴까지 모두 나와 있는 사진이다.

이름들을 일일이 꼽아보니 299명의 국회의원 가운데 무려 120여 명과 접촉을 했다.

뿐만 아니라 사법부는 물론이고, 경찰청, 국세청, 그리고 외무부 등 거의 모든 행정기관의 고위직이 망라되어 있었다.

딱 하나 빠진 곳이 있는데 그곳은 국방부이다. 조폭과 거의 관련이 없는 조직이기 때문일 것이다.

어쨌거나 조경빈에게 그러했듯 여의치 않을 경우 협박용 자료로 수집해 놓은 듯 아주 소상한 것이었다.

심각한 표정으로 장부 등을 읽던 현수의 뇌리로 문득 스치는 것이 있다. 유진기의 집에 잠입했을 때 누군가와 통화하던 내용이 그것이다.

"흐음, 닷새 후 누군가를 뭘 어쩐다고 했던 것 같은데. 그리고 새벽에 뭘 한다고 했었는데…….."

현수는 기억을 더듬었다.

마법사가 된 이후 비약적으로 기억력이 좋아졌기에 이내 그때의 통화 내용을 상세히 떠올릴 수 있었다.

그때 들은 통화의 내용은 다음과 같았다.

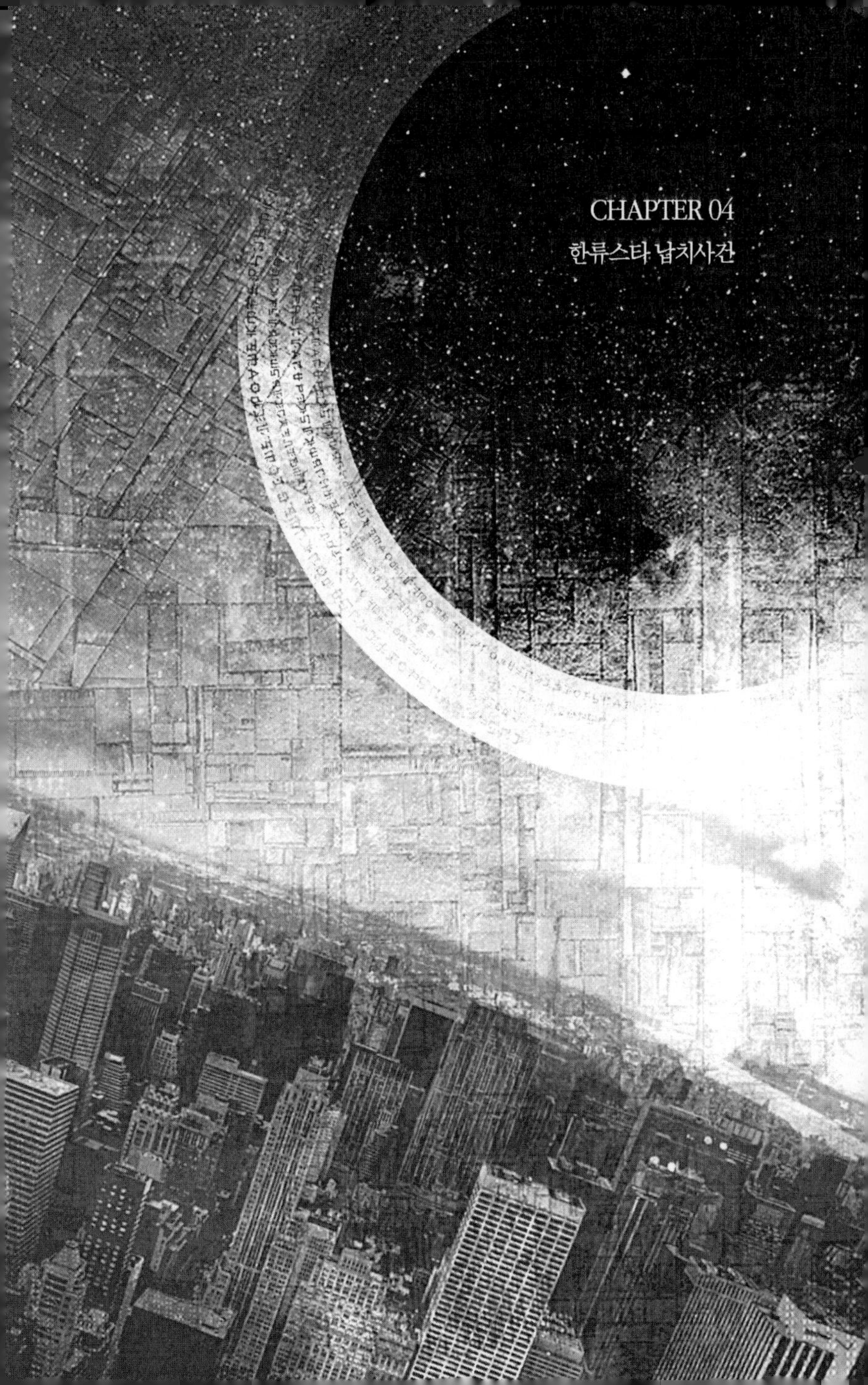
CHAPTER 04
한류스타 납치사건

"그래, 그러니까 조금 더 기다리라는 거야? 근데 내가 왜 기다려야 하는데?"

"그년 스케줄 때문에 그렇습니다, 형님!"

"좋아, 언제까지인지 시한을 정해."

"형님, 늦어도 닷새만 기다려 주십시오."

"좋아, 기다려 주지. 단, 계집애 몸에 손을 대면 알지?"

"어이구, 형님! 저희가 어찌……. 걱정 마십시오. 깨끗한 상태로 데려가겠습니다."

"좋아, 그건 그렇고 이번 물건은 언제 들어와?"

"네, 4일 후 새벽 3시 반입니다."

"도착지가 안면도 앞 공해상이라고 했지?"

"네, 형님!"
"차질없이 물건 넘겨받아라."
"걱정 마십시오, 형님!"
"그리고 그건 어떻게 되었지?"
"그거라니요……? 아, 착착 진행되고 있습니다."
"이번엔 몇 명이라고?"
"우리가 넘겨받는 건 35명이고, 넘겨주는 건 42명입니다."

"흐음, 안면도 앞바다에서 뭘 한 건 이미 진행된 일인 듯싶
구나. 오늘 어떤 여자를 납치하는가 본데. 누구지? 스케줄 어
쩌고 하는 걸 보니 일반인은 아닌 것 같은데."

고개를 갸웃거린 현수가 시계를 보았다.

오후 6시 30분!

유진기가 퇴근했을 시각이다. 현수는 얼른 사무실을 나와
차를 몰고 그의 집 근처 공영주차장에 차를 댔다.

누군가를 납치해서 데려온다면 집으로 올 확률이 매우 높았
기 때문이다.

"퍼펙트 트랜스페어런시! 플라이!"

투명 은신 마법과 비행 마법을 동시에 구현시킨 현수는 아
주 간단히 방범체계를 무너뜨리고 유진기의 집으로 이동했다.

그러고 보니 마당에 도베르만 핀처 네 마리가 있다.

사납기로 이름난 개다. 하나 허공을 날아가는 현수는 전혀
감지하지 못하는 듯 배를 깔고 엎어져 있다.

“언락!”

현수는 이층 서재 창가에 당도하여 잠긴 창문을 열었다.

딸깍! 삐이꺽—!

별로 사용하지 않았는지 경첩에서 소리가 났다. 안에 들어선 현수는 창문을 다시 닫았다. 그리곤 살그머니 문을 열었다.

예상대로 2층엔 아무도 없다.

이 집 주인인 유국상과 보디가드 겸 부하인 놈들은 없다. 아직 귀가하지 않은 듯하다.

와이드 센스 마법으로 확인해 보니 1층엔 유진기와 세 여자뿐이다. 집 밖엔 네 명이 어슬렁거리고 있었다.

살그머니 아래층으로 내려온 현수는 인디케이터를 확인했다. 모두 초록불이 들어와 있다. 금고를 열면 그것에 해당되는 전구가 붉은 빛으로 바뀌게 될 것이다.

유국상의 애첩은 침실에 있고, 두 여자는 주방에서 음식을 만들고 있다. 골프채를 들고 잠시 스윙폼을 잡던 유진기가 2층 욕실로 갔다.

그 즉시 인디케이터 케이스를 열고는 회로를 살펴보았다. 아주 간단한 구조였기에 드라이버로 납땜 몇 군데를 떼어냈다.

센서로부터 오는 신호에 따라 전구의 불이 바뀌게 되어 있는데 그러지 못하도록 한 것이다.

“후후, 이제 슬슬 금고로 가볼까?”

2층으로 올라간 현수는 조경빈의 머리카락이 수집된 앨범이 있던 금고를 열었다.

"⋯⋯!"

금고 속엔 아무것도 없었다. 서둘러 곁의 금고들도 열어보 았지만 결과는 마찬가지이다.

"이런 빌어먹을! 지난 번 그 일 때문에 다른 곳으로 옮겼군. 제기랄! 대여금고 같은 데로 옮겼으면 열어보기 힘든데⋯⋯."

나직이 투덜거린 현수는 모든 것을 원상으로 회복시킨 후 밖으로 나왔다. 그 순간 머리의 물기를 털며 나오던 유진기의 핸드폰이 벨소리를 낸다.

"그래, 나다! 성공했다고? 다행이군. 좋아, 싱싱하지? 좋아, 언제 도착이야? 알았어."

현수는 엿듣기 마법을 구현시키려다 말았다. 자칫 퍼펙트 트랜스페어런시 마법이 깨질 수 있음을 알기 때문이다.

"그래, 알았어. 그리로 가지. 그래! 계집애 몸엔 손대지 마. 그래, 그쪽에도 연락해 줘. 수고했다. 조금 있다 보자."

'흐음, 이 집이 아닌 모양이군.'

잠시 후 현수는 유진기가 운전하는 차의 뒤를 따르고 있었 다. 와이드 센스 마법을 구현시켰기에 둘 사이에 여러 대의 차 가 끼어 있었지만 따라가는 덴 아무런 문제도 없었다.

두 시간이 넘도록 운전해서 당도한 곳은 강화도에 소재한 펜션이다. 이것은 유진기가 조직원들을 교육시키거나 단합대 회를 할 때 사용하기 위해 매입해 둔 것이다.

이를 위장하기 위해 평상시엔 일반인 손님도 받는다.

쿵! 쿵! 쿠쿵—!

두 대의 차에서 유진기와 그의 졸개 네 명이 내렸다.

"너희들은 여기 있어."

"네, 형님!"

"어허……! 내가 그 형님 소리 하지 말라고 했지?"

"죄송합니다, 형님! 헉……!"

"너, 나중에 보자."

"네, 형님!"

"끄응……!"

유진기가 고개를 설레설레 흔들며 안으로 들어서자 형님 소리를 연발했던 놈이 전전긍긍한다.

유진기는 부하들에게 자신을 전무님이라 부르라 했다. 주식회사 세정의 전무이사로 등재된 날이었다.

그날 이후 형님 소리를 하는 놈은 빠따를 맞았다.

그런데 그 강도가 장난이 아니다. 다시는 형님 소리가 나오지 않을 정도로 강력했던 것이다.

하여 다들 형님 소리를 하지 않는다. 그런데 오늘 이곳에 동행한 놈 가운데 하나는 그간 학교에 있었던 놈이다.

물론 여기서의 학교는 교도소를 의미한다. 그리고 그놈은 세정파 행동대장 가운데 하나이다.

3년간의 복역을 마치고 엊그제 복귀했다.

그날 동료 조폭들로부터 단단히 주의를 받았다. 절대 두목이나 형님이라는 소리를 쓰지 말라는 것이 그것이다.

유국상은 회장님, 유진기는 전무님이라 불러야 한다고 신신
당부했다. 그런데 어찌 제 버릇 남주겠는가!

당부를 잊고 형님 소리를 몇 번이나 했다. 이제 맞을 일만
남았기에 안절부절못하고 있는 것이다.

한편, 이들의 뒤를 따르던 현수는 펜션을 한참 지난 곳까지
이동했다. 그리곤 인적 없을 곳에 차를 세우곤 슬슬 걸어왔다.

도착하니 세 대의 차가 펜션 주차장으로 들어서고 있었다.

쿵! 쿠쿵! 쿠쿵! 쿵!

열 놈이 내린다. 그중 둘은 길쭉한 자루의 양쪽 끝을 잡고
있었다. 납치한 여인이 그 안에 담겨 있는 것 같다.

"퍼펙트 트랜스페어런시! 플라이!"

현수가 당도한 곳은 펜션 2층 거실의 창밖이다.

안을 보니 유진기와 사내 하나가 있을 뿐이다. 40대 중반 정
도로 보이는데 올백으로 머리를 넘긴 자이다.

특징이 있다면 뺨에 칼자국 비슷한 흉터가 있고, 스모 선수
저리가라 할 정도로 비대한 몸집이라는 것이다.

부하들은 모두 아래층에 있다.

확인해 보니 현재 이 펜션에 있는 사내의 수가 스물두 명이
다.

이중 열일곱이 유진기와 관련있는 자이고, 나머지 다섯은
일본인이다.

현수는 엿듣기 마법을 구현시켰다.

"이브즈드랍!"

소리가 들린다. 그런데 일본어로 대화하고 있다.

"하하하! 유 전무님, 이렇듯 배려해 주셔서 고맙습니다."

"무슨 말씀을……! 히로야마 상이 늘 베풀어주시는 은혜를 잊지 않아 그중 일부를 보답하는 겁니다."

"은혜라니요? 은혜는 오히려 우리 야마구치구미가 입었지요. 유 전무님은 좋은 고객이잖습니까?"

"하하, 그게 그렇게 되는 건가요?"

"그럼요. 유 전무님과 거래를 하게 되어 기분이 좋습니다."

"네에, 그렇게 생각해 주시니 감사합니다. 그럼 저희는 이만 물러갈 터이니 즐거운 시간 가지십시오."

"감사합니다. 일본에 오시면 오늘의 접대 잊지 않겠습니다."

"하하, 네에. 기대하지요."

유진기가 자리에서 일어서자 히로야마 역시 일어선다. 목욕을 하고 나왔는지 목욕 가운을 걸치고 있다.

현수는 잠시 망설였다. 유진기의 뒤를 쫓을 것인지 이곳에 남을 것인지를 가늠한 것이다.

'놈은 집을 아니 나중에 어떻게 해도 되겠지. 그나저나 대체 누굴 납치해 온 거야? 여자인 것 같은데 저 쪽발이더러 어떻게 하라고 잡아온 건가? 개자식들!'

현수는 나직이 이를 갈았다. 멀쩡한 사람 잡아다 쪽발이에게 능욕당하게 하는 놈들을 어찌 용서할 수 있겠는가!

'니들은 이 일만 끝나면 모두 뒈졌어.'

현수의 전신에서 살기가 뿜어져 나왔다. 실제로 유진기와 그 부하들을 죽일 생각을 한 것이다.

이를 느꼈는지 히로야마가 현수 쪽을 바라본다. 생각보다 기감이 예민한 놈인 듯하다. 하나 아무것도 눈에 뜨이지 않자 이내 시선을 돌린다.

그러는 사이에 유진기 일행이 내려갔다. 잠시 후, 야쿠자 넷이 자루를 들고 올라와 침대 위에 올려놓는다.

잠시 이를 지켜보던 히로야마가 입을 연다.

"푸는 건 내가 풀 테니 너희는 아래층에서 술이나 마셔."

"네, 보스!"

"정 무엇하면 오늘 밤엔 나가서 술을 마시고 와도 좋다."

"아닙니다, 보스! 아래층에 대기하고 있겠습니다. 밤을 지내시려면 필요한 것도 있을 수 있으니……."

"알았다."

"필요한 것 있으면 언제든 불러주십시오. 그리고 좋은 밤 보내십시오. 보스!"

"크흐흐! 알았다."

야쿠자 넷이 아래층으로 내려가자 보스라 불렀던 히로야마가 자루의 입구를 묶은 끈을 풀었다.

"으응! 으으윽! 으으응! 으으으윽!"

누군가의 손이 닿았다는 걸 알았는지 자루가 들썩이고 이상한 소리가 들린다. 손발을 묶고, 입은 테이프 같은 걸로 막아놓은 듯한 소리이다.

끈이 상당히 단단히 묶여 있는지 히로야마는 한참을 끙끙거렸다. 그럼에도 잘 풀리지 않자 짜증나는 듯 이맛살을 좁혔다.

잠시 후, 자리에서 일어선 놈은 침대 옆에 세워두었던 천으로 둘둘 감겨 있는 것을 풀었다.

잠시 후, 잘 벼려져 날이 시퍼렇게 선 일본도 한 자루가 드러난다. 불법무기는 소지하는 것만으로도 처벌받는 한국에 어찌 이런 무기를 반입했는지 알 수 없는 노릇이다.

스스슥! 툭 !

나일론 끈이 힘없이 베어지자 히로야마의 입가에 괴소가 물린다. 만족스럽다는 뜻일 것이다.

그 사이에 창밖에 있던 현수가 안으로 들어섰다. 물론 투명은신 마법이 구현되는 중이다.

히로야마 역시 놀고만 있었던 것은 아니다. 자루 속에 담겨 있던 여인을 꺼내놓은 것이다.

예상대로 손목과 발목이 끈으로 묶여 있고, 눈은 안대로 가려져 있다. 입에는 청테이프가 붙어 있다.

"으으! 으으으!"

자루에서 벗어나자 버둥거리며 소리치는 듯했지만 미약한 움직임이다. 손목과 발목이 너무도 세게 묶인 때문일 것이다.

그러고 보니 묶인 부근에 시뻘건 피멍 자국이 보인다.

사내가 발목의 끈을 잘라내자 벌떡 일어난다. 하나 바로 멈추어야 했다. 일본도의 차가운 날이 뺨에 닿았기 때문이다.

"크흐흐! 역시 잘 빠졌군."

사내는 여인의 몸을 한 바퀴 돌며 몸매를 감상했다.

몸에 착 달라붙는 옷을 걸치고 있다. 수영복 비슷한 것이다. 그렇기에 들어갈 곳은 확실히 들어가고, 나올 곳 역시 제대로 나왔다는 것을 한 눈에 볼 수 있다.

군살이 거의 없는 명품 몸매이다.

여인은 뺨에 닿은 것이 무엇인지 안다는 듯 별다른 움직임 없이 가늘게 떨고만 있었다.

그러던 어느 순간 히로야마가 일본도를 움직여 여인의 눈을 가리고 있던 안대의 끈을 잘라냈다.

사각! 툭—!

"흐윽……!"

갑자기 어둠이 사라지자 여인이 눈을 뜬다. 그러다 화들짝 놀라는 표정에 이어 잔뜩 겁먹은 얼굴로 물러선다.

물론 눈앞에 서 있는 음흉한 표정을 한 사내와 날이 시퍼렇게 선 일본도 때문이다.

"크흐흐! 드디어 네가 내 손에 들어왔어. 크흐흐흐!"

사내의 중얼거리는 소리를 들은 현수가 얼른 여자의 얼굴을 살폈다. 정말 예쁜 얼굴이다.

짙고 곧은 눈썹, 커다란 눈망울, 크지도 작지도 않은 오똑한 콧날, 야리야리한 붉은 입술, 그리고 굽실굽실한 검은머리가 완벽한 조화를 이루고 있다.

그런데 어디선가 본 듯하다. 왠지 낯이 매우 익다는 느낌을 받은 것이다.

'어라! 저 여자는……? 어디서 봤지? 아……! 이수연이구나!'

언젠가 텔레비전에서 본 얼굴이다.

현수의 생각처럼 납치되어 온 여인은 이수연이다.

아이돌 그룹 출신임에도 뛰어난 가창력과 댄스 실력을 인정받아 제2의 전성기를 구가하는 가수이다.

또한 뮤지컬은 물론이고 쇼 프로그램에서도 발군의 존재감을 드러내고 있다.

철철 흘러넘치는 애교와 예사롭지 않은 순발력, 그리고 아름다운 외모와 다재다능한 능력이 이를 뒷받침해 주고 있다.

뿐만이 아니다. 드라마와 영화에 출연하여 자연스런 연기를 펼쳐 연기력도 인정받은 만능 엔터테이너이다.

복장을 보아하니 안무 연습을 하다 끌려온 듯싶다. 발목에 끼워져 있는 토시가 이런 짐작을 가능게 했다.

'그런데 이상하다. 누군가와 닮았어. 누구지?'

현수는 고개를 갸웃거렸다. 이수연이 자신이 아는 누군가와 닮았다는 느낌 때문이다.

'흐음, 텔레비전에서 많이 봐서 그런가? 하긴 뭐, 그럴 수도 있겠군. 근데 진짜 이쁘기는 하네.'

워낙 인기가 높기에 어느 채널을 틀어도 이수연의 모습을 심심치 않게 볼 수 있다.

음악 프로그램, 쇼 프로그램, 드라마, 영화, 뮤지컬을 망라하고 있으니 어찌 그렇지 않겠는가!

사내가 음흉한 웃음을 지으며 나직이 중얼거린다.

"크흐흐! 고년 참 날로 먹어도 비리지 않겠군. 역시! 예상대로야. 크흐흐흐! 크하하하!"

마치 보물이라도 된다는 듯 손끝 하나 대지 않고 이수연을 감상하던 사내가 기분 좋다는 웃음을 터뜨렸다.

물론 꿈에 그리던 육체의 향연을 기대하고 있었을 것이다.

사내가 웃음 터뜨리는 순간 이수연은 자신이 처한 상황을 깨닫고 바들바들 떨다가 그 자리에 털썩 주저앉았다.

극도의 공포 때문에 일순 다리 근육이 풀린 모양이다.

사각사각!

일본도가 이수연의 손목을 묶은 나일론 끈마저 베어냈지만 별다른 반응이 없다. 잠시 후 어떤 일이 벌어질 것인지 충분히 짐작할 수 있었기 때문일 것이다.

찌이익!

입을 막고 있던 청테이프까지 떼어냈다.

"흐흑! 活かしてください."

"オー! 日本語もできるのか? 크흐흐흐."

이수연이 울먹이는 음성으로 살려 달라고 했다. 이에 히로야마가 일본어도 할 줄 아느냐면서 좋아한다.

그리곤 일본어로 말을 이었다.

"한류스타 이수연! 넌 오늘 밤 내 여자가 된다. 기대해도 좋다. 지상 최고의 황홀함을 안겨주지. 크흐흐흐!"

"네에……?"

"나, 히로야마가 얼마나 대단한 남자인지 확실하게 느끼게 해주겠다는 말이다. 크하하하!"

히로야마가 앙천광소를 터뜨릴 때 현수가 나직이 소리쳤다.

"미친 놈! 지랄 옆차기 하네. 홀드 퍼슨! 보이스 익스토션!"

"으으윽……!"

히로야마는 갑자기 몸을 움직일 수도 없고, 말도 할 수 없는 상황이 되자 화들짝 놀라는 표정을 지었다.

"마나여, 이 여인을 잠들게 하라. 슬립!"

현수의 말이 끝나기 무섭게 이수연의 고개가 툭 떨어진다. 그리고 구겨지듯 쓰러졌다. 현수는 이수연의 몸을 받아 침대에 눕혔다. 그리곤 히로야마의 앞으로 갔다.

"흐음, 일단 흉기는 압수하고……."

아무것도 없던 허공에서 현수가 나다나자 히로야마의 눈은 더 이상 커질 수 없을 정도로 커졌다. 그와 동시에 그의 손에 들려 있던 일본도가 현수의 수중으로 넘어갔다.

"보아하니 야마구치구미 소속 야쿠자 같은데 넌 오늘 정말 사람 잘못 만났다."

"으으! 으으으으!"

뭔가를 말하려 했지만 히로야마의 혀는 꼼짝도 하지 않았다.

"일단 매부터 맞자. 근데 귀찮다. 오토 매직 김렛!"

현수가 직접 주먹질을 하지 않는 이유는 비곗살을 때려서 뭐하겠는가 싶어서이다.

눈만 깜박이던 히로야마는 갑자기 길이 10㎝쯤 되는 송곳 수십 개가 동시에 전신을 푹푹 쑤시는 듯한 격통을 느꼈다.

"으으으! 으으으으으!"

너무도 고통스러웠지만 비명조차 지를 수 없는 현실에 경악한 듯 눈만 크게 뜨고 있다. 그러거나 말거나 마법 송곳이 전신을 쑤셨고 이내 선혈이 낭자한 모습으로 변모했다.

잠깐이지만 최소한 1,000번은 찔린 듯한 모습이다.

현수는 그냥 죽어버리면 안 된다 생각했다. 유진기 일당이 어떤 일을 저지르는지 확실히 파악해야 하기 때문이다.

"매직 캔슬!"

끔찍했던 고통이 사라지자 히로야마의 눈이 스르르 감긴다. 가히 혈인이라 불러도 좋을 정도로 온몸이 피투성이이다.

잠시 후, 다시 눈을 뜨자 팔짱 낀 현수가 냉랭한 시선을 보내고 있었다.

야마구치구미의 한국 지부장이 되도록 수없이 많은 혈전을 벌였다. 상대를 반병신으로 만들거나 죽인 경우도 많았지만 거꾸로 당한 적도 많았다.

물론 갓 야쿠자가 되었던 때의 일이다.

1986년, 히로야마는 야마구치구미 계열의 이즈(伊豆) 조직의 신입이었다. 그해 12월, 규슈 지역 토박이 조직인 도진카이(道仁會)를 상대로 처절한 전쟁을 벌였다. 그때 히로야마는 도진카이 조직원들에게 잡혀 집단 린치를 당했다.

이후 간부로 승진하면서 부하들에게 그때의 기억을 가끔 이야기해 줬다. 그러면서 말하길 지옥과 같은 사흘이라는 표현을 했다. 엄청나게 맞고, 고문당했기 때문이다.

그런데 오늘 그 기록이 깨졌다. 불과 5분도 안 되는 시간 동안 당한 고통이 그때의 열 배, 아니, 스무 배는 될 정도였다.

그러니 눈앞의 현수가 저승사자보다도 더 무서운 존재로 느껴진다. 그렇기에 시선만 받았을 뿐이지만 가늘게 떨었다.

"두 번 묻지 않을 거다. 한국에 와서 무슨 일을 했는지 이야기해라. 들어봐서 거짓말이다 싶으면 조금 전의 그 고통이 장난이었다는 것을 확실히 느끼게 해줄 테니. 알겠나?"

"으으! 으으으으!"

"아, 신음 소리 내지 마라. 귀에 서슬리니. 그리고 말해도 된다. 할 수 있으니까. 그 전에 부하들 먼저 불러라."

현수의 말이 끝나기 무섭게 소리를 친다.

"사또! 우치다! 다나까! 혼다!"

현수의 명령이 없었더라도 부하들을 불렀을 것이다. 어쩌면 이 상황을 반전시킬 수도 있을 것이기 때문이다.

보스가 갑자기 큰 소리를 질러서 그러는지 졸개들이 쿵쾅거리며 계단으로 올라온다.

"홀드 퍼슨! 홀드 퍼슨! 홀드 퍼슨! 홀드 퍼슨!"

"헉! 보스, 이 자는 누구……?"

"으윽! 내 몸이 왜 이래?"

"야아아앗! 끄으웅!"

"허억!"

야쿠자 네 놈이 마법에서 벗어나려 안간힘을 쓴다.

하나 어찌 한낱 인간이 7써클 마스터가 시전한 마법으로부
터 자유로워질 수 있겠는가!

아무리 용을 써도 두 다리가 땅에 박힌 듯 꼼짝도 할 수 없
자 놈들의 얼굴엔 공포가 어리고 있었다.

"모두 입 다물어. 누구든 먼저 입을 열면 아가리를 콱 찢어
버린다. 알겠나?"

"……!"

현수의 살벌한 표정과 말투 때문인지 졸개들은 눈만 깜박였
다. 대답했다가 말했다고 맞을까 싶은 모양이다.

"자아, 히로야마라 했지? 지금부터 한국에 와서 무슨 일을
얼마만큼 했는지 소상하게 말해봐. 참, 나 인내심 별로 없다.
맘에 안 들면 아까 그거 알지? 그 고통을 밤새 겪는 영광을 주
겠다. 알았나?"

"네……? 네에."

히로야마는 한가락 하는 부하들 모두 꼼짝도 못하는 것을
보았다. 눈앞의 사내는 분명 손가락 하나 까딱도 하지 않았다.

그렇다면 무시무시한 능력을 지닌 사람이다. 그렇기에 방금
전에 먹었던 악독한 마음을 지웠다.

대항할 수 없는 상대라는 것을 인정하게 된 것이다.

"자아, 유진기와 무슨 일을 했는지 말을 하도록!"

"……!"

"호오, 네놈이 덜 고통스러웠나 보구나. 그래? 그렇다면 더 큰 고통을 맛보게……."

"헉! 아, 아닙니다. 말합니다. 아니, 말씀드리겠습니다."

현수의 표정이 굳어지자 히로야마의 얼굴에 공포가 어린다. 그리곤 이내 속사포처럼 행한 일들을 이야기하기 시작했다.

야마구치구미는 세정파와 손을 잡고 한국의 밤을 장악하려는 노력을 했다.

그러기 위해선 막대한 자금이 소요된다는 것을 인정하였기에 가장 먼저 돈을 벌 수 있는 일을 벌였다.

유흥업소 운영, 마약밀매, 인신매매, 고리대금업 등이 그것이다. 야마구치구미에서 보내온 초기 자금은 유국상이 나이트클럽 및 단란주점 등 유흥업소를 만드는 데 사용되었다.

물론 고리대금업이 가장 먼저였다.

그러는 동안 한국여자들을 일본 유흥가로 수출했다.

가짜 연예 매니지먼트사를 세웠고, 길거리 캐스팅을 하여 멀쩡한 여고생이나 여대생들을 유인했다.

그리곤 일본 연예계 구경을 하자며 데리고 가서 유흥업소에 돈 받고 팔아넘긴 것이다. 이들 중 일부는 야동의 주인공이 되었다. 평범한 것이 아니라 잔혹물의 주연이다.

세력이 커지자 마약에도 손을 댔다. 하여 강남에서 나도는 필로폰이나 엑스터시 대부분이 세정파에서 나온 것이다.

아무튼 히로야마는 세정파가 자리 잡는 데 지대한 공을 세웠다. 한국에 와서 여러 조직들 가운데 세정파를 골라냈고, 먼저 손을 내밀었기에 연합이 가능했던 것이다.

아무리 조폭이지만 유진기 역시 고마움이 뭔지는 안다.

하여 무엇이든 원하는 것이 있으면 언제든 말만 하라는 소리를 여러 번 했다.

그때마다 히로야마는 웃음만 지었을 뿐이다. 그러다가 만 3년 만에 자신의 뜻을 밝혔다.

한류스타 가운데에서도 발군의 미모와 섹시한 댄스, 그리고 뛰어난 가창력으로 온 국민의 사랑을 받는 이수연을 갖고 싶다고 한 것이다.

이에 유진기가 서슴없이 납치를 지시했던 것이다.

현수는 그간 오갔던 거래 내역 등을 상세히 물어보았다.

자신의 발언이 모두 녹음되고 있다는 사실을 알면서도 히로야마는 이야기하지 않을 수 없었다.

잠시만 머뭇거리면 부하들 넷이 고통에 찬 비명을 질렀고, 전신에서 선혈이 낭자하게 흘러나오는 것을 보았기 때문이다.

아무리 큰 비명을 질러도 이곳은 인가로부터 멀찌감치 떨어진 곳에 위치했다.

게다가 유진기 일당은 물론이고 그의 부하인 이곳의 관리인 역시 현재 외출 중이다. 마음껏 즐기라는 배려를 한 것이다.

하여 공포에 질린 비명을 지르도록 내버려 두었다.

그래야 히로야마를 더욱 겁줄 수 있고, 그것은 더 많은 정보를 얻을 수 있게 하기 때문이다.

히로야마가 말을 하면 유진기의 비망록과 대조하였다.

조금이라도 틀리는 부분이 나오면 물었고, 아니다 싶으면 그 즉시 고통스럽게 해줬다. 그랬더니 그 뒤부터는 비망록의 내용과 거의 같은 진술을 했다.

"이거 완전히 미친 놈들 아냐?"

세정파에 대한 이야기를 모두 들은 현수는 눈썹을 찌푸렸다. 장부에 기록되어 있지 않은 새로운 사실들 때문이다.

세정파는 자신들의 뜻에 부합되지 않으면 살인도 서슴지 않았다. 히로야마로부터 들은 것만 열아홉 명이다.

상대 조직원들도 있지만 공무원도 있고 일반인도 있다.

그들의 소지품 및 시신은 모두 화장되었다.

운영권을 강제로 빼앗은 쓰레기 소각장을 이용하여 완전한 증거인멸을 한 것이다.

일반인 희생자 가운데 셋은 재산 많은 노인들이다. 그들의 전 재산을 강탈하고 목숨마저 빼앗은 것이다.

모든 이야기를 마친 히로야마는 조심스런 눈길로 현수를 바라보았다. 이제 처분만 남은 때문이다.

그것은 부하들도 마찬가지이다. 네 놈 모두 바지에 오줌을 싸서 지린내가 난다. 극심한 공포 때문이다.

"딥 슬립!"

쿵! 쿠쿵! 콰당! 쿵! 쿵!

다섯 놈 모두 잠에 취해 엎어지거나 자빠졌다. 잠시 이들을 내려다보던 현수는 입술을 지그시 깨물었다.

이놈들은 불법적인 일을 자행한 놈들이다.

더구나 두목은 대한민국 국민들의 사랑을 한 몸에 받는 이수연을 겁탈하려던 놈이다. 게다가 쪽발이이다.

당연히 그냥 놔줄 수는 없다.

일단 품을 뒤져 모든 소지품들을 꺼냈다. 그것들은 3써클 마법 화이트 파이어로 한줌 재가 되었다. 물론 금붙이와 돈은 전부 빼놓았다.

다음엔 이들이 타고 온 차로 갔다. 연예인들이 주로 타고 나니는 스타크래프트 밴이다. 번호를 보니 렌트카이다.

스르릉, 쿵—!

"어휴, 이 더러운 새끼들!"

차 안은 쓰레기장을 방불케 했다. 과자 봉지, 빵 봉지, 이지러진 우유곽, 주스병, 구겨진 담배곽, 꽁초 등으로 지저분했다.

운전석 뒤에 007 가방 두 개가 있었다.

"언락!"

촤르륵! 촤륵! 촤르르륵! 딸깍! 딸깍!

가방 안에는 만 엔짜리 지폐로 가득했다. 가방 하나당 5천만 엔씩 담겨 있다. 한화로 환산하면 약 15억 원이다.

"이런 눈먼 돈은 먼저 가지는 사람이 임자지. 아공간 오픈!"

현수는 가방 두 개와 놈들의 지갑 속에 있던 200만 엔까지 아공간에 넣었다.

다시 펜션으로 돌아왔다. 놈들은 여전히 잠 든 상태이다.

"플라잉 브랜켓(Flying Blanket)!"

마법이 구현되자 공기로 이루어진 비행 담요가 생성되었다. 이 위에 히로야마를 비롯한 야쿠자들을 올려놓았다.

각기 0.1톤은 족히 될 거구들이지만 현수에겐 그리 무거운 무게가 아니다.

"클린! 워싱! 클린! 워싱!"

바닥에 묻어 있던 선혈이 말끔히 청소되자 이수연에게 다가 갔다. 그녀 역시 여전히 깊은 잠에 빠져 있었다.

"어웨이크!"

"끄으응……! 여기가 어디……? 헉! 사, 살려주세요."

이수연이 갑자기 화들짝 놀라며 뒤로 물러앉는다. 잠들기 직전의 상황을 기억하고 있었기 때문일 것이다.

그런데 비키니 수영복이나 마찬가지인 안무복을 걸치고 있었기에 민망한 모습이 연출되어 있었다.

쪼그린 채 무릎을 당겨 안고 있었던 것이다.

"이수연 씨! 겁먹지 마세요. 해치지 않을 테니……. 다 끝났어요. 그리고 아까 그놈들은 저기 있습니다."

"……! 우아앙, 흐흑! 흐흐흐흑!"

포개진 채 놓여 있는 야쿠자들을 본 이수연이 닭똥 같은 눈물을 흘린다. 하긴 엄청난 공포감을 느꼈을 것이다.

그냥 놔두면 틀림없이 정신적 외상이 발생될 것이다. 그렇기에 슬며시 다가가 부드럽게 안아주었다.

기다렸다는 듯 품속으로 파고든다. 현수가 좋아서가 아니라 본능적인 반응이었을 것이다.

한 손으론 다독였지만 다른 한 손은 이수연의 등에 댔다. 그리곤 마나를 불어넣었다.

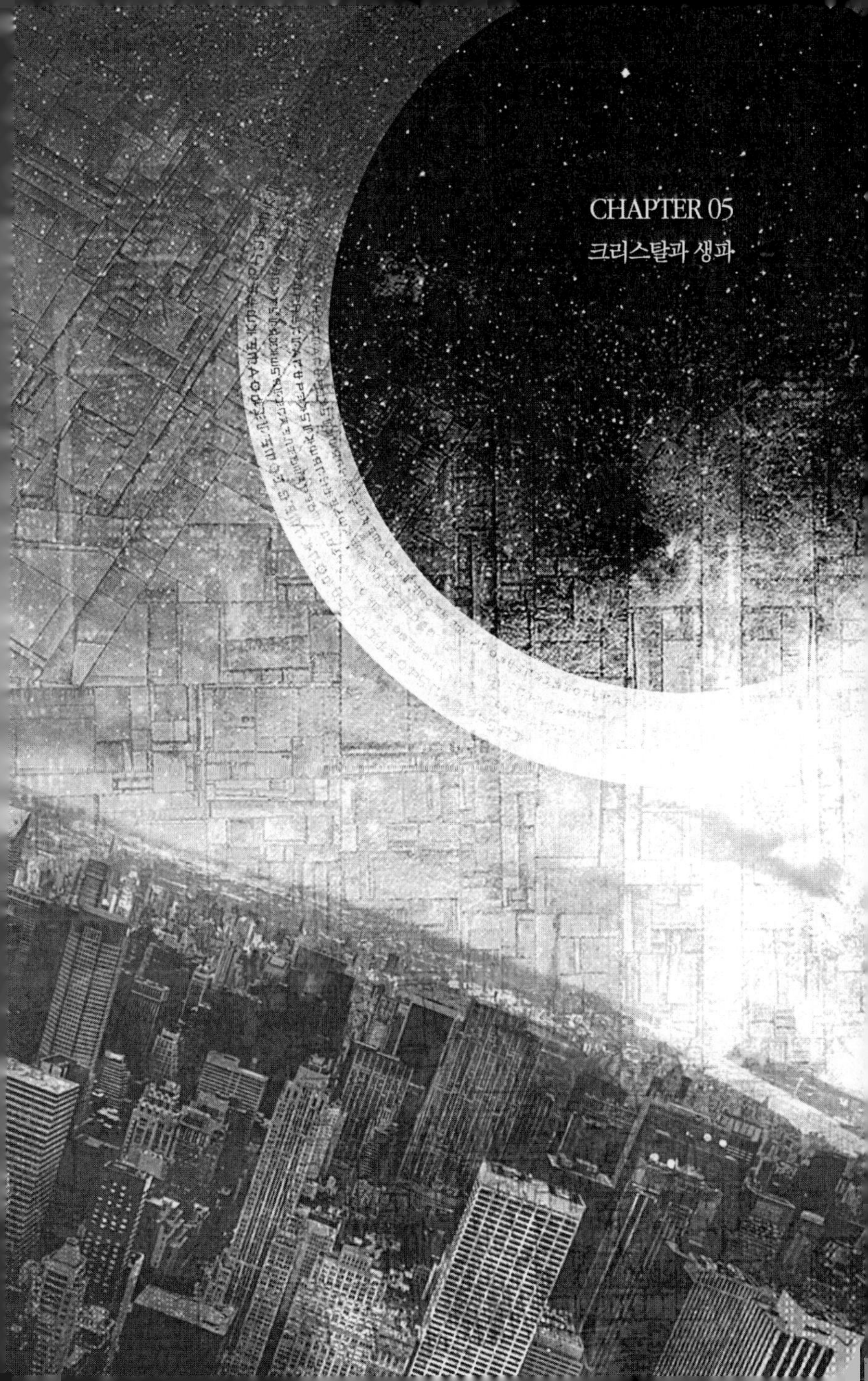
CHAPTER 05
크리스탈과 생파

'으음……! 역시, 예상대로구나.'

정신적 충격 때문인지 뇌 부분의 마나 움직임이 지극히 징체되어 있다. 달리 표현하자면 마나가 잔뜩 쪼그라들어 있다.

이런 현상 때문에 정신적 외상인 트라우마가 발생되는 것인 듯하다. 하여 부드럽게 쓰다듬고 다독여 원래처럼 되도록 애를 썼다. 하나 응집된 마나는 좀처럼 회복되지 않았다.

'하긴 이런 게 쉽게 치료되면 이상한 거지. 흐음, 그래도 뭔가 방법이 없을까?'

온 국민의 사랑을 받는 스타에게 공포스럽고 우울한 기억이 있다면 좋지 않은 영향을 미칠 수 있다.

만일 이것 때문에 스스로 목숨을 끊는 극단적인 선택을 한다면 국민적인 충격이 될 것이다.

"흐흑! 흐흐흐흑! 어어엉! 무서웠어요. 흐흑! 너무 무서워서 죽을 뻔했단 말이에요. 어어어엉! 흐흑! 흐흐흐흑!"

현수는 어깨가 젖는다는 느낌을 받았다. 하긴 눈물을 엄청나게 흘렸는데 젖지 않는다면 이상한 일일 것이다.

그럼에도 몸을 떼지 않고 등을 천천히 다독였다. 그러다 문득 떠오르는 생각이 있었다.

"마나여, 모든 걸 원상으로 회복시켜라. 리커버리!"

서늘한 푸른 빛 마나가 이수연의 몸으로 스며들었다. 손상된 장기나 세포를 원상으로 회복시키는 마법이 혹시 뇌에도 작용하나 싶어 밑져야 본전이라는 기분으로 시전한 것이다.

컴플리트 힐을 선택하지 않은 이유는 어디가 째지거나 터진 상처가 발생된 것이 아니기 때문이다.

"흐흑! 흐흐흐흑! 흐흑! 흐흐흐흑!"

여전히 울고 있지만 들썩임이 조금씩 잦아든다는 느낌이다.

현수는 천천히 이수연의 등을 다독여 주었다. 그렇게 5분쯤 더 지나자 드디어 울음을 그쳤다. 그리곤 나직이 속삭인다.

"절 구해주서서 고마워요. 정말 고마워요. 흐흑! 아깐 너무 무서워서……. 고마워요. 이 은혜 절대 잊지 않을게요."

"무사해서 다행입니다. 조금만 늦었어도 큰일 날 뻔했었는데……. 다행이에요, 아무런 일도 일어나지 않아서. 저도 이수연 씨 팬이거든요."

물론 팬이라는 말은 거짓이다.

　텔레비전을 거의 보지 않기에 이수연이란 연예인이 있다는 것만 알지 무슨 노래를 불렀는지도 모르기 때문이다.

　그럼에도 이런 말을 한 것은 험한 일을 겪은 상대의 마음까지 다독여 주기 위함이다.

　"……! 훌쩍!"

　여전히 현수에게 안겨 있던 이수연이 슬그머니 품에서 벗어난다. 그리곤 눈물을 닦아내곤 정중히 고개를 숙인다.

　"감사합니다. 정말 감사합니다."

　"하하, 네에."

　현수는 부러 환한 웃음을 짓고는 겉옷을 벗었다. 그리곤 이수연의 어깨에 걸쳐줬다. 이런 행동을 지켜보던 이수연이 왜 그러느냐는 눈빛을 보낸다.

　"조금 시원하실 것 같아서요."

　"네……? 이미나!"

　그제야 자신이 반쯤 벗은 상태라는 걸 깨달은 이수연이 화들짝 놀라는 표정을 짓는다. 현수는 일부러 등을 돌렸다.

　상대로 하여금 부끄러움을 느끼지 않게 하려는 배려이다.

　뒤에서 옷깃을 여미는 소리가 들린다.

　"그나저나 이놈들을 어쩌지요? 경찰에 넘길 수도 없구요."

　"네에. 그건 그렇지요."

　이수연이 조그만 목소리로 힘없이 대답했다.

　이놈들을 경찰에 넘기면 사건 경위를 모두 말해야 하는데 어찌 그럴 수 있겠는가!

신고하면 유진기 일당의 만행에 대한 수사가 시작된다.

모르긴 몰라도 여론의 지탄을 받아 죽일 놈으로 낙인찍히게 될 것이다. 하나 그게 그들에게 무슨 의미가 있겠는가!

어차피 사람들의 미움을 받는 조폭 조직이다. 게다가 강간 미수이기에 큰 처벌도 기대할 수 없다.

그러는 동안 스타들 씹어대기 좋아하는 언론이 벌떼처럼 달려들어 별의별 소리를 다 해댈 것이다.

그 가운데에는 분명 이수연이 히로야마에게 몸을 더럽혔다는 내용이 들어가 있을 것이다.

그 순간 인기는 물거품처럼 사라질 것이다.

그리고 아무리 아니라고 강변해도 한 번 식은 인기는 다시 끌어올리기 힘들게 된다.

따라서 경찰에 알리는 것은 가장 하책이다.

"흐음, 이수연 씨 소속사에 알려도 좋을 것 없겠지요?"

"네에. 아마도요. 오늘 일은 비밀이 되었으면 좋겠어요."

이수연은 고개조차 들지 못하고 있었다. 자신의 잘못도 아니건만 오늘 당한 일이 너무도 치욕스럽고 부끄러웠던 것이다.

"좋아요. 그럼 그럽시다. 우리 둘만 아는 걸로 하죠. 그리고 이놈들은 제가 알아서 처리하겠습니다."

"네에……? 처, 처리라뇨?"

죽인다는 뜻으로 받아들인 듯 화들짝 놀라는 표정을 짓는다.

현수는 부러 환한 미소를 지었다. 분위기 쇄신용이다.

"다시는 나쁜 짓을 못하도록 흠씬 두들겨 패줘야죠. 게다가 이수연 씨를 납치해서 못된 짓을 하려던 놈들이잖아요."

"네에."

못된 짓이라는 말에 또 다시 부끄러워진 모양이다. 얼굴이 붉게 상기되었다. 마치 잘 익은 능금 같은 색이다.

"그런 다음에 반성문 100장쯤 받고 놔주면 될까요?"

부러 과장된 표정을 짓자 그제야 이수연의 굳었던 얼굴이 풀어진다. 그러다 문득 생각났다는 듯 묻는다.

"근데 이 사람들 전부 일본 사람들인가요?"

"네, 야마구치구미라는 야쿠자 조직의 조직원들이에요."

"그럼 나중에라도 보복하지 않을까요?"

훗날이 두렵다는 표정이다.

"그렇다고 죽일 순 없잖아요."

"그, 그건 그렇지요."

"그럼 진짜 제 정신 차릴 때까지 두들겨 패는 수밖에 없겠네요. 그쵸?"

"네에."

이수연은 고개를 끄덕일 수밖에 없었다. 뾰족한 해결책이 없기 때문이다.

"창고나 지하실이 있을 테니 이놈들은 일단 거기에 묶어두겠습니다. 잠시 기다리세요."

"네에."

보는 앞에서 마법을 쓸 수 없었기에 현수는 한 놈씩 어깨에 짊어지고 지하로 갔다. 예상대로 보일러실 겸 창고가 있다.

히로야마를 짊어지고 내려간 현수는 그를 내동댕이쳤다. 나머지 놈들도 마찬가지이다.

곱게 내려줄 하등의 이유가 없기 때문이다.

"이놈들은 인간으로 살아갈 가치조차 없는 놈들이지. 반성하지도 않을 거고…… . 설사 그런다 하더라도 남들 괴롭히면서 산 세월이 없어지는 것은 아니지. 흐음, 어쩐다?"

나직이 중얼거린 현수는 이맛살을 좁혔다. 이놈들을 어찌 처리할지 고심한 것이다. 하나 그 시간은 길지 않았다.

"여기가 아르센 대륙이었다면 몬스터의 밥이 되었겠지만 그렇지 않으니 목숨만은 살려주지. 대신 평생 바보로 살아라. 퍼머넌트 브레인 믹싱!"

기절해 있던 놈들의 몸이 꿈틀거렸다. 그것으로 끝이다.

이놈들은 뇌 속에 담겨 있던 모든 내용이 뒤죽박죽이 되어 자신이 누구였는지조차 깨닫지 못하는 백치가 되었다.

이제 바보로서 평생을 살아가게 될 것이다.

손을 탁탁 털며 2층으로 올라가자 이수연이 반색한다. 잠시였지만 혼자 있는 게 무서웠던 모양이다.

"어머, 벌써 다 하신 거예요?"

"아니에요. 일단 묶어만 놨어요. 조금 쉬었다 하려구요."

"아, 네에."

"……!"

잠시 어색한 침묵이 흘렀다. 그런데 이상한 소리가 들린다.

쪼륵! 쪼르륵! 쪼르르르 !

"후훗, 배가 고픈가 보네요."

이수연이 몹시 부끄럽다는 듯 또 낯을 붉힌다.

"네에, 조금요. 사실은 아직 한 끼도 못 먹었거든요."

"지금은 밤인데요?"

시계를 보니 밤 10시가 넘었던 것이다.

"몸매 때문에 요즘엔 하루에 한 끼만 먹어요."

현수는 연예인들의 고충을 이해한다는 듯 고개를 끄덕였다.

"아, 그랬군요. 기다려 봐요. 먹을 게 있나 찾아볼게요."

"그, 그래요."

현수가 자리에서 일어나 여기저기를 뒤졌다. 하나 펜션 객실에 먹을 것이 있을 리 만무하다. 하여 뒤채로 갔다. 쌀은 있지만 번번한 반찬이 없다. 하여 라면만 두 봉지 꺼내왔다.

"먹을 게 라면밖에 없네요."

"괜찮아요. 근데 핸드폰 좀 빌려주실 수 있나요?"

"아, 네에. 그러세요."

현수가 핸드폰을 건네자 이수연이 얼른 전화를 건다.

본인 말고는 건드릴 사람 없기에 현수의 핸드폰은 비밀번호 같은 것이 없다.

띠리리리링! 띠리링! 띠리리리링!

컬러링에 이어 누군가 전화를 받는다.

현수는 듣고자 하는 마음만 먹으면 들을 수 있지만 그러지 않았다. 사생활을 침해하고 싶은 마음이 없었기 때문이다.

하여 MP3에 연결된 이어폰을 귀에 끼웠다. 그러자 '날 사랑해 줘요'라는 노래의 전주가 흘러나온다.

감미로운 멜로디에 발랄 상큼한 가사가 붙어 있기에 전 국민의 사랑을 받았던 노래이다.

날 사랑해 줘요.
오늘 그대 마음을 갖고 싶어요.
그대 사랑 내게 준다면 난 그대의 천사가 될 거예요.
오, 그대여!
오늘 그대 마음을 가질 수만 있다면
난 이 세상 어떤 여자보다도 행복할 거예요.
날 사랑해 줘요.
미치도록 그대의 사랑을 갈구하고 있어요.
그대 품에 안겨 행복한 미소를 짓는 날 기대하면서
난 그대의 사랑을 바라고 있어요.
아! 그대여. 날 사랑해 줘요.
내 마음 당신에게 드렸으니 당신의 맘 내게 줘요.
날 사랑해 줘요. 영원히!

현수는 이 노래를 허밍으로 따라 불렀다.
그런데 현수는 모른다.
이 노래를 부른 가수가 눈앞의 이수연이라는 것을……!

아무튼 누군가가 전화를 받았다.

"오빠……? 호호, 벌써 제가 보고팠어요?"

"여보세요. 크리스탈이니?"

"어라? 누구세요? 설마, 너 생파니?"

"응!"

"야, 네가 왜 오빠 전화로 전활 걸어?"

"무슨 소리야?"

"네가 왜 오빠 전화로 나한테 전화를 거냐고?"

"무슨 소린지 모르겠어. 무슨 오빠? 우리 오빠 있었어?"

"야! 너어, 이 전화, 현수 오빠 거 맞지?"

"현수 오빠……?"

수연이 송화기를 손으로 막은 채 묻는다.

"저어, 혹시 현수 씨인가요?"

하나 현수는 소리를 듣지 못한 듯 수프 봉지를 뜯어 내용물
을 넣고 있었다.

이수연은 현수의 등을 살짝 두드렸다.

현수가 등을 돌리자 이어폰을 빼보라는 몸짓을 했다.

"왜요?"

"혹시 현수 씨세요?

"어라! 어떻게 알았어요?"

"정말요? 그럼 혹시 우리 크리스탈을 아세요?"

"크리스탈이라니요?"

현수가 의아하다는 표정을 짓자 수연은 자신이 잘못 말했음

을 깨닫고 얼른 수정했다.

"이수정이요. A항공사에 다니는……."

"이수정 씨요? 알죠. 근데 이수연 씨가 어떻게……?"

"아, 그랬군요. 잠시만요."

수연은 전화기를 들고 화장실로 들어갔다. 한편 현수는 수연이 어떻게 수정을 알고 있는지 의아하다는 표정을 지었다.

하나 그 표정은 금방 지워졌다. 물이 끓기 시작했기에 얼른 면을 투입해야 했기 때문이다.

"이수연 씨! 라면 다 끓었습니다. 나오세요."

"네에, 잠깐만요."

테이블에 라면 두 그릇을 세팅해 놓고 보니 허전하다. 아무 것도 없었기 때문이다. 하여 얼른 김치와 단무지를 꺼냈다.

물론 아공간에 담겨 있던 것이다.

컵에 찬물까지 따라놓자 이수연이 나온다.

"전화 잘 썼어요. 고맙습니다.

"네에. 어서 앉아요. 라면 다 불겠어요."

"네에, 고맙습니다."

수연은 사양치 않고 라면 한 그릇을 깨끗이 비웠다. 꺼내놓은 김치와 단무지도 상당히 많이 먹었다. 배가 많이 고팠던 모양이다. 수연이 젓가락을 내려놓으며 고개를 숙인다.

"고마워요, 현수 오빠!"

"네……?"

"저 크리스탈이랑 자매예요."

"크리스탈이라니요?"

"수정이요. 수정을 크리스탈이라고 하잖아요. 그래서 우리끼린 그렇게 불러요. 전 수연이라 생파라 불리구요."

"생파는 또 뭡니까?"

"생일 파티의 준말이요. 수연이라는 단어를 사전에서 찾아보면 육십 세가 넘은 어르신들 생일잔치를 뜻한다고 되어 있거든요. 그래서 수정인 절 생파라 불러요."

"아……!"

현수는 고개를 끄덕였다. 이제야 한류스타 이수연을 어디선가 보았다는 느낌이 들었던 이유를 깨달은 것이다.

수정은 그리 길지 않은 머리를 정갈하게 빗어넘긴 헤어스타일이고, 수연은 굽실굽실한 파마머리이다.

수정은 유니폼을 입었었고, 수연은 알록달록한 안무복 차림이나. 분위기가 많이 달랐기에 둘의 얼굴이 기의 같다는 것을 생각지 못했던 것이다.

"누가 언니인가요?"

"크리스탈이 언니에요."

"아……!"

"하지만 같은 해에 태어나서 나이는 같아요."

"네? 그게 무슨?"

"크리스탈은 1월생이고 전 12월생이거든요."

"아! 그럴 수도 있겠군요."

임신기간이 10개월이라면 불가능한 일이 아니기에 고개를 끄덕였다.

"고마워요, 오늘……! 그리고 이제 안심이 돼요."

"무슨 소리예요?"

"언니의 오빠잖아요. 그러니까 제가 납치되었었다는 걸 아무도 모르게 비밀 지켜주실 거잖아요."

"아! 그건……. 네, 당연히 비밀은 지켜드리죠."

"그래주실 거라 믿어요. 근데 저 이제 어떻게 하죠?"

"뭐가요?"

"아마 지금쯤 소속사에서 난리가 벌어졌을 거예요. 안무 연습하다 사라졌으니까요."

"그건 걱정 마요. 내가 데려다줄 테니."

"고마워요. 그리고 제게 반말하셔도 돼요. 언니의 오빠잖아요. 안 그래요?"

"에구, 그건 아닌 것 같네요. 이수정 씨를 알기는 하지만 오늘 처음 만나서 밥 한 번 먹은 사이거든요."

"네에……? 정말이요?"

수연이 놀랍다는 표정을 지었다. 그리곤 이내 말을 잇는다.

"정말 오늘 처음 만났어요?"

"네, 오늘 비행기 안에서 처음 만났어요."

"근데 어떻게……? 정말 처음 만난 거죠?"

"물론이에요."

현수가 고개를 끄덕이자 수연이 다시 한 번 고개를 숙인다.

"그럼 다행이에요."

“뭐가요……?”

수연은 현수의 반문에 대답하지 않았다.

“그런 게 있어요. 그리고 저 지금 데려다주실 수 있어요?”

“그래요. 가서 차를 가져올 테니 조금만 기다려요.”

“네에.”

현수는 운전하는 내내 조금 불편했다. 수연이 자신을 힐끔힐끔 바라보았기 때문이다.

“혹시 좋아하는 노래 있어요?”

수연은 침묵이 싫어 그냥 물어보았다. 물론 자신이 부른 노래 가운데 하나를 대답하게 될 것이다. 지금껏 만났던 사내들 모두 그런 대답을 했기 때문이다.

현수는 깊이 생각할 것 없다는 듯 즉답했다.

“‘날 사랑해 줘요’라는 노랠 좋아해요.”

“아, 그 노래! 그 노래 무엇이 좋은데요?”

수연은 역시나라는 표정을 지었다.

“흐음, 우선 멜로디가 감미롭잖아요. 가사도 괜찮구요. 그리고 그 노랠 부른 가수의 목소리가 너무 좋아요. 참, 수연 씬 가수니까 알겠네요. 혹시 ‘날 사랑해 줘요’라는 노랠 부른 가수가 누군지 아세요?”

“네……?”

수연은 의외라는 표정이 되었다.

“노래를 너무 잘 불러서 대체 누가 불렀을까 궁금했어요. 근데 컴퓨터 앞에 앉으면 검색해 보아야겠다는 생각이 나지 않아서 아직 모르고 있거든요.”

“정말 ‘날 사랑해 줘요’를 누가 불렀는지 모른다고요?”

“네. 알면 가르쳐 주세요.”

“지금 장난하시는 거죠?”

수연은 문득 불쾌한 기분이 들었다. 놀림감이 된 느낌이 든 때문이다. 이런 속내를 현수가 어찌 알겠는가!

“아뇨, 진짜 몰라요. 그러니 알면 가르쳐 줘요.”

“……!”

수연이 잠시 침묵하자 현수가 다시 입을 열었다.

“이수연 씨도 몰라요? 쩝, 꼭 알고 싶었는데…….”

“그 노래 뭐가 그렇게 좋은데요?”

현수는 수연의 음성에 냉랭함이 배어 있다는 느낌을 받았다. 아마도 같은 가수인데 다른 가수의 노래를 좋아한다는 말을 해서인 듯하여 미안한 마음이 들었다.

“미안해요. 이수연 씨도 가수인데……. 하지만 좋은 건 좋은 거잖아요. ‘날 사랑해 줘요’라는 노래를 부른 가수의 음색이 너무 좋거든요. 맑음 속에 허스키함이 서려 있다고나 할까? 아무튼 제 귀엔 너무 달콤하게 들려요. 그래서 좋아하는 거예요.”

“아깐 제 팬이라고 했잖아요!”

“미안해요. 그땐 이수연 씨가 너무 울어서……. 솔직히 제가 텔레비전을 거의 안 봐요. 그래서 연예인들 가운데 일부의 이름만 알뿐 그쪽에 대해선 젬병이거든요. 사과할게요.”

“치이……!”

이수연은 짐짓 삐친 듯한 표정을 지었다.

“그래도 이수연 씨는 알아요. 텔레비전을 켤 때마다 봤던 거 같거든요. 이제부터라도 음반 사서 들어볼게요.”

“정말이에요?”

“그럼요. 이수연 씨가 내놓은 음반 전부 사서 다 들어볼게요. 틀림없이 ‘날 사랑해 줘요’만큼 좋은 노래가 많이 있을 거예요. 그죠?”

“……!”

수연은 현수의 표정을 보고 자신을 놀리려는 것이 아님을 깨달았다. 하여 잠시 입을 다물고 있었다.

“알았어요. 꼭 그렇게 하셔야 해요. 나중에 확인할 거예요.”

“확인까지요?”

“네, 오늘만 만나고 안 만날 거 아니잖아요, 우리. 내일이나 모레, 오빠 시간 있을 때 저녁식사 해요.”

“바쁘지 않아요?”

“아무리 바빠도 생명의 은인과 밥 먹는 게 더 중요해요. 그러니 내일이나 모레 시간 비워줘요. 그럴 거죠?”

“난 아무 때나 되니까 이수연 씨 스케줄에 맞추죠.”

“좋아요. 전화번호 알려줘요. 그리고 밥 먹으러 나올 때 제가 음반 드릴 테니 사지 말구요. 사인해서 드릴게요.”

“우와아, 그럼 저야 좋죠. 하하하!”

운전대를 잡은 현수가 환한 웃음을 짓자 이수연도 배시시 미소를 지었다. 그러다 생각났다는 듯 물었다.

"그런데 말이에요. 어떻게 절 구하게 된 거예요?"

"아, 그거요?"

현수는 잠깐 말을 끊었다. 그리곤 생각을 정리했다.

길을 잃어 헤매다가 우연히 스타크래프트 밴을 보게 되었고, 거기서 자루를 꺼내는 것을 보았다는 것부터 시작했다.

자루가 움직였기에 틀림없는 납치 사건이라 생각해서 뒤를 쫓았고, 놈들을 제압했다고 말해주었다.

"오빠, 싸움 잘하나 봐요. 어떻게 혼자서 다섯 명을……."

"하하, 제가 한 싸움 합니다. 특수부대 출신이거든요."

"아! 그래요?"

수연이 새삼스럽다는 듯 현수를 바라보았다.

동료 연예인들보다는 잘생기지 못했지만 듬직하고 남자답다는 느낌을 받았다.

밤 12시경, 둘은 청담동 안무연습장 앞에 당도하였다. 예상대로 경찰과 기자들이 우글거리고 있었다.

소속사에서 경찰에 신고했기 때문이다.

하긴 톱스타가 의문의 실종을 당했다. 그러니 경찰도 신경 쓰고, 언론에서도 깊은 관심을 보여주는 것이 당연하다.

현수는 중간에 내려주고 싶었다. 언론에 노출되는 것이 별로였기 때문이다. 하나 그럴 수 없었다. 비키니나 다름없는 옷만 걸치고 있는데 어찌 길바닥에 내려줄 수 있겠는가!

게다가 그냥 내려줄 경우 문제가 발생된다.

왜 사라졌었는지에 대한 설명이 궁색하기 때문이다.

옷이라도 제대로 입은 상태였다면 바람 쐬러 나갔다 왔다는 말로 때울 수 있다.

그런데 거의 비키니 차림으로 어찌 바람을 쐰다는 말인가!

결국 현수가 데리고 나갔다 온 것으로 말을 맞췄다. 그리고 등산 바지와 자켓, 등산화를 꺼내주었다.

수연이 어디서 났느냐고 묻기에 어머니께 드리려고 산 것이라 하였다.

같이 갔다 온 산은 강화도 마니산이라 하기로 했다. 현수의 차가 여러 CCTV에 찍혀 있을 것이기 때문이다.

현수의 차가 안무연습장이 있는 건물의 주차창으로 접근하자 기자들이 일제히 달려들며 뭐라 떠든다.

와글와글! 와글와글!

현수는 아무런 대꾸 없이 차를 세웠다. 문이 열리자 어기저기서 묻는다.

"두 분 무슨 사이입니까?"

"어디 갔다 오는 겁니까?"

"왜 소속사에 알리지 않고 사라진 겁니까?"

"언제부터 만나는 사이입니까?"

현수와 수연은 피식 웃음 지었다. '까'라는 소리를 몇 번이나 들을까 예상을 했다.

현수는 100번, 수연은 200번 이상이었다. 그런데 그 기록이 불과 5분도 안 되는 사이에 깨졌기 때문이다.

　수연은 답변없이 안무연습장으로 들어갔다. 그러기로 한 때문이다. 현수는 기자들이 들이미는 마이크 앞에 섰다.

　그 순간 누군가 묻는다.

"이수연 씨와는 어떤 관계입니까?"

"저는 이수연 씨 언니의 남자친구입니다."

"두 분은 어딜 다녀오신 겁니까?"

"둘이 아니라 셋입니다. 언니도 같이 있었으니까요."

"왜 말없이 사라졌던 겁니까?"

"물어보니 오랜만의 외출인데 말하면 못 가게 할까 싶어 그랬답니다."

"본인은 무슨 일을 하시는 분이십니까?"

"그냥 평범한 직장인입니다."

"정말 이수연 씨의 연인이 아닌 겁니까?"

"그렇습니다. 아까도 말씀드렸듯이 이수연 씨 언니의 남자친구입니다."

"오늘 일에 대해 한 말씀 해주십시오."

"연예인이라도 가끔은 바람도 쐴 여유가 있어야 한다고 생각합니다. 들어보니 스케줄이 너무 빡빡하더군요."

"본인의 성함을 알려주실 수 있습니까?"

"그건 곤란합니다. 제 사생활이 있으니까요. 그럼 이만!"

　현수가 차에 올라타자 기자들이 사방을 에워쌌다.

　태산명동서일필(泰山鳴動鼠一匹)이라는 말이 있다.

　태산이 떠나갈 듯이 요동하게 하더니 뛰어나온 것이 고작

쥐 한 마리뿐이라는 뜻이다. 이는 예고만 떠들썩하고 실제 그 결과는 보잘 것 없음을 이르는 말이다.

오늘의 사건이 그러하다.

톱스타 이수연의 실종은 빅 뉴스 중에서도 빅 뉴스이다.

하여 기자들은 다음날 보도될 기사의 제호를 구상하고, 어찌 기사를 쓸 것인지, 무엇을 더 조사할 것인지를 생각해 뒀었다.

그런데 언니의 남친과 더불어 바람을 쐬고 왔다니 어찌 허탈하지 않겠는가!

하여 조금이라도 더 캐물어 기사거리를 만들려 달려든 것이다.

그러거나 말거나 시동을 걸고 조금씩 앞으로 나가려 했다. 그런데 경찰 하나가 앞을 가로막는다.

그리곤 운전석에 나가와 창문을 내리라는 수신호를 했다.

창문을 내리자 경례부터 한다.

"안녕하십니까? 경남경찰서 수사과 이현준 경위입니다. 사건은 종결되었지만 실종신고가 접수된 사건입니다. 불편하시겠지만 선생님의 진술이 필요합니다. 안에 들어가서 하시겠습니까? 아니면 경찰서까지 가주시겠습니까?"

현수는 벌떼 같이 달려드는 기자들을 보았다.

"경찰서로 가죠. 강남경찰서로 가면 됩니까?"

"네, 저와 동행하시죠."

"그럼 타십시오."

이현준 경위가 올라타자 다른 경찰들이 기자들을 밀어냈다.

"후와, 정말 대단하군요."

"기자들이니까요."

대답을 한 이 경위는 차 안을 슬쩍 살펴보았다. 이게 무엇을 의미하는지 짐작되었지만 현수는 운전에만 집중했다.

"이수연 씨의 언니는 지금 어디에 계십니까?"

"오다가 내려줬어요. 화곡동 살거든요."

"……!"

현수는 무엇을 궁금해하는지 알기에 먼저 입을 열었다.

"이수연 씨의 언니는 A항공사 승무원이에요. 오늘 일본에서 오는 비행기에서 근무했구요. 내려서 저하고 밥 먹었습니다. 그리고 준비하는 동안 제가 가서 이수연 씨를 데리고 왔습니다. 셋이서 강화도 마니산에 가서 놀다 왔습니다. 언니는 피곤하다고 해서 화곡동에 내려준 겁니다."

"감사합니다. 먼저 말씀해 주셔서. 근데 성함이……?"

"김현수입니다. 천지건설 과장으로 재직 중이구요."

"아! 젊은 분이 승진이 꽤 빠르시군요."

이 경위는 이제 겨우 25세 정도 된 현수의 직급이 상당히 높음에 놀라는 표정을 지었다.

"어쩌다 보니 남들보다 승진이 빨랐습니다."

"네에, 그랬군요."

이 경위는 천지그룹 계열사 가운데 하나인 천지물류 사장의 성씨가 김 씨라는 것을 상기했다. 김택연은 회장의 사위로 그에겐 25세쯤 된 아들이 하나 있다.

이후 아무것도 묻지 않았다. 차가 강남경찰서 주차장에 접어들자 이 경위가 입을 열었다.

"오는 동안 말씀해 주신 것을 제가 기록하겠습니다. 사인만 해주시면 됩니다."

"네, 그러죠."

수사과 사무실로 들어서자 이 경위가 능숙한 솜씨로 조서를 꾸몄다. 그러는 동안 현수는 주위를 둘러보았다.

경찰서 내부 구경이 처음이기 때문이다.

"자아, 여기 사인만 하시면 됩니다."

내용을 읽어보니 했던 말을 간결하게 정리해 놓았기에 사인을 마쳤다.

주차장에 주차되어 있던 차에 올라타니 전화가 진동을 한다.

이수정이 건 전화이다.

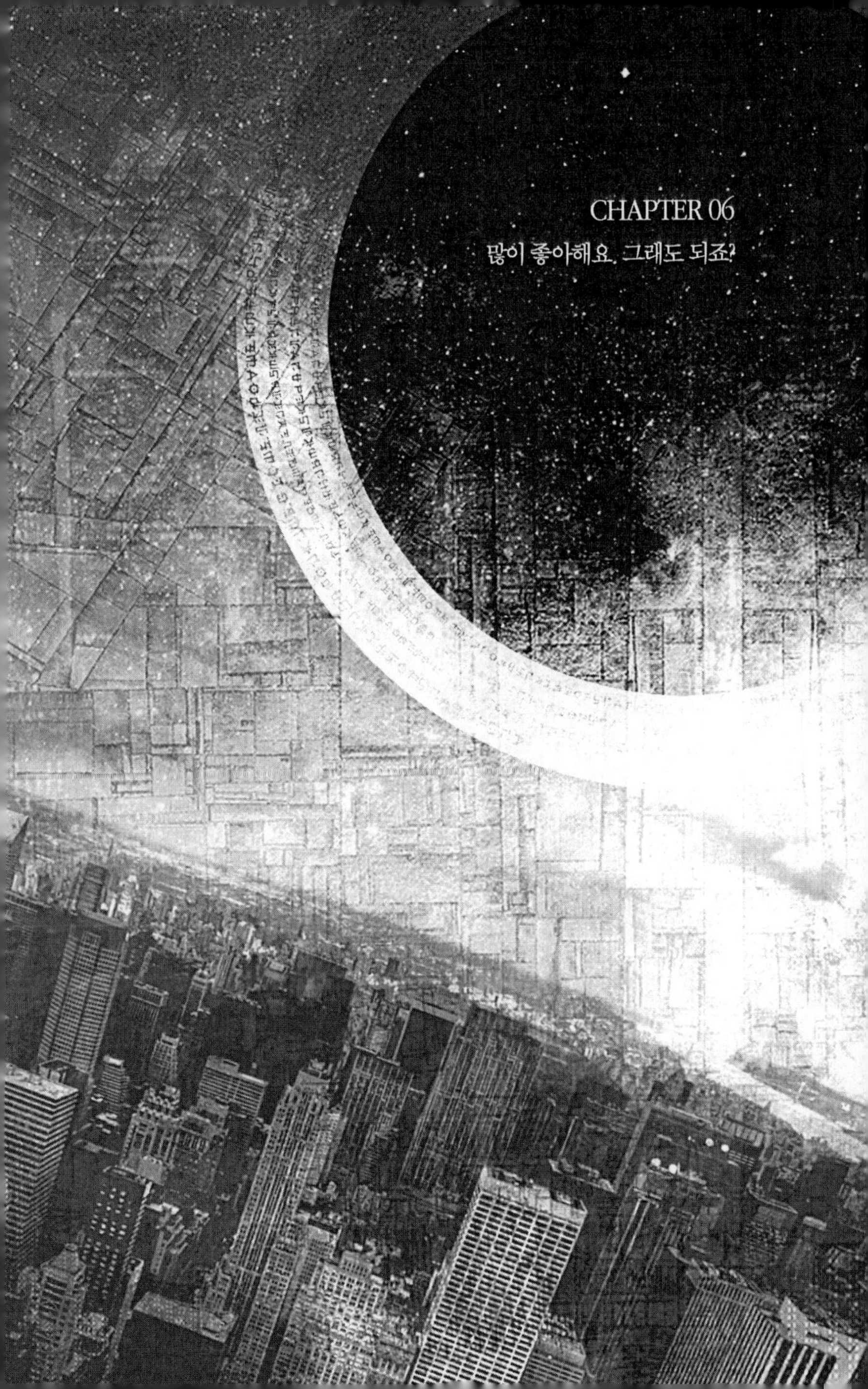
CHAPTER 06
많이 좋아해요. 그래도 되죠?

"아, 수정 씨?"

"네, 저예요, 오빠!"

"다 끝났어요. 그러니 걱정 말아요."

"고마워요. 아빠가 한 번 보자고 하셔요."

"뭐 별일도 아닌데요. 괜찮습니다."

아까 현수와 둘이 있을 때 수정이 급히 귀가한 것은 수연의 실종 소식이 전해졌었기 때문이다. 하나밖에 없는 동생이 사라졌다는데 어찌 사내와 노닥거리고 있을 수 있겠는가!

집에 도착해서도 발을 동동 구르며 사라진 수연을 찾지 못해 안달을 했다. 그러다 전화를 받은 것이다.

둘은 납치사건을 둘만 아는 비밀로 하려 했으나 그러지 못했다. 설명할 수가 없기 때문이다.

다시 말해 현수와 수연이 한 번도 본 적 없는 사이인지라 말의 앞뒤를 맞출 수 없었던 것이다. 그렇기에 나쁜 놈들에게 납치되어 가던 중 구했다는 말을 했다.

집에선 당연히 깜짝 놀랐을 것이다. 강화에서 청담동에 이르는 동안 통화를 하여 사건의 경위를 설명해 주었다.

물론 많은 부분이 각색되었다. 야쿠자에게 강간당할 뻔했었다는 이야길 어찌 부모님에게 할 수 있겠는가!

현수가 우연히 주변에 있다가 도움을 주어 간신히 위기에서 탈출한 것으로 이야기했다. 그리고 언론을 어찌 상대할 것인지도 모두 입을 맞췄다. 소속사에도 똑같은 이야길 했다.

전화를 끊고 집으로 향하던 현수는 또 한 번 전화를 받았다.

"현수 씨!"

"지현 씨군요. 웬일이세요, 이 시간에……."

"어찌 된 일이에요? 현수 씨 여자친구 있었어요?"

"어쩌다 보니 그렇게 되었습니다."

"진짜 여자친구예요?"

"……!"

현수는 대답할 말이 궁색했다. 그렇다라고 할 수도 없고, 아니라고 할 수도 없는 입장이다.

지현이 검찰청에 근무하기 때문이기도 하다.

"말씀하시기 곤란하면 안 하셔도 되요. 그리고 고마워요."

"네? 뭐가요?"

"최 경사님의 상태가 많이 호전되었어요. 이번에도 의사들이 놀라더군요."

"아, 그래요? 그거 다행입니다."

"대체 현수 씬 어떤 사람이에요?"

"네……? 그게 무슨 말입니까?"

"의사들이 손도 못 대던 환자를 불과 며칠 만에 이처럼 호전시켜 놓으니 말이에요. 우리 할아버지도 그렇구, 오대준 씨도 그렇구요. 진짜 도사인 거예요?"

"하하, 그건 비밀입니다."

현수는 부러 호탕한 웃음을 터뜨렸다. 분위기 쇄신용이다. 그런데 권지현은 분위기에 휩싸이지 않는 모양이다. 여전히 차분한 음성으로 이야기한다.

"현수 씨!"

"왜요?"

"…저, 현수 씨 많이 좋아해요. 그래도 되죠?"

"……!"

현수는 쉽사리 대답할 수 없어 잠시 침묵했다.

권지현은 오늘 만난 이수정, 수연 자매와 비교해도 전혀 뒤떨어지지 않는 미모의 소유자이다. 얼굴만큼이나 마음씨도 착하고, 일류대학 출신이고 행정고시마저 합격한 재원이다.

모든 사내가 바라마지 않는 그야말로 최고등급 신부감이다. 하지만 현수의 마음 깊숙한 곳엔 화인처럼 자리한 강연희 대리가 있다. 그렇기에 쉽사리 대답해 줄 수 없었던 것이다.

"현수 씬 절 안 좋아하셔도 돼요. 하지만 전 현수 씰 앞으로도 계속 좋아할 거예요."

"으음……!"

현수로부터 만족할 만한 대답은 듣지 못했지만 마음에 품고 있던 이야긴 다 했다는 듯 약간 풀어진 음성이다.

"이제 밤이 늦었네요. 저 내일 아침에 일찍 출근해야 돼서 이만 끊을게요. 오늘 밤 좋은 꿈 꾸세요."

"네에."

"그럼 이만……!"

전화가 끊긴 후로도 한참 동안 현수는 입을 굳게 다물고 있었다. 마음속에 짐이 생긴 느낌 때문이다.

집으로 향하던 현수가 핸들을 꺾었다.

아까 언론사 카메라들이 차의 번호판을 찍었다. 그렇다면 집 앞에 기자들이 진을 치고 있을 수도 있다.

그렇기에 차를 돌린 것이다. 잠시 후, 고속도로로 접어들었다. 계룡산으로 가려는 것이다.

결계를 치고 들어가 마나를 모았다. 그리곤 팔찌의 마나석이 새까만 윤기를 내자 아르센 대륙으로 떠났다.

왠지 골치 아파진 현실에서 벗어나고 싶었던 것이다.

"마나여, 나를 아르센 대륙으로 보내다오. 트랜스퍼 디멘션!"

샤르르르릉—!

＊　　＊　　＊

"흐으음, 이 맑은 공기! 그런데 여긴 아직 봄이군."

도착 즉시 심호흡을 한 현수는 맑고 깨끗한 공기 덕에 폐부까지 청량해지는 느낌에 희미한 미소를 지었다.

"그나저나 날짜 지정을 안 하고 그냥 왔네. 쩝……! 지구에 있었던 날짜가 14일이니까 오늘은 4월 14일이겠군."

손가락을 꼽아 날짜를 확인한 현수는 코찔찔이 세실리아 여관으로 향했다. 가는 동안 자신의 신분이 월급쟁이 김현수가 아니라 코리아 제국의 하인스 백작임을 자각시켰다.

그러다 문득 떠오르는 여인의 형상이 있었다. 물론 자신의 아내가 되기를 간절히 원했던 카이로시아이다.

'카이로시아는 돌아왔을까?'

여관에 발을 들여놓자 얀센이 반색하며 인사한다.

"아앗! 백작님! 잘 다녀오셨습니까?"

"그래. 자네도 잘 있었는가?"

"네, 물론입죠."

"한데 이 시간에 여기 왜 있는가? 오늘은 장사 안 하나?"

"네, 안 합니다."

얀센이 함박웃음을 짓고 있었다.

"벌써 다 팔린 겐가? 장사 수완이 좋군."

"제 장사 수완이 좋은 게 아니라 백작님께서 주신 상품이 좋기 때문입니다."

"후후, 그게 그렇게 되나? 그럼 로잘린 영애가 날마다 오겠 군."

"맞습니다. 조금 전에도 백작님 돌아오셨느냐고 묻고 가셨습니다. 아마 내일도 오실 겁니다."

"그래? 로잘린 영애가 장사에 맛을 들인 모양이군."

"하하! 네, 내놓는 즉시 팔리니 당연히 그렇겠지요."

"이번에 팔린 금액은 얼마인가?"

"병에 든 것 200개는 5골드에 팔렸습니다. 통에 든 것 100개는 9골드 받았구요. 연막탄 가운데 50개는 50실버, 다른 50개는 75실버, 그리고 나머지 100개는 1골드씩 받았습니다."

"그럼……?"

"네, 정확히 2,062골드하고 50실버입니다. 판매대금은 지난번과 마찬가지로 로니안 자작께서 보관하고 있습니다."

"그런데 지난번보다 값을 더 받았군."

"네, 후춧가루는 왕실에서 전량 수매했습니다. 연막탄의 경우엔 자작님이 50개를 구입하셨고, 이웃 영지의 칼루센 백작이 50개를 구입하셨습니다. 나머지 100개는 전부 왕실로 들어갔습니다."

"미판테 왕국의 왕실에서 구매했단 말이지?"

"그렇습니다. 참, 왕실 시종께서 백작님께 전해달라고 맡긴 물건이 있습니다. 잠깐만 기다려 주십시오."

잠시 후 얀센이 가져온 것은 금박 입힌 초청장이다. 스크롤처럼 만들어 끈으로 묶어놓은 것이다.

함부로 뜯어볼 수 없도록 밀납으로 봉인되어 있다.

현수는 봉인을 뜯고 펼쳐보았다.

얇은 양피지에 금박으로 쓰인 글씨는 코리아 제국의 백작 하인스 멀린은 왕국으로 와서 미판테 왕국의 국왕을 알현해 달라는 정중한 내용을 담고 있다.

아울러 미판테 왕국을 이동하는 동안 불편함을 겪지 않도록 어느 영지든 이 초청장을 보면 정중히 접대하라는 내용도 쓰여 있다. 후춧가루와 연막탄에 호기심을 느낀 모양이다.

"카이로시아는? 돌아왔는가?"

"아뇨. 카이로시아 아가씨는 아직 귀환하지 않았습니다. 다만 백작님께 전해달라는 문서는 도착해 있습니다. 이겁니다."

얀센이 전해준 문서 역시 봉인되어 있었다.

친애하는 하인스 멀린 백작님께.

먼저 카이로시아 에델만 드 로이어가 마음을 다한 존경과 사랑을 드립니다. 언제 어디서든 백작님을 향한 저의 마음은 뜨겁게 타오르고 있답니다.

평생토록 제 곁에 계셔주기를 간곡히 바라면서 소식 전합니다. 먼저 이곳에서의 담판이 여의치 않습니다.

하여 다소 많은 시일이 소요될 것으로 염려되는군요.

혹여 백작님의 마음을 심란하게 할까 싶군요. 그래도 걱정 마십시오. 어떠한 난관이라도 극복해 온 로시아입니다.

곧 백작님의 곁으로 돌아가고픈 마음뿐입니다.

늘 강건하시고, 마음이 편하시길 기원드립니다.

—당신의 사랑을 갈구하는 로시아 올림.

"흐음, 갔던 일이 잘 안 되는 모양이군."

현수가 나직이 중얼거리자 얀센이 입을 열었다.

"카이로시아 아가씨께선 현재 곤란한 상황에 처해 있다고 합니다. 백작님께서 관심 가져주시는 것이 좋을 듯합니다."

"뭐라? 그게 무슨 소린가? 자세히 말해보게."

얀센은 그렇지 않아도 이 말을 하려 기다렸다는 듯 즉시 이야기하기 시작했다.

카이로시아는 소속된 상인들을 이끌고 테세린의 이웃 영지인 유카리안 영지로 향했다.

이번 상행의 목적은 최근 발견된 마나석 광산의 채굴권을 따기 위함이다.

유카리안 영지는 데니스 알만 드 유카리안 백작의 영지로서 미판테 왕국에선 보기 힘든 곡창지대를 품고 있다.

또한 많은 산과 호수도 있어 산림자원 및 수산물도 풍부한 곳이다. 아울러 구리 광산 두 개와 철광석이 나는 철광 또한 한 개가 있다.

그런데 얼마 전 마나석 광산이 발견되었다는 소문이 나돌았다. 마나석은 금보다도 비싼 광석으로 마법사들이 돈을 아끼지 않고 사들이는 것이다.

따라서 광산 채굴권을 획득하면 막대한 부를 쌓을 수 있다. 그렇기에 대륙의 거의 모든 상단이 유카리안 영지로 몰렸다.

한편, 데니스 백작은 느긋하기만 하다.

상단끼리 경합이 붙으면 붙을수록 점점 더 가치가 높아질 것이기 때문이다.

어쨌거나 카이로시아가 부임하기 전 이레나 상단의 미판테 지부장은 오빠인 일루신 에델만 드 로이어였다.

지난해 그는 데니스 백작과의 만남 때 많은 금품을 뇌물로 바쳤다.

마나석 광산에서 나는 산물의 60%는 국왕이 소유한다. 나머지 40%가 데니스 백작 소유이기에 뇌물을 쓴 것이다.

그 결과 이레나 상단은 지구에서 말하는 우선협상 대상자로 지정될 수 있었나.

당시 일루신이 데니스 백작에게 넘긴 금품의 가치는 15,000골드이다. 한국 돈으로 150억 원이다.

그 결과 데니스는 이레나 상단에게 채굴권을 넘기는 것이 좋겠다는 의견을 왕궁으로 보냈던 것이다.

이런 경우 거의 대부분 영주의 뜻을 따르는 것이 관례이다.

국왕으로선 아무것도 하는 일 없이 채굴된 양의 60%를 받게 되기 때문이다.

하지만 감독관은 파견된다. 채굴된 양을 속일 수 있기 때문이다. 하여 왕실 출납부 소속 행정관인 나무센 자작이 파견되었다.

감독관이 파견되었다 함은 채굴권을 누구에게 줄 것인지도 결정되었음을 의미한다. 그런데 이레나 상단엔 아무런 전갈도 없었다. 그렇기에 담판을 지으러 간다고 떠났던 것이다.

"그런데 로시아가 왜 어려움에 처해 있다는 거지?"

"데니스 백작이 카이로시아 아가씨에게 귀족 모독죄를 적용하여 구금하고 있다고 합니다."

"뭐라?"

"같은 귀족인지라 감옥이 아닌 거처에 가둬두었을 것이지만 언제 구금에서 풀려날지 알 수 없다고 합니다."

카이로시아는 데니스 백작에게 이전의 약속대로 채굴권이 이레나 상단에 있음을 발표해 달라는 요구를 했다.

그런데 백작은 채굴권이 아렌시아 상단에 있다고 했다.

아렌시아 상단은 미판테 왕국에 근거를 둔 거대상단으로 이레나 상단과는 라이벌 관계이다.

카이로시아는 팔은 안으로 굽는다는 것을 이해하기에 별다른 항의 없이 물러났다. 그리곤 은밀히 지난해에 제공했던 뇌물을 되돌려 달라는 서한을 보냈다.

그러자 병사들을 보내 구금토록 했다는 것이다.

받은 바 없는 뇌물을 받은 것처럼 꾸며 귀족의 명예를 훼손했다는 이유로 잡아들인 것이다.

"이런 내용을 자네가 어찌 소상히 아는가?"

현수의 물음에 얀센이 고개를 끄덕인다. 이런 물음이 있을 것이라 예상하고 있었기 때문이다.

"이레나 상단은 이곳 미판테 왕국에서 아무런 도움도 받을 수 없는 상황입니다. 마나석 광산 채굴권을 아렌시아 상단이 가진 때문이지요."

"흐음, 그래서?"

"로니안 자작님은 작위가 낮아 데니스 백작에게 자신의 의견조차 개진할 수 없습니다. 그러니 물에 빠진 사람 지푸라기라도 잡는 심정으로 백작님께 이 소식이 전해지길 바랐던 모양입니다. 그래서 연금되었다는 사실을 제게 알렸습니다."

"흐음, 알겠네."

현수는 이맛살을 좁혔다.

도와주고는 싶다. 그런데 아무런 세력도 없으니 문제이다.

그렇다고 7써클 대마법사의 능력을 쓸 수도 없다. 미판테와 쿠르스, 그리고 엘라이 왕국의 추적을 받을 수 있기 때문이다.

"흐으음, 결국 혼자 힘으로 해결해야 된다는 뜻인데……."

"어떻게 하시겠습니까?"

"어쩌긴, 가봐야지."

"혼자서요……? 안 됩니다. 제가 백작님을 보좌하겠습니다."

"그 전에 로니안 자작부터 찾아뵈어야겠네. 자넨 유카리안 영지의 최근 상황을 조사해 주게. 가능하겠는가?"

“네, 다녀오십시오. 모든 인맥을 동원하여 원하시는 자료를 준비해 놓겠습니다.”

“좋네. 그리고 그곳까지 이동함에 있어 불편함이 없도록 만반의 준비를 부탁하네. 만일을 대비한 용병들도 고용하고.”

“네, 알겠습니다.”

여관을 떠난 현수는 로니안 자작의 성으로 발걸음을 옮겼다.

“흐으음, 로니안 자작이 과연 나를 도와줄 것인가?”

자문했지만 정답은 모른다.

알게 된 지 얼마 안 되는 자신과 어쩌면 대를 이어가며 친분을 나눴을지도 모를 이웃 영지의 백작, 둘의 무게를 달아 어느 쪽이 무겁냐는 물음이 될 것이기 때문이다.

현수는 무모한 도움 요청이 되겠지만 밑져야 본전이라는 생각을 했다.

“멈춰라! 이곳은 테세린의 영주이신 로니안 자작님의 성이다. 무슨 용무로 왔느냐?”

성문 앞에 당도하자 레더 아머로 무장한 병사가 삼엄한 표정으로 묻는다.

그 순간 현수는 후회했다. 평민 복장을 하고 있다는 것을 이제야 인식한 것이다. 화려한 예복을 입고 왔다면 말투 자체가 달랐을 것이다. 하나 이미 벌어진 일이다.

“흐음, 나는 코리아 제국의 하인스 백작이네. 영주님에게 용무가 있으니 안에 기별을 넣어주게.”

"말도 안 되는 소리! 감히 귀족을 사칭하다니 죽고 싶으냐?"

병사의 호통에 안에 있던 누군가가 고개를 밖으로 내밀었다.

"에밀리, 대체 왜 그래?"

"아! 크린스 기사님, 나와 보십시오. 여기 귀족을 사칭하는 무엄한 놈이 있습니다."

"뭐어라? 어떤 미친 놈이 감히 귀족을 사칭해?"

듣는 것만으로도 화가 난다는 듯 누군가가 후다닥 튀어나온다. 그런 그의 뒤를 따라 또 다른 누군가가 나온다.

앞선 자는 모르겠으나 뒤따르는 자는 분명 견습기사 복장이다. 그렇다면 앞선 자의 신분은 기사일 것이다.

"네놈이냐? 감히 귀족을 사칭한 자가?"

크린스 기사라는 자가 준엄한 표정으로 호통을 쳤지만 현수의 얼굴은 조금도 변하지 않았다.

"사칭이 아니네. 크린스 기사라 했는가? 안에 기별 좀 넣어주게. 코리아 제국의 하인스 백작이네. 영주님과 상의할 일이 있다고 해주게."

"이런 미친 놈이……? 어디서 감히! 평민 주제에 감히 백작을 사칭해? 무엇들 하느냐? 놈을 체포하라."

크린스 기사의 명이 떨어지자 여섯 명의 병사가 사방에서 포위망을 좁혀왔다. 하나 현수는 의연한 모습이다.

'흐음, 이 정도면 평상시 훈련을 잘 해놓은 모양이다. 다행이야. 자작님이 도와준다 해도 오합지졸이면 문제가 컸을 텐

데. 그래도 한 번은 시험해 봐야겠지?'

다가오는 병사들을 보던 현수가 검을 뽑아들었다. 보검은 아니고 평범한 철검이다.

스르르르룽―!

"뭣들 하느냐? 감히 귀족을 사칭한 놈이다. 팔다리가 잘려도 좋으니 즉각 제압하라."

"네, 알겠습니다."

여섯 명이 들고 있는 검에서 예기가 뿜어진다. 조금 전과 기세가 달라진 것이다.

"흐음, 이보게, 크린스 기사! 이들을 제압하면 안에 기별을 넣어주겠는가?"

"미친 놈! 누가 누굴 제압해? 무엇들 하느냐? 어서 제압해."

크린스 기사의 말이 떨어지기 무섭게 셋이 검을 휘두르며 쇄도했다. 평상시 제대로 된 훈련을 받았음을 의미한다.

"야압! 이야압! 챠앗!"

"이놈! 야압! 이이잇!"

여섯 가운데 셋이 먼저 검을 휘둘렀다. 현수는 상대의 느린 검로를 확인하곤 허리를 좌우로 움직여 이를 피해냈다.

그러자 기다렸다는 듯 나머지 셋의 검이 쇄도한다. 꽤 짜임새 있는 공격이라는 느낌이다.

하나 이들 역시 공격에 실패했다.

현수가 좌우로 한 발씩 이동했다가 원래 위치로 되돌아오는 동안 모두 허사가 된 때문이다.

현수는 콩고민주공화국의 밀림 속에서 결계를 치고 마법을 연구한 바 있다. 그때 틈틈이 멀린이 남긴 검법서들을 꺼내놓고 수련했다.

기초부터 소드 마스터의 검법까지 그야말로 시작에서 끝까지 전 과정을 두루 섭렵하였다. 그 결과 검기를 뽑아내는 소드 익스퍼트 상급에 이르는 실력을 갖추게 되었다.

이제 실전 경험만 쌓으면 금방 최상급에 도달하게 될 것이다. 그리고 깨달음을 얻으면 소드 마스터가 될 수도 있다.

그러는 동안 동체시력 또한 매우 좋아졌다. 그렇기에 병사들의 공격이 마치 슬로우 비디오처럼 느리다 느껴진 것이다.

"후훗! 이제 전부인가? 이렇게 해서 어디 오크 한 마리라도 잡겠나? 안 그런가, 기사 크린스!"

"뭐, 뭐얏? 이런 육시를 할……! 뭐해? 어서 놈을 공격해."

"챠앗! 이야압! 죽엇!"

"에잇! 이야아압! 이이익!"

이번에도 간단히 여섯의 공격을 피해냈다.

"다시들 덤비게. 이번엔 나도 공격할 것이니 지극히 조심해야 할 것이네."

"이런 미친! 죽엇!"

"야아아아압!"

여섯이 각 방위를 점한 채 일제히 공격하였다. 땅으로 꺼지거나 허공으로 솟지 않는 이상 막아낼 수 없는 공격이다.

"세상엔 시간차라는 것이 존재하네. 이야아아아압!"

챙그랑! 챙! 우당탕! 퍼억! 챙그랑! 픽! 챠창!

"헉! 캑! 크윽! 억! 으악! 크악!"

크린스는 동시에 쓰러지는 병사들을 보고 화들짝 놀랐다.

극히 짧은 순간 현수는 병사들의 모든 공격을 피함과 동시에 일일이 반격을 가했다.

그 결과 명치를 걷어채였고, 폼멜[1]에 허벅지를 가격당했으며, 미들[2]에 귀싸대기를 맞았다.

나머지 셋은 정강이를 채였고, 포르트[3]로 관자놀이를 가격당했으며, 주먹으로 턱을 강타당했다.

"이봐, 크린스! 이제 자네가 나서야 할 것 같은데?"

현수의 도발에 기사 크린스가 검을 뽑았다. 하나 표정은 조금 전과 다르다. 방금 전까지만 해도 깔보는 기색이 역력했다. 하나 지금은 지극히 신중한 표정이다.

자신도 병사들 여섯은 거뜬히 상대한다. 여섯이 아니라 서른여섯이라도 끄떡없다. 하나 현수처럼 한 번에 여섯이 나가떨어지게 하기엔 부족함이 있다.

게다가 방금 전 현수는 악독한 수법을 쓰지 않았다.

마음만 먹으면 모두 죽일 수 있었지만 반격 못할 정도로만 가격했다. 많이 봐줬다는 뜻이다.

그렇기에 신중한 표정으로 검을 고쳐 잡은 것이다.

---

1) 폼멜:무게잡이 추. 검의 손잡이 뒤쪽에 박혀 있음
2) 미들:검신을 3등분했을 때 중앙 부위
3) 포르트:검신을 3등분했을 때 손잡이에 가까운 부위

“좋은 자세이네. 하나 내가 자네의 왼쪽 허벅지를 노리면 곤란해질 것 같은데?”

크린스는 움찔거렸다. 소드 마스터이자 왕궁의 근위기사단장도 똑같은 소리를 했기 때문이다. 이는 크린스가 검을 머리 위로 치켜드는 기수식을 취하기 때문이다.

크린스는 대답 대신 검에 마나를 주입했다. 시퍼런 오러가 검 전체를 감싼다. 그런데 두께도 얇고 불안정하다.

소드 익스퍼트 초급 수준이라는 뜻이다. 그렇게 오러를 둘렀으나 현수의 검은 여전히 아무런 변화도 없다.

“먼저 들어오게.”

한 손으로 까딱까딱거린 것이 불쾌했는지 크린스의 검이 파공음을 내며 쇄도했다.

“야아압!”

쐐에에에엑—!

“야압!”

현수의 검이 크린스의 그것과 접촉하려는 바로 그때 순간적으로 시퍼런 오러가 발생되었다가 사라졌다.

챙강! 땡그랑!

“헉……! 어, 어떻게 이럴 수가……?”

단 일 합 만에 중간에서 싹둑 베어져 버린 자신의 검을 보고 크린스는 망연자실한 표정을 지었다. 오러를 두른 검이 평범한 검에 베어졌다 생각했기 때문이다.

현수는 겨눴던 검을 거뒀다.

"크린스! 자네의 검엔 정교함이 없네. 정중동(靜中動)도 없었고, 중중경(重中輕)은 물론이고 경중중(輕中重)도 없었지. 스승이 없었나?"

"네? 그게 무슨……?"

크린스는 자신이 경어를 쓰고 있다는 것도 모르는 모양이다.

"그저 무식하게 휘두른다고 경지가 올라가는 것이 아니네. 검을 휘두름에 있어 고요 속에 움직임이 담겨 있어야 하며, 가벼움 속엔 무거움이, 무거움 속엔 가벼움이 있어야 하지. 방금 자네의 검은 그런 게 하나도 없었네. 그럼에도 오러를 만들 수 있으니 그나마 다행인 것이네."

"무슨 말씀이십니까? 조금 더 풀어서 설명해 주십시오."

크린스는 초급에서 중급으로 올라가고 싶다는 오랜 열망이 있다. 하나 아무도 가르쳐 주지 않으니 어찌해야 하는지 몰라 날마다 무식하게 검만 휘둘렀다.

그런데 오늘 뭔가 알 듯 말 듯한 이야기를 해주는 사람이 나타났다. 그렇기에 무작정 매달린 것이다.

"지금은 내가 시간이 없네. 일단 영주님께 기별을 넣어주게."

"네, 무슨 기별이요?"

"코리아 제국의 하인스 백작이 만남을 청한다고 전해주게."

"지, 진짜 백작님이셨습니까?"

"그렇네. 그러니 어서 전해주게. 몹시 바쁜 일이 있네."

"아, 알겠습니다. 잠시만 기다려 주십시오."

크린스는 병사들을 시켜도 되지만 본인이 안으로 달려갔다. 그런 그의 뇌리엔 조금 전 현수가 해줬던 몇 마디 말로 그득하다. 뭔가 실마리가 잡힐 듯 잡힐 듯한 기분이 든 것이다.

"오……! 하인스 백작님. 오랜만입니다."

"네, 그간 안녕하셨지요? 오랜만에 뵙는군요."

"하하, 여기서 이럴 게 아니라 안으로 듭시다. 아내도 로잘린도 백작님이 오셨다는 소식에 모두들 기다리고 있습니다."

"에구, 괜히 번거롭게 해드리는 것은 아닌지요?"

"아닙니다. 자, 안으로 드십시오."

2층 로비까지 나와 있던 로니안 자작이 접견실로 안내했다.

클린스 기사는 평범한 복장을 한 현수가 진짜 백작이라는 사실에 놀랐다. 이제야 제정신이 된 것이다. 하나 이내 멍한 표정으로 바뀌었다.

"정중동, 중중경, 경중중! 이게 대체 무슨 소리야? 무식하게 검만 휘둘렀다고? 정교함이 없다고……?"

머릿속 가득한 상념에 크린스는 그 자리에 못이라도 박힌 듯 계속 멍한 표정으로 서 있었다.

"안녕하십니까? 자작부인!"

"네, 백작님도 안녕하시지요?"

"로잘린 영애, 오랜만입니다."

"네, 백작님!"

로잘린이 치맛자락을 잡고 슬쩍 무릎을 굽혔다 편다. 우아하다. 그리고 아름답다. 누구의 아내가 될지 모르지만 장차 현숙한 부인이 될 것이 분명하다.

현수와 자작 일가는 한참이나 하하호호하며 이런저런 이야길 주고받았다.

로잘린이 다시 받은 후춧가루와 연막탄을 팔기 시작한 지 이틀째 되던 날 왕궁 시종 레이몬드 자작이 당도했다.

그런데 그는 염소수염에 염소 목소리를 내는 사람이라 그 흉내가 몹시 웃겼다.

세실리아 자작부인은 자지러지게 웃느라 눈물까지 보였다.

일전에 로니안 자작은 자신이 매입한 후춧가루 가운데 일부를 왕실에 진상했다. 이를 사용해 보고 국왕은 물론이고 왕비들과 왕자, 그리고 공주들까지 칭찬이 자자했다.

하여 더 구할 수 있는지 알아보기 위해 왕실 마법사의 도움을 얻어 텔레포트해서 온 것이다.

로잘린이 장사를 시작한 첫날 로니안 자작이 연막탄 50개를 구입했다. 다음날에 레이몬드 자작이 와서 싹쓸이한 것이다.

그럼에도 사흘째 되던 날 이웃 영지에서 의전차 방문한 칼루센 백작이 연막탄 50개를 구매한 것은 로잘린이 이를 감춰둔 때문이다.

장사를 시작만 하면 몽땅 팔려 나가기에 일부러 남겼다. 다시 말해 장사하는 재미를 보려고 한 것이다.

그런데 그 다음날 칼루센 백작이 방문했다.

후춧가루가 있으면 몽땅 내놓으라는데 왕궁에서 전부 구매해 갔다고 하니 입맛만 다셨다. 그 모습에 미안하여 감춰두었던 연막탄들을 꺼내놓았던 것이다.

결국 로잘린과 얀센은 딱 3일 만에 다시 백수가 된 것이다.

"참, 후춧가루와 연막탄 판매대금을 깜박 잊고 있었네. 하인스 백작님, 잠시만 기다려 주시오."

"에구, 천천히 주셔도 됩니다."

"아닙니다. 가까운 사람일수록 계산은 확실히 해야 하는 법. 잠시 기다려 주시오."

로니인 자작이 밖으로 나가자 셋은 멀뚱멀뚱 얼굴만 바라보고 있었다.

"참, 로잘린 영애의 월급을 아직 못 드렸군요."

"네, 저 월급 밀렸어요."

뭘 줄지 잔뜩 기대하는 얼굴이다.

'흐음, 뭐를 준다? 지난번에 도끼빗과 거울, 그리고 머리집게를 주었는데……'

현수는 로잘린에게 줄 것이 마땅치 않아 잠시 고심했다. 그러던 중 떠오르는 생각이 있었다.

로잘린 영애는 영화 로마의 휴일에 나온 오드리 헵번과 용모가 비슷하다. 그렇기에 그 영화에 나왔던 티아라[4]와 목걸이 세트를 떠올린 것이다.

　가죽 배낭 속 아공간을 뒤지며 이미지를 떠올리니 두 개의 상자가 손에 잡힌다. 매대 위에 올려놓았던 진열품인 듯싶다.

---

4) 티아라(Tiara):머리에 쓰는 장신구. 원래는 고대 메소포타미아에서 쓰던 왕관.

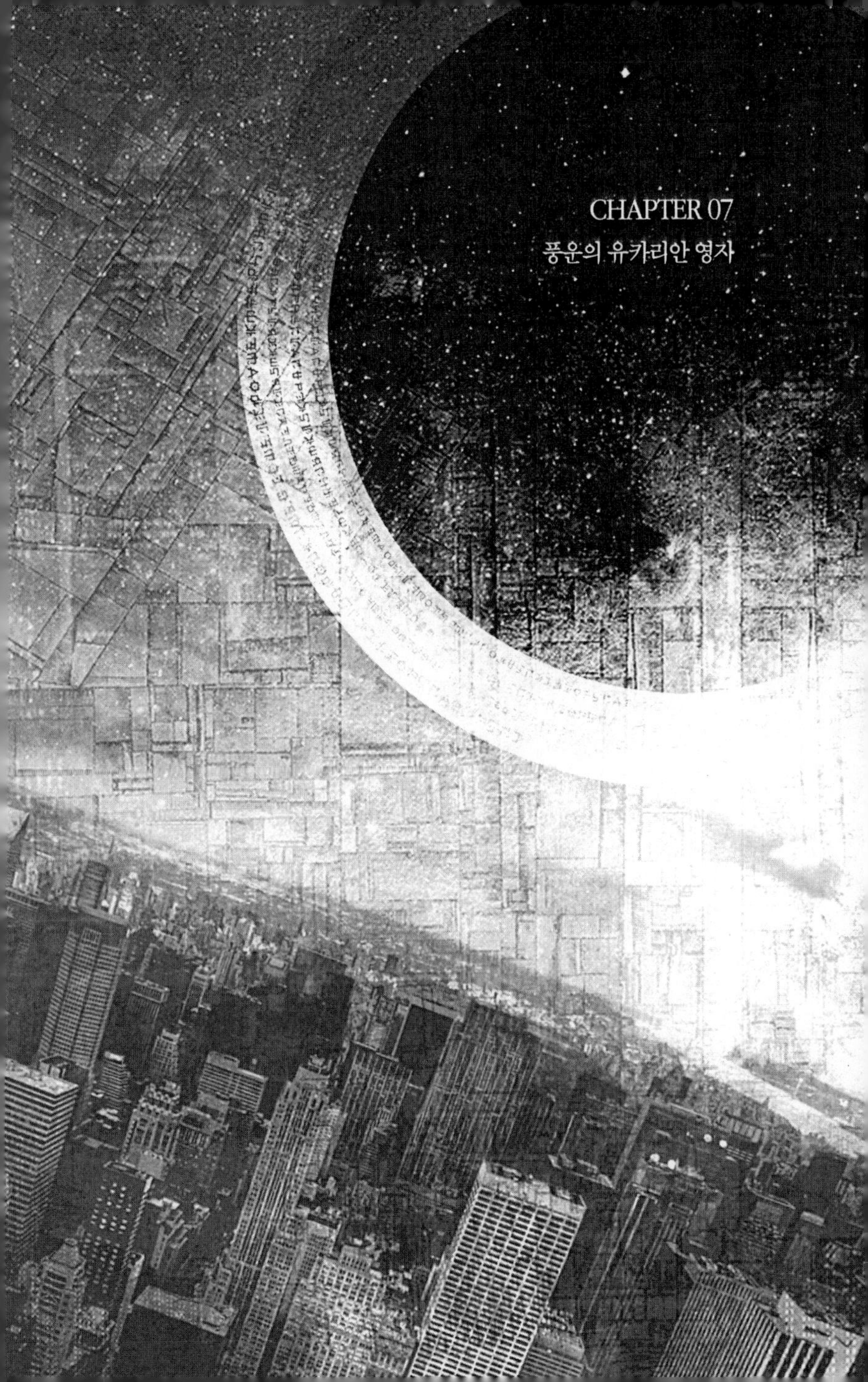
CHAPTER 07
풍운의 유카리안 영자

"흐음, 이 달치 월급으론 이것을 드리겠습니다."

"뭔데요, 벡직님? 어미, 이긴······!"

붉은 벨벳에 싸인 납작한 상자를 받은 로잘린은 탄성을 냈다. 너무도 부드러운 촉감 때문이다. 하나 모친인 세실리아 자작부인은 내용물에 더 관심이 많은 듯하다.

"애야, 어서 상자를 열어보렴."

"네, 어머니!"

공손히 대답하며 상자를 열었다. 그와 동시에 모녀의 눈은 더 이상 커질 수 없을 정로도 크게 떠졌다.

화려함의 극치라는 말이 어울릴 티아라 때문이다.

"이것도 드리지요."

이번 것은 푸른색 벨벳으로 싸인 납작한 상자이다.

서둘러 케이스를 연 모녀는 또 한 번 눈을 크게 떴다.

솜씨 좋은 장인의 상징인 드워프조차 만들 수 없을 것처럼 정교한 목걸이가 들어 있었기 때문이다.

"세상에……! 어떻게 이런……!"

귀족 부인으로 살면서 수많은 연회에 참석했던 세실리아 자작부인이지만 이렇듯 화려하고, 기품있으며, 우아한 목걸이는 본 적이 없다. 그렇기에 입을 크게 벌렸다.

슬쩍 가격표를 보니 티아라는 3만 7천원, 목걸이는 5만 5천원이라 되어 있다. 그렇다면 다이아몬드처럼 반짝이는 것이 큐빅 내지는 모이사나이트라는 뜻이다.

그럼에도 모녀는 둘을 감상하느라 여념이 없었다. 그러는 사이에 로니안 자작이 들어선다.

"하하, 이거 꽤 무겁군요."

"신경 써주셔서 고맙습니다."

"무슨 말씀을……. 제가 백작님께 도움이 된다니 기쁠 뿐입니다. 근데 로잘린, 그거 어디서 났니?"

"백작님이 이번 달 월급으로 주셨어요."

"월급으로 그걸……? 백작님, 너무 과한 것 아닙니까? 매우 귀한 물건인 것 같은데……."

로니안은 분수에 넘치는 물건이라는 듯한 표정을 지었다.

"아닙니다. 로잘린 영애가 장사를 잘한 것에 대한 자그마한 보답입니다. 신경 쓰지 마십시오. 참, 자작부인!"

"네, 백작님!"

세실리아가 가다렸다는 듯 반색한다.

"전에 드렸던 그것 다 쓰셨지요?"

"아……! 그, 그거요? 죄송합니다. 아껴서 쓰라고 하셨는데 제가 그만……. 죄송합니다. 주름이 좀 많았거든요."

눈가의 주름을 없애준다는 이자녹스 링클 디클라인 엠엑스 280은 30㎖짜리이다. 워낙 용량이 적기에 다 쓴 것이 당연하다. 그런데 몹시 미안해하는 표정을 짓고 있다.

도움을 청하러 왔기에 현수는 똑같은 것 네 개를 꺼냈다.

"하하, 아닙니다. 워낙 용량이 적었던 거지요. 이걸 더 드리겠습니다."

세실리아 자작부인의 손은 부들부들 떨리고 있었다.

"오오! 이렇게 고마울 데가……! 고맙습니다. 백작님!"

세실리아 자직부인은 로질 린이 가진 디아라와 목걸이기 더 이상 탐나지 않았다. 보물이라도 얻은 듯 아주 환한 얼굴이다.

그런데 얼굴 피부가 약간 거칠어보인다. 건성인 듯하다. 하여 건성 피부에 좋을 보습 로션을 생각해 보았다.

뭔가 손에 닿아 꺼내놓고 보니 이니스프리 그린티 퓨어 로션이다. 용량을 살펴보니 160㎖짜리이다.

세실리아 자작부인은 아직 현수의 손에 들려 있는 연두색 용기에 담긴 어떤 것에 눈독을 들이고 있다. 눈빛이 별빛처럼 반짝이고 있었던 것이다.

"이건 얼굴에 바르는 건데 저녁 때 세안 후 한 번만 발라보십시오. 얼굴에 습기가 보전되는 효능이 있는 겁니다."

현수는 자연스럽게 뚜껑 여는 방법을 가르쳐 줬다.

"부인, 지금 세안하시고 한 번 발라보십시오."

"네에. 고맙습니다."

세실리아 자작부인이 황급히 자리를 비우자 로잘린 역시 궁금했는지 뒤를 따라간다.

"이거, 백작님이 본가에 너무 많은 걸 베풀어주십니다."

"하하, 그게 그렇게 되는 건가요? 전 자작부인과 영애가 기뻐하는 모습이 좋아서 드린 겁니다."

"하하, 그래요? 감사합니다. 참, 하실 말씀이 있다고요?"

"네, 자작님과 긴히 상의드릴 일이 있어서 왔습니다."

"흐음, 말씀하십시오. 경청하겠습니다."

로니안 자작이 자세를 바로 했다. 뭔지 매우 중요한 이야기일 것만 같았기 때문이다.

"자작님, 이웃에 있는 유카리안 영지의 영주이신 데니스 백작과의 친분 관계는 어떠신지요?"

"데니스 백작과의 친분 관계요?"

로니안은 이름을 듣는 것만으로도 기분 상했다는 듯 얼굴을 찡그렸다.

"이웃에 있으니 대대로 친분관계를 유지하고 계십니까?"

"아닙니다. 유카리안 영지와는 왕래가 거의 없습니다. 그런데 그건 왜 물으십니까?"

"그전에 제가 하나 더 여쭙겠습니다. 유카리안 영지는 이곳 테세린의 바로 곁에 있는데 왜 왕래가 없는 겁니까?"

로니안 자작은 잠시 망설이는 표정을 지었다.

"데니스 백작 덕분에 제가 영주가 되서 그렇습니다."

"아, 그렇습니까? 그런데 어찌 왕래가 없는지……."

현수가 말끝을 흐렸다. 로니안 자작의 표정이 약간 일그러지는 것 같았기 때문이다.

"이십 년 전, 테세린은 유카리안 영지와 영지전을 벌였습니다. 그때 아버님이 돌아가셨지요."

"아……!"

현수는 반문할 수 없었다. 데니스 백작이 아버지를 죽인 철천지원수라는 뜻이 분명하기 때문이다.

"덕분에 테세린의 절반이 사라졌습니다."

"……!"

"데니스 백삭이 차시하고 있는 비옥한 곡창지대기 원래는 우리 테세린의 것이었지요. 그걸 빼앗겼습니다."

비교적 담담한 표정으로 말하고 있지만 로니안 자작의 눈에는 분노의 빛이 어려 있었다.

"으으음……!"

현수는 나직한 침음을 삼켰다. 그리곤 로니안 자작과 시선을 맞췄다.

"복수는 하셨습니까?"

"아직은……. 지금 우리는 힘을 기르는 중입니다. 언젠가 반드시 잃어버린 영토를 되찾고야 말 것입니다."

현수는 마음 편해짐을 느꼈다.

"자작님, 유카리안 영지로 갈 일이 생겼습니다."

"……?"

"제가 아는 어떤 사람이 그곳에 억류되어 있기 때문입니다."

"이레나 상단 사람들 가운데 하나입니까?"

현수는 대답 대신 어찌 알았느냐는 표정을 지었다.

"데니스 백작의 일거수일투족은 제 이목하에 있습니다. 구하고자 하는 사람이 누구입니까? 하나쯤은 은밀히 빼돌릴 수도 있을 것 같습니다."

로니안 자작이 데니스 백작의 손아귀에서 누군가를 구해준다면 그곳에 심어둔 간세 조직이 드러날 수도 있다.

그럼에도 호의를 베풀려는 것은 그간 아내와 딸에게 준 것이 과분하다 생각되기 때문이다.

현수는 카이로시아의 이름을 댈까 하다 말았다.

책임감있는 그녀가 자신 혼자만 안전하다고 좋아하지 않을 것이기 때문이다.

"이레나 상단 사람 전체를 구하고자 합니다."

"실례지만 이레나와 어떤 관계인지 물어도 될까요?"

"큰 거래를 하고 있습니다."

"그렇군요."

로니안 자작은 뭔가 있지만 밝히긴 어렵다는 현수의 속내를 읽었다는 듯 고개를 끄덕였다. 그리곤 다시 입을 열었다.

현수가 왜 방문했는지를 파악한 것이다.

"어떻게 도와드리면 되겠습니까?"

"놈들의 이목을 끌어주십시오. 그것으로 충분합니다."

"흐으음……!"

로니안 자작은 장고에 들어갔다.

현수의 요청을 들어주기 위해선 기사와 병사들이 출동해야 한다. 겉으로 드러난 영지의 전력만으론 이목을 끌기 힘들 것이다. 백작이 자작보다 더 많은 기사와 병사를 가질 수 있기 때문이다.

그렇다면 복수를 위해 기르던 힘까지 동원해야 한다.

그걸 알게 되면 데니스 백작은 경각심을 갖고 대비를 할 것이다. 그러면 복수가 요원해지기에 고심하는 것이다.

"반드시 구해야 하는 겁니까?"

"그렇습니다."

현수는 길게 대답하지 않았다. 의지만 보여준 것이다.

"알겠습니다. 놈들의 이목을 끌어보도록 하지요."

"감사합니다. 자작님!"

"백작님께 중요한 사람들이니 구해줘야겠지요. 그리고 외국 사람들이지만 그들은 이곳 테세린에 근거지를 두었습니다. 거래세를 걷는 영주인 제가 도와주는 것이 당연한 겁니다."

"그래도 감사합니다."

현수는 정중히 고개 숙여 사의를 표했다. 그 직후 세실리아 자작부인과 로잘린 영애가 되돌아왔다.

"여보, 여보! 이것 봐요, 이것 봐!"

세실리아 부인을 본 로니안 자작의 입가에 환한 미소가 걸린다. 조금 전의 심각한 표정은 사라졌다. 부인을 너무도 사랑하는 남편의 모습이 된 것이다.

현수는 로니안 자작 일가의 열렬한 환송을 받으며 영주성을 나섰다. 그렇게 세실리아 여관으로 향할 때였다.

"백작님! 헉헉! 백작님!"

"자네는 크린스 기사가 아닌가?"

"네, 백작님! 죄송합니다만 하나만 여쭙고 싶어서 따라왔습니다. 저의 무례를 용서하여 주십시오."

"흐음, 그러지. 뭐가 궁금한 건가?"

"정중동! 그게 뭡니까? 아무리 생각해 봐도 알 수 없는 말입니다. 제발 알려주십시오."

크린스는 정중히 고개 숙여가며 물었다.

"따라서 걷게. 가는 동안 설명해 주지."

"감사합니다. 백작님!"

현수는 나란히 걷기 시작한 크린스에게 자신의 지식을 나눠주었다.

"정(靜)이란 고요함, 맑음, 깨끗함, 휴식이란 뜻이 있네. 동(動)은 움직임, 떨림, 느낌, 변함이라는 뜻이 있는 말이지. 정중동이라 함은 깨끗한 마음속의 욕심, 맑음 속에서의 혼탁함, 또는 쉬는 듯 보이면서도 끊임없이 움직임이란 말로 해석되지. 검법에 있어 정중동이라 함은……."

설명을 듣는 크린스는 행여 한 글자라도 놓칠까 싶다는 듯 눈빛을 반짝이고 있었다. 현수는 내친 김에 본인이 깨달은 검법의 묘리까지 이야기해 줬다.

"하여, 패검이라 함은 상대의 힘까지 이용하여야 제대로 된 위력이 나오며, 둔검은……. 쾌검은……. 중검은……."

설명을 듣는 동안 크린스는 깨닫는 바가 있는지 고개를 끄덕이곤 했다. 아울러 자신이 알지 못하던 경지에 대한 설명에 경외감을 띤 눈빛으로 현수를 바라보기도 했다.

"자아, 오늘은 여기까지……. 나중에 시간이 나면 더 가르쳐 주지. 호위해 줘서 고맙네."

"아이고, 무슨 말씀을……! 감사합니다. 백작님! 백작님의 가르침을 결코 잊지 않겠습니다."

크린스의 허리는 90° 이상 굽혀졌다.

크린스 기사가 돌아산 후 현수는 적당한 곳을 찾아 결계를 치곤 마나심법을 운용하였다. 그리곤 운기조식까지 했다.

다음엔 알고 있는 마법들을 모두 점검했다.

특히 공격 마법에 집중했다. 방어 마법은 전능의 팔찌에 새겨져 있는 앱솔루트 배리어가 있기 때문이다.

하나 아무런 방어에 대한 준비를 하지 않은 것은 아니다. 오토 리차지 마법으로 마나석이 완충되도록 하였다.

앱솔루트 배리어를 열 번 이상 구현시킬 수 있도록 한 것이다. 이것만 구현되면 물리적 공격이든 마법 공격이든 모두 막아낼 수 있을 것이다.

하나 현수는 잊지 않았다. 자신이 이실리프 마탑의 마법사라는 것이 드러나지 않게 하여야 한다는 것이다.

마법은 최악의 경우에만 사용해야 한다.

그러려면 무력이 우선이다. 현재 소드 익스퍼트 상급의 경지에 있으니 검에 오러를 입히고 검기를 뿜어낼 능력이 있다. 이를 자유자재로 내고 거두는 것을 연습한 것이다.

"이제 오십니까?"

"그래, 준비는 되었나?"

"네에. 그런데 용병은 여덟밖에 못 구했습니다."

"등급은?"

"B급 세 명, C급 다섯입니다."

"그 정도면 되었네."

고개를 끄덕이던 현수가 얀셴은 바라보았다.

"한데 자네, 검법을 익혔는가?"

"호신할 정도는 익혔습니다. 소드 유저 정도의 실력이지요."

"흐음, 그렇다면 자넨 길목까지만 안내하게."

"아이고, 아닙니다. 소인이 끝까지 모셔야지요."

"자넨 하인스 상단의 본점 서기이네. 그리고 이제 곧 태어날 아기의 아버지가 아닌가? 그러니 시키는 대로 하게."

현수의 말에 조심스런 눈길로 바라만 보고 있던 로사가 고맙다는 뜻을 표했다. 활달하던 세실리아도 어쩌면 아버지가 죽을지도 모르는 길을 떠난다는 것을 아는지 조용했다.

하나 얀센은 고집이 셌다.

"백작님! 그렇게는 못합니다. 소인이 모시겠습니다."

"자네 때문에 운신의 폭이 좁아질 수 있음을 왜 모르는가? 정히 따라오려거든 소드 익스퍼트 초급 이상이 되게."

"네에?"

소드 익스퍼트라면 오러를 발현시킬 수 있는 능력이 있다는 뜻이다. 다시 말해 마나를 느낄 수 있는 수준이 되는 것이다.

그 정도면 어딜 가도 기사가 될 수 있다. 그런데 그런 수준을 요구했기에 말도 안 된다는 표정을 지었다.

"길목까지만 안내하게. 자넨 가장이네. 일도 중요하지만 가족을 남겨놓고 먼저 죽을 수는 없지 않은가! 안 그래? 로사가 과부되길 원하고, 세실리아가 애비 없이 자라길 원하나?"

"그, 그야……!"

얀센은 대답할 말이 궁색했다. 주인을 모시는 것도 중요하지만 가족도 중요하다는 것을 알게 되었기 때문이다. 물론 현수의 영향을 받았기에 이 정도 생각을 하는 것이다.

"잔소리 말고 안내나 하게. 나머진 내가 알아서 할 테니."

"네, 백작님!"

일행이 출발한 것은 새벽이슬로 바짓단이 축축해지는 이른 아침이다. 얀센이 동행한 곳은 영지의 경계 역할을 하는 야호니 강에 걸린 다리까지였다.

"이 다리를 건너시면 유카리안 영지입니다."

"오늘 중으로 이곳에 로니안 자작의 병사들이 오게 될 것이네. 만일을 대비하여 인근에 마차 서너 대를 준비해 놓게."

"마차요?"

"그렇네. 부상자가 발생될 수도 있으니 긴급조치를 취할 붕대 같은 것도 준비해 놓고."

"네, 알겠습니다."

*　　　*　　　*

"멈춰라! 무슨 용무로 오는 것이냐?"

병사의 말에 사두마차의 마부가 말을 세웠다.

"코리아 제국의 하인스 백작님께서 유카리안의 영주 데니스 백작님을 만나고자 오셨으니 기별을 넣어주시오."

"코리아 제국? 하인스 백작님?"

병사가 처음 듣는 소리라는 듯 고개를 갸웃거릴 때 마차의 문이 열렸다. 그리곤 화려한 예복을 걸친 현수가 내려섰다.

"……!"

잠시 머뭇거리던 병사는 현수의 예복에서 눈을 떼지 못했다. 사치와 향락을 좋아하는 데니스 백작조차 입어보지 못할 정도로 화려하면서도 장중한 예복이었기 때문이다.

"잠, 잠시만 기다려 주십시오."

병사가 부리나케 안으로 들어가자 현수가 뒤따르던 일곱 명의 호위에게 일렀다.

"내가 지시하기 전까지는 절대 병기를 뽑지 말게."

"네, 백작님!"

마부를 제외한 전원이 기사 복색을 갖춘 이들은 테세린 영지에서 고용한 용병들이다.

현수 일행은 말없이 기다렸다. 이곳까지 오는데 닷새가 걸렸다. 말과 마차를 이용했기에 망정이지 걸었다면 족히 아흐레는 걸릴 먼 길이다.

로니안 자작의 말처럼 한참 동안 곡창지대가 이어졌다.

그러는 동안 몇몇 마을을 지나쳤다. 그런데 그곳에서 본 것은 현수의 이맛살을 찌푸리게 하기에 충분했다.

어른들은 잘 먹지 못해 비쩍 말라 버짐까지 피어 있었다. 아이들도 비쩍 말랐는데 배만 튀어나와 있었다.

단백질 결핍증인 콰시오커[5]라는 병에 걸린 것이다.

생활공간의 위생이라곤 눈을 뜨고 찾아볼 수 없었다.

어찌 인간이 이토록 지저분한 환경에서 살아가는지 의문이 들 정도였다.

이로 미루어 짐작컨대 유카리안의 영주 데니스 백작은 평민과 농노, 그리고 노예를 착취의 대상으로만 여긴다는 것을 알 수 있었다.

현수 일행이 지날 때면 마른 땅이든 진창이든 가리지 않고 무조건 엎어져 고개를 조아렸다.

---

5) 콰시오커(Kwashiorkor):단백질 섭취량이 극히 적은 상태가 오랜 기간 계속되었을 때 나타나는 여러 가지 증세.

누군지 모르지만 말 타고 다니는 사람만 보면 극도의 공포심을 느끼도록 조장한 결과이다.

"백작님, 마차 안에서 기다리시지요."

한참을 기다려도 아무 소식이 없기에 용병의 우두머리인 토마스가 한 말이다. 이에 현수는 빙그레 웃음 지었다.

처음 만났을 땐 이름도 이상한 제국의 백작이 애송이처럼 보여서 맞먹으려 했다. 귀족이란 사실이 믿기지 않았던 것이다. 복장도 그렇고, 말하는 투도 평민 같았다.

그래서 첫 번째 야영을 하던 날 현수는 용병들의 실력을 점검하겠다고 나섰다.

그 결과 여덟 명의 합공을 손쉽게 물리쳤으며 모두 제압했다.

그리곤 각자의 문제점을 지적해 줬다. 뿐만 아니라 그를 해결할 방안도 모색해 주었다.

그날 이후 저녁식사를 마치고 나면 검술 지도가 시작되었다.

용병들로서는 돈을 내고 배우려 해도 배울 수 없는 검술을 배우게 된 것이다. 그것도 대강 대강 배우는 게 아니라 일일이 자세 교정까지 해주는 일대일 과외였다. 그 결과 겨우 닷새지만 용병들은 비약적인 발전을 하게 되었다.

이를 축구선수에 비유하자면 뻥 축구만 하던 선수들이 머리를 쓰면서 공간 점유 축구를 하게 된 것과 비슷하다.

그렇기에 현수를 대하는 태도가 바뀌었다.

주군에게 절대 충성을 바치는 기사처럼 진심으로 따르기 시
작한 것이다.

"괜찮네. 토마스!"

"언제 나올지 모르는데 그래도 괜찮으시겠습니까?"

"그럼, 걱정 말게. 다리 아프면 자네나 쉬게."

"아이고, 어떻게 그런 말씀을……!"

토마스의 대답이 이어지려는데 조금 전의 병사가 헐레벌떡
뛰어온다.

"헉헉, 안으로 드십시오. 백작님!"

"수고했네."

일행이 성문 안으로 들어서자 시종 복장을 한 이가 있다.

"코리아 제국의 하인스 멀린 백작님! 어서 오십시오. 이곳부
터 제가 안내해 드리겠습니다."

"그러지."

시종의 안내를 받아 안으로 들어가니 백성들이 살던 곳과는
완전히 다르다. 냄새도 나지 않고, 지저분한 물건들은 보이지
도 않는다.

마법사가 있어 청결 마법으로 유지시키는 모양이다.

토마스를 비롯한 용병들은 영주인 데니스 백작 일가가 기거
하는 내성 입구에서 제지를 당했다.

현수는 시종의 안내를 받아 안으로 들어섰다. 꽤 넓고 긴 복
도였지만 두툼한 양탄자가 빈틈없이 깔려 있었다.

벽에는 각종 장식물들이 걸려 있었고, 벽에는 조명을 위한

마법등이 달려 있다. 하나에 아무리 적게 쳐도 5골드는 나가는 마법등이 200개 이상 보였다.

'사람들은 굶주리는데 저는 아주 편하게 사는 모양이군.'

결코 좋은 인상을 받을 수 없는 상황이기에 현수의 표정은 굳어 있었다.

한참을 걷다가 멈춘 곳은 화려한 문양이 새겨진 거대한 문 앞이다. 그곳엔 흰 장갑을 낀 늙은 시종이 의전용 스태프를 들고 엄숙한 표정으로 서 있었다.

쿵— 쿵— 쿵—!

"코리아 제국의 하인스 멀린 백작님 드십니다."

"뫼시거라!"

끼이이익—!

"하하하, 어서 오십시오. 하인스 백작님!"

두 팔을 벌리고 마치 친한 친구 맞이하듯 다가오는 사내는 쉰 살쯤 된 몹시 뚱뚱한 체구였다.

걸치고 있는 의복은 금실과 은실로 수를 놓아 화려하다. 그런데 돼지 목의 진주 목걸이처럼 이질감을 느끼게 한다. 그도 그럴 것이 장미를 든 여신의 형상을 수놓았기 때문이다.

"반갑습니다. 데니스 알만 드 유카리안 백작님!"

"하하, 네에. 자아, 이쪽으로⋯⋯!"

짐짓 호탕한 미소를 짓는 백작의 안내에 따라 푹신해 보이는 소파에 앉았다.

"소문은 많이 들었습니다. 한데 코리아 제국은 어디에 있는 국가입니까?"

"바다 멀리 있지요. 상당히 오랜 시간 항해를 해야 하는 곳입니다."

"아, 그렇군요. 한데 백작님의 풀 네임은 무엇인지요?"

"제 소개가 조금 늦었습니다. 저는 코리아 제국의 하인스 멀린 드 셰울입니다."

"아, 셰울 영지의 영주시군요."

"그렇습니다."

이들에겐 서울이라는 발음이 어렵기에 셰울이라 고쳐 부른 것이다.

"셰울 영지엔 영지민들이 얼마나 되는지요?"

유카리안 백작은 테세린으로부터 곡창지대에 거주하던 농노까지 얻었다. 하여 영지민의 수가 이전에 비해 세 배 정도 된다. 그 결과 현재 인원이 약 19만 8천 명이다.

다른 영지에 비해 상당히 많은 인원이다.

그렇기에 타 영주를 만나면 늘 영지민의 수를 자랑하곤 했다. 영지민의 수가 거둬 들이는 세금과 직결되기에 스스로 부자라는 것을 자랑하기 위함이다.

하여 오늘도 짐짓 물어본 것이다.

한편, 현수는 서울을 자신의 영지라 하였다. 영지가 없는 백작은 없다고 이야기 들었기 때문이다.

그렇기에 아무 생각 없이 대답했다.

"흐음, 제가 떠나올 때엔 영지민의 수가 1,046만 4천여 명이었습니다. 지금은 그보다 더 많아졌겠지요."

이 인원은 2011년 7월 31일 현재의 서울 인구수이다.

"네에……?"

데니스 백작의 눈은 더 커질 수 없을 만큼 크게 떠졌다. 상상조차 할 수 없는 어마어마한 숫자이기 때문이다.

그런데 여기에 염장까지 지른다.

"사실은 그보다 더 많아서 일부를 다른 영지로 이주시켜서 그렇습니다."

현수는 서울의 인구 집중을 제어하기 위한 위성도시 분산정책을 에둘러 이야기한 것이다. 하나 받아들이는 데니스 백작으로선 도저히 믿을 수 없는 숫자이다.

"어, 어찌 일개 백작령에 그처럼 많은 영지민들이 산다는 말씀이십니까?"

"사실 저희 제국에서도 세울 영지는 사람들이 살기에 가장 편한 곳이기도 합니다. 하여 다른 영지에서 계속해서 이주해오기에 인구가 늘었지요. 그래서 그렇습니다."

데니스 백작은 뒤쪽에 시립해 있던 마법사에게 시선을 주었다. 그러자 그의 고개가 끄덕인다.

현수의 말에 거짓이 없다는 뜻이다.

"으으음! 대단하군요. 아, 참! 차를 안 내왔군요. 여봐라, 여기 차를 대령하라."

"네에, 차 들어갑니다."

데니스 백작의 명이 떨어지기 무섭게 하녀가 차를 들고 들어섰다. 보여주기 위함인지 몰라도 제법 깨끗하고 괜찮은 의복을 걸치고 있었다.

"흐음, 다향이 좋군요."

어떤 종류의 찻잎을 넣었는지 몰라도 멘톨 비슷한 냄새를 풍긴다. 이는 폐부를 진정시켜 안정적인 느낌을 갖게 했다.

현수가 차를 마시도록 잠시 시간을 두었던 데니스 백작이 눈빛을 빛낸다.

"듣자하니 테세린 영지에서 상단을 만드셨더군요."

"네. 아르센 대륙에 우리 영지 물건을 팔 거점을 만들었습니다. 아다시피 테세린은 무역의 중심지가 될 입지를 갖추지 않았습니까?"

"그건 그렇지요. 그런데 그 후춧가루라는 게 좋더군요."

"하하, 그게 여기까지 왔던 모양이군요."

"네, 테세린의 영주 로니안 자삭이 하니를 보내줘서 잘 썼습니다. 덕분에 요즘은 다이어트를 하는 중이지요."

"그게 무슨 말씀이십니까?"

"고기에서 나는 누린내 때문에 음식 먹기가 힘들어졌다는 뜻입니다."

"아……! 그렇겠군요."

현수와 데니스 백작은 아무런 영양가도 없는 대화를 나눴다. 그러다 문득 떠올랐다는 듯 데니스 백작이 시선을 맞춘다.

"한데 백작님께서 우리 영지를 방문하신 목적을 아직 듣지 못했습니다."

"아, 그렇군요. 좋습니다. 말씀하신 김에 청을 하나 드리죠."

"경청하겠습니다."

데니스 백작이 자세를 바로잡는 순간 문이 열린다.

끼이이익!

"배, 백작님!"

들어선 자는 간편한 레더 아머를 걸친 기사였다.

"뭔가, 제레미 경? 지금 손님과 환담 중인 거 모르나?"

데니스가 호통을 쳤지만 기사 제레미는 잠시 고개만 숙였을 뿐이다.

"압니다. 하나 긴급 상황이 발생되어 보고드리지 않을 수 없습니다."

"흐음, 심각한 문제가 발생된 모양이군요. 제가 잠시 자리를 비우겠습니다."

현수의 말에 데니스 백작이 반색한다.

"아, 그래주시겠습니까? 그래주신다니 감사합니다. 참, 케이먼! 케이먼 게 있나?"

"네, 백작님!"

"하인스 백작님을 모시고 본성 구경을 시켜 드리게."

"알겠습니다, 영주님! 자아, 백작님은 소인을 따르시지요."

"험, 그러세."

현수가 늙은 집사의 뒤를 따라 나가는 시간조차 기다릴 수 없다는 듯 기사 제레미가 테니스 백작에게 다가가 귓말만을 했다.

"영주님! 테세린의 병사들이 총동원되어 야호니 다리 저쪽에 집결하고 있습니다. 아무래도 영지전을 신청할 듯합니다."

"뭐야……?"

데니스 백작이 자리에서 벌떡 일어났다. 자신이 곡창지대를 빼앗은 것을 로니안 자작이 잊지는 않았을 것이다.

따라서 언젠가는 반격할 날이 있을 것이라 생각은 하고 있었다. 그렇기에 남몰래 기사들을 양성했고, 병사들을 조련해 왔다. 하나 아직 완성된 것은 아니다.

물론 지금 당장 붙어도 테세린의 병사들은 물리칠 수 있다. 문제는 그 이후이다.

만일 상처 많은 승리를 거둔다면 매미 사냥에 어렵게 성공한 버마제비를 노리는 까치에게 당할 수 있다.

매미는 로니안 자작이고, 버마제비는 데니스 백작 본인이다. 그리고 까치는 유카리안 영지 뒤쪽에 자리한 케일론 영지의 칼멘 후작이다.

물론 드넓은 곡창지대와 두 개의 구리 광산, 그리고 철광 하나와 최근 발견된 마나석 광산이 탐욕의 대상이다.

기사와 병사들의 조련이 끝났다면 테세린의 공격 따위는 언제든 물리치고도 남는다. 그런데 지금은 부족함이 있다.

왕국은 현재 아드리안 공국 점령을 목표로 하고 있다.

그렇기에 작위를 가진 모든 귀족의 병사들 가운데 절반 정도를 징발해 갔다. 물론 몬스터의 출몰이 심한 라수스 협곡 인근의 일부 영지는 예외이다.

아무튼 유카리안 영지엔 본시 40명의 기사와 2,000명의 병사들이 있었다. 현재는 딱 절반만 남아 있다.

파견된 기사와 병사 모두가 전사할 것을 고려하여 같은 수를 육성하고는 있다. 그런데 이들은 즉시 전력감이 아니다.

가장 나이 많은 아이가 열일곱 살에 불과하기 때문이다.

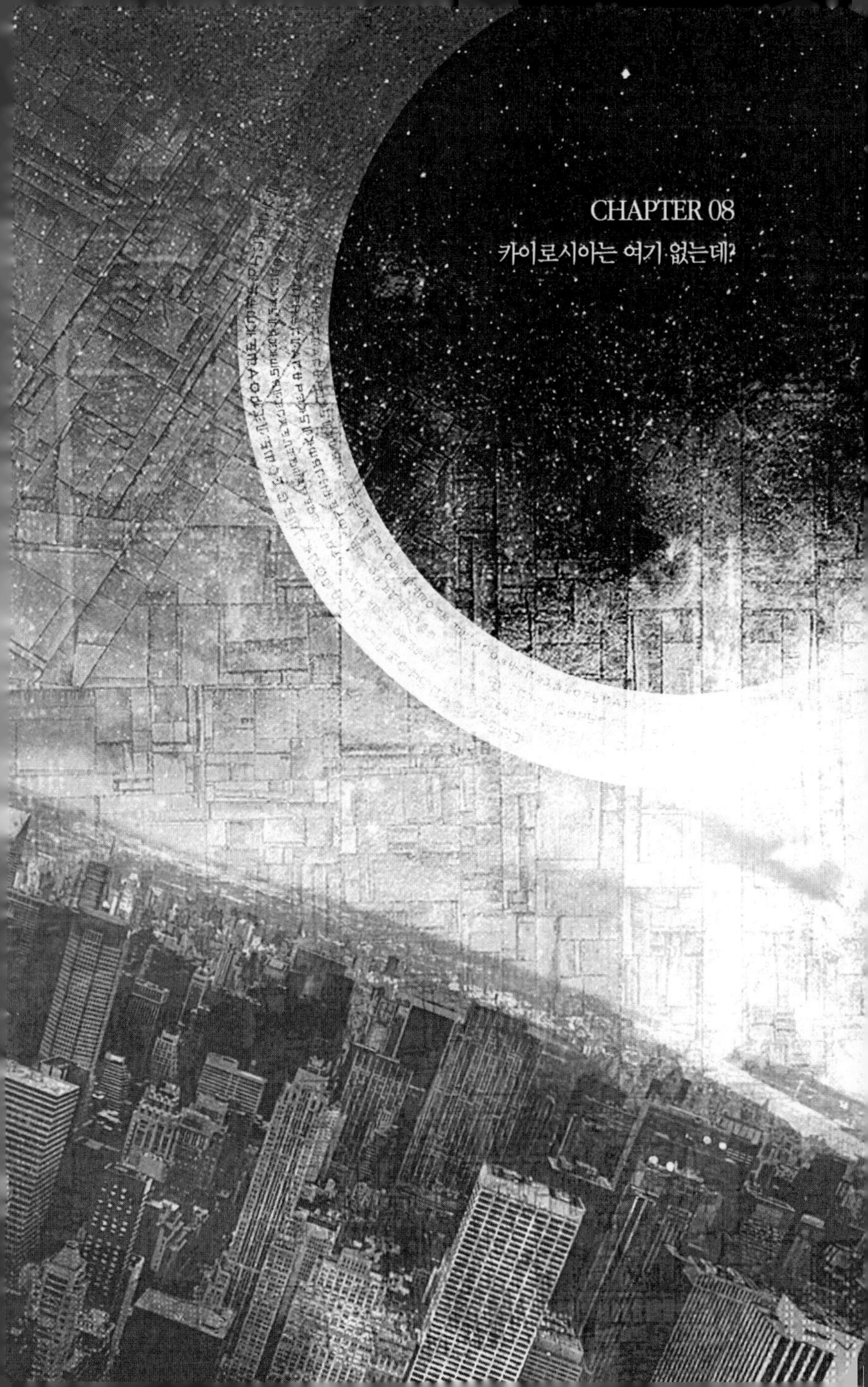

CHAPTER 08
카이로시아는 여기 없는데?

전능의 팔찌
THE OMNIPOTENT
BRACELET

테세린의 경우는 20년 전에 있었던 영지전에서의 패배로 기사 및 병사들의 수효가 질반 이하로 급감했기에 징발을 면제받았다. 항구도시 테세린을 방어할 병력이 필요하기 때문이다.

아무튼 테세린 영지엔 기사 10명과 병사 700명이 있다.

물론 대외적인 숫자이다.

실제론 기사 10명과 병사 1,000명이 더 있다. 로니안 자작이 칼을 갈면서 육성한 드러나지 않은 병력이다.

이런 상황에서 맞붙는다면 유카리안 영지가 진다.

하나 데니스 백작은 테세린의 감춰둔 병력을 모르기에 큰 피해만 입을 뿐 승리하리라 생각하고 있었다.

아무튼 이긴다 하더라도 큰 피해를 입는다면 유카리안 영지는 칼멘 후작의 공격을 견뎌낼 수 없게 된다. 그러면 모든 것을 잃는 것이다.

로니안 자작이 이길 수 있음에도 영지전을 걸 수 없는 이유도 칼멘 후작이 테세린도 노리고 있다는 것을 알기 때문이다.

어쨌거나 데니스 백작은 벌떡 일어나며 노성을 터뜨렸다. 그 즉시 유카리안의 병력 움직임이 분주해졌다.

곧 걸어올 영지전을 모른 척할 수는 없기 때문이다.

같은 시각, 현수는 늙은 시종 케이먼의 안내를 받으며 영주성 곳곳을 둘러보고 있었다.

눈에 뜨인 모든 벽에 각종 장식물들이 걸려 있고, 모든 바닥에는 두툼한 양탄자가 깔려 있었다.

조각상들도 많았고, 전시된 아머들도 제법 많았다.

사치스런 것들을 모두 본 현수는 지하도 구경하자고 했다. 하나 지하엔 창고와 감옥뿐이라면서 볼 게 없다고 한다.

그러는 사이에 갑옷을 걸친 기사와 병사들의 분주한 움직임이 감지되었다.

'후후, 로니안 자작님이 움직이셨군.'

잠시 후, 일단의 병력이 성문을 벗어나는 장면을 볼 수 있었다. 모두 기마를 한 상태인지라 먼지구름이 피어올랐다.

현수는 2층 난간에서 병력 이동을 보며 희미한 미소를 지었다. 일이 예상대로 되어가기 때문이다.

"백작님! 영주성 구경 잘 했습니다. 관리를 잘 하셨더군요."

“칭찬 고맙습니다.”

“그런데 영지에 문제가 발생된 듯합니다.”

“네, 아주 조그만 문제가 발생되었는데 금방 해결될 겁니다.”

“그렇군요. 그럼 이제 방문한 목적을 말씀드려도 될까요?”

“말씀하십시오.”

“여기 이레나 상단 사람들이 억류되어 있다고 들었습니다.”

“……!”

데니스 백작은 대꾸하지 않았다. 현수는 상대의 반응 따위는 개의치 않는다는 듯 말을 이었다.

“제 사람들이니 풀어주셨으면 합니다.”

“그들은 영주인 저를 모독한 죄 때문에 억류되었던 것입니다. 왕국의 백작인 나를 사기꾼 취급을 했기 때문이지요.”

노회한 정객인 데니스 백작은 대답 대신 말을 돌렸다. 현수는 쉽게 풀어줄 마음이 없다 판단하고 말을 이었다.

“예비 처남에게 듣자하니 마나석 광산의 일 때문에 15,000골드를 제공했는데 돌려주지 않으셨다고 하더군요.”

“예비 처남이라면……?”

“일루신 에델만 드 로이어. 라이서 제국의 이레나 상단주인 에델만 백작님의 차남이지요.”

제국을 들먹인 것은 왕국과 세력의 차이가 확연히 다르기 때문이다. 그것을 인식시켜주기 위함이다.

“그럼……!”

"맞습니다. 카이로시아 에델만 드 로이어! 이레나 상단의 미판테 지부장이자 제 아내 될 사람입니다."

"으으음……!"

데니스가 침음을 냈다. 현수는 말없이 바라만 보았다.

'좋은 말로 할 때 풀어줘라, 괜히 험한 꼴 당하지 말고.'

데니스 백작은 한참 동안 말이 없었다. 하나 상념이 많다는 기색은 감추지 못했다. 안색이 자주 변하고 있다.

보고된 바에 의하면 하인스 백작을 수행한 기사나 병사는 없다. 그런데 영주성에 올 때 여덟 명의 기사들이 수행했다.

로니안 자작으로부터 갑옷 등을 빌린 것이다.

현재에 이르기까지 하인스 상단은 두 번 물품을 판매했다. 한 사람이 들고 다니기엔 많은 양이다.

그리고 그걸 백작 본인이 들고 다니진 않았을 것이다. 그렇다면 눈에 뜨이지 않은 비밀 호위 세력이 있을 수도 있다.

사실 이게 더 설득력이 있다. 제국의 백작이 혼자서 타국을 여행하는 경우는 역사적으로도 전무하기 때문이다.

그런데 얼마만 한 병력인지는 알 수 없다. 자신의 영지 밖이니 신변안전을 위해 최소 기사 스무 명 이상은 대동했을 것이다.

그에 따른 병사들을 감안해 보면 최소 500명 이상은 된다. 그리고 그들의 전력은 결코 만만치 않을 것이다.

현재 유카리안 영지는 테세린 영지와 전면전을 벌일 수도 있는 상황에 처해 있다.

이런 때 또 다른 적을 만드는 것은 결코 바람직하지 않다. 따라서 위기는 피해야 한다고 생각했다.

하여 데니스 백작은 짐짓 웃는 표정을 지었다.

"아……! 그렇군요. 두 분이 결혼하시면 코리아 제국과 라이 셔 제국의 결합이라 하겠습니다."

"성사만 된다면 그럴 수도 있겠지요."

현수가 흰 이를 드러내며 웃음 지었다. 그 순간 테니스 백작 의 마음속에 담겨있던 심술보가 터졌다.

사실 카이로시아를 억류한 것은 그녀의 빼어난 미모 때문이 다. 처음 보는 순간 끓어오르는 음욕을 주체하기 힘들었다.

여태껏 보았던 귀족가의 어떤 영애도 카이로시아와 견주기 엔 부족하다. 아름답고, 똑똑하며, 상냥하고, 똑 부러진다.

그러니 어찌 탐나지 않겠는가!

그런 그녀를 첩으로 늘인나면 이레나 상단으로부터 받았던 뇌물 15,000골드는 물론이고, 상단의 일부가 혼수품이 되어올 것이다. 데니스 백작의 입장으로선 꿩 먹고 알도 먹는 그야말 로 일석이조이다.

그렇기에 억지를 부려 억류해 놓은 상태이다. 천천히 요리 해서 마음과 몸 모두를 굴복시키기 위함이었다.

그런데 아무리 회유를 하고, 협박을 해도 씨알도 먹히지 않 는다. 하여 오늘 밤 카이로시아를 강제로 겁탈할 생각을 했다.

그러기 위해 센트 오브 워머나이저를 어렵게 구했다. 그것 만 복용시키면 카이로시아를 차지하게 될 것이다.

그런데 젊은 백작이 와서 달라고 하니 심술이 난 것이다.

"으음, 어쩌지요? 백작님의 배우자가 되실 카이로시아 에델만 드 로이어님은 현재 제 영지에 없습니다."

"……?"

"저를 후원해 주시는 에드가 롤랑 폰 갈리아 공작님이 계시는 수도로 보냈기 때문입니다."

"……!"

말없이 데니스 백작만 바라보았다. 왜 그랬느냐는 뜻이다.

"미안합니다. 나는 백작님의 예비 배우자인 줄 몰랐습니다. 아무튼 그분은 제게 무례를 범하셨습니다. 하나 백작가의 영애인지라 직접적인 처벌을 할 수 없었습니다. 하여 공작님께 카이로시아님의 처분을 일임한 겁니다."

데니스의 얼굴엔 미판테 왕국의 제1권력자인 에드가 공작으로부터 카이로시아를 빼앗아보라는 표정이 담겨 있었다.

현수가 물러나면 심복에게 밀명을 내려 공작가로 보내 버릴 생각을 한 것이다. 그러면 호색한인 에드가 공작이 카이로시아를 날름할 것이다. 그것은 두 가지 이득이 있다.

첫째는 공작에게 호감을 살 수 있다는 것이다.

둘째는 눈앞의 젊은 백작이 헛물을 켜게 된다는 것이다.

아무튼 현수는 어이가 없었다. 하나 발작할 수는 없다.

카이로시아가 진짜로 압송되었는지 여부를 아직은 확인할 수 없었기 때문이다. 하여 화를 삭이곤 입을 열었다.

"흐음, 그거 유감이군요. 한데 에드가 롤랑 폰 갈리아 공작님이라 하셨습니까?"

"그렇습니다. 현재 수도에 머물고 계시며 미판테 왕국의 재상이십니다. 라이서 제국과는 비록 멀리 떨어져 있지만 어쨌든 국제적인 문제가 발생될 수 있기에 공작님께 맡긴 겁니다."

말은 청산유수처럼 한다.

"그렇군요. 알았습니다."

"네에, 저도 유감입니다. 며칠만 일찍 오셨더라도 카이로시 아님과 함께 떠나실 수 있었을 것인데 말입니다."

데니스는 입에 발린 소리를 하면서 속으로 웃었다.

'짜식아! 넌 안 돼. 인마!'

"어쩔 수 없군요. 알겠습니다."

"오신 김에 저희 영지에 며칠 머무시지요. 오늘은 아시다시피 문제가 발생되어 조금 어렵고 내일 저녁 만찬을 함께하고 싶습니다."

데니스가 이런 말을 하는 이유는 현수가 영지 밖에 주둔시켜 놓은 병사들을 동원할 수 없도록 하기 위함이다.

"배려에 감사드립니다."

현수가 이를 선선히 받아들인 것은 사실 여부를 확인하기 위함이다.

"내성에 빈 방이 많으니 그걸 쓰십시오."

"아닙니다. 백작님께서 가꿔놓은 영지 구경을 하려면 밖의 여관이 더 편합니다."

"아! 그러십니까? 그럼 안내인을 붙여드리지요."

말이 안내인이지 실제론 감시인일 것이다.

"네, 배려에 감사드립니다."

시종의 안내를 받아 현수가 나오자 토마스가 다가선다.

"백작님! 볼일은 다 보신 겁니까?"

"아직……! 여관을 잡아야겠네."

"알겠습니다. 소인이 앞장서지요."

일행이 여장을 푼 곳은 네라푼 여관이다. 네라푼이란 여행자의 안식처라는 뜻이다.

"주인장, 여기 최고급 스테이크 2인분 주게. 술은 마티주로 준비해 주고."

"네에."

"저쪽 테이블에도 같은 요리와 술을 주게."

"네에. 알겠습니다. 귀족 나으리!"

현수 일행이 들이닥치자 네라푼 여관의 주점엔 고요가 감돌았다. 고위 귀족이 호위 기사들을 대동하고 들어온 때문이다.

주인은 손님들을 주점 뒤쪽 마당으로 내보냈다. 귀족과 평민이 한 자리에서 술을 마시게 할 수는 없기 때문이다.

하나 어느 누구도 불만을 토로하지 않았다. 유카리안 영지 안에서 귀족은 하늘이기 때문이다.

음식이 나오는 동안 현수는 B급 용병이지만 기사 복장을 한 토마스에게 무언가를 속닥였다.

식사를 마친 후 C급 용병 하나만 대동하곤 느긋하게 유카리안 영지 곳곳을 둘러보았다. 남는 시간을 활용하기 위함이다.

그러다 노예 경매장에 당도하게 되었다.

"어서 오십시오. 나으리!"

"구경도 가능하지?"

"물론입죠. 소인이 모시겠습니다요."

노예 상인의 안내를 받아 안으로 들어가니 후끈한 열기가 달아오르고 있었다.

"자아, 농노 경매는 마치고, 다음 순서를 진행하겠습니다."

매대 위에서 큰 목소리로 소리친 노예 상인은 주위를 둘러보았다. 석 달 만에 열린 노예시장이라 그런지 많은 사람들이 눈빛을 빛내고 있다.

평민들도 많고, 이웃 영지에서 심부름 온 시종들도 많았다.

그러다 우연히 현수와 시선이 마주쳤다.

그도 그럴 것이 워낙 화려한 복장을 걸치고 있기에 눈에 뜨이지 않고 싶어도 그럴 수 없기 때문이다.

"자자, 오늘도 이곳 노예시장을 찾아주신 많은 분들……! 특히 높으신 귀족 분들의 왕림에 깊은 감사를 드리며 다음 순서를 진행하도록 하겠습니다."

노예 상인의 말이 이어지는 동안 현수의 입가에 웃음이 띠워졌다. 나이트클럽 DJ들의 멘트와 비슷했던 것이다.

"자아, 이번에 내놓을 물건은 바다 멀리 베로스 왕국에서 데리고 온 노예들입니다. 모두들 이리 올라와!"

노예 상인의 말이 떨어지기 무섭게 사내 여덟이 매대 위로 올라선다. 손목엔 쇠고랑, 발목엔 족쇄를 차고 있다.

혹여 있을지 모를 도주를 우려하여 쇠사슬이 모두 연결되어 있었다.

"자아, 이놈들로 말씀드릴 것 같으면 얼마 전 베로스 왕국에서 벌어졌던 반역 사건에 연루된 놈들입니다. 다른 건 몰라도 칼 쓰는 것 하나는 기가 막히다고 하는데 그건 믿거나 말거나입니다."

"하하! 하하하!"

구경꾼들이 우습다는 듯 너털웃음을 터뜨리자 노예 상인이 말을 이었다.

"아직 낙인을 찍지 않아 노예근성이 부족하기에 일단 10골드부터 경매를 시작합니다. 아! 물론 낙찰을 받으시면 종속 마법을 걸어드립니다. 자아, 그럼 시작합니다. 어느 분이 10골드에 이놈을 구매하시겠습니까?"

노예 상인의 말이 떨어지기 무섭게 누군가가 손을 들었다.

"아, 10골드에 사실 분 나오셨습니다. 혹시 더 내고 사실 분 안 계십니까?"

"내가 11골드 내겠네."

"아이고, 고맙습니다. 11골드도 나왔습니다. 대단히 감사합니다. 그럼 12골드 없으십니까? 12골드! 아, 저기……! 아이고, 대단히 고맙습니다. 다음은 13골드……."

노예 상인의 진행 솜씨는 탁월했다. 관중들을 수시로 웃겨 가며 진행해서 여덟 명의 노예는 금방 팔려갔다.

현수는 가만히 앉아 구경만 하고 있었다.

'사람이 사람을 잡아다 노예로 부린다? 흐음, 하긴 중세 유
럽에서도 그러긴 했지. 그래도 그렇지 가축도 아닌데…….'

마뜩치 않았으나 어쩌겠는가! 이곳엔 이곳만의 룰이 있다.
혼자서 그 모든 걸 뒤집을 수는 없다. 그렇기에 입맛만 다셨
다. 왠지 쓴맛이 느껴지는 듯했던 것이다.

"자아, 이제 기대하시던 계집들 경매 시간입니다. 맛있는 건
나중에 먹어야 더 맛있으니 우선은 청소하고 빨래할 계집입니
다. 참고로 이 계집들도 베로스 왕국의 역적 집안 가솔들입니
다. 자아, 첫 번째 계집입니다. 뭐해? 어서 안 올라오고?"

노예 상인의 말에 웬 여인 하나가 비틀거리며 올라섰다. 수
갑과 족쇄의 무게를 감내해 내기 힘든 듯한 모습이다.

나이는 40살쯤 되었는데 피곤한 표정이다.

"이 계집은 역적의 첩이었다고 하더군요. 보다시피 나이가
들어 품기엔 그렇습니다만 청소와 빨래 정도는 잘 하지 않겠
습니까? 아, 물론 그걸 잘 한다는 보장은 없습니다. 귀족의 첩
이 그런 일을 해봤을 리 만무하니까요. 하나 여기 있는 이 채
찍 하나만으로도 그 모든 일을 훌륭히 할 수 있도록 만들 수 있
습니다."

휘이익! 짜아악!

"아아악! 뭐든지, 뭐든지 시키는 대로 하겠습니다."

노예 상인이 가볍게 휘두른 채찍에 가격당한 여인은 비명을
질렀다. 고통에 민감한 체질인 듯싶다.

"자아, 이 채찍은 덤입니다. 이 계집을 사실 분!"

"5골드 내지."

한국 돈으로 500만원을 내겠다는 뜻이다.

"난, 6골드!"

여인은 결국 10골드 50실버에 낙찰되었다.

"자아, 다음은 계집아이입니다. 보다시피 꽤 예쁘장하게 생겨서 앞으로 2~3년만 잘 데리고 있으면 잠자리용으로 쓸 만하게 성장할 것 같습니다. 급하신 분은 당장에라도 쓰셔도 됩니다. 자아, 긴말 필요없습니다. 경매 시작합니다. 사실 분!"

"5골드 내겠네."

"난 7골드 50실버!"

"거기에 1골드를 추가하지."

열세 살쯤 된 소녀의 몸값은 14골드에 낙찰되었다.

경매가 진행되는 동안 소녀는 겁에 질려 바들바들 떨고 있었다. 불쌍해 보여 현수가 산 것이다.

낙찰된 직후 소녀는 현수의 곁으로 보내졌다.

노예 낙인을 찍으면서 종속 마법을 거는 것은 모든 경매가 마쳐진 후 행해질 일이다.

"자, 다음 순서입니다. 어서 올려 보내."

"네. 올라갑니다."

누군가에 등을 떠밀려 매대 위로 올라온 여인은 스무 살쯤 되어 보였다. 긴 머리카락이 얼굴을 반쯤 가리고 있지만 상당히 괜찮은 미모의 소유자인 듯하다.

하여 사람들의 시선이 쏠렸다.

"아, 죄송합니다. 솔직히 말해 이 계집은 하자가 있습니다.
보다시피……."

노예 상인이 흘러내린 머리카락을 쓸어올리자 얼굴 전체가
드러났다. 그런데 왼쪽 뺨에 깊은 자상이 보인다.

귀에서 입가까지 길게 이어져 있다.

누가 감히 날 사겠느냐는 듯 싸늘한 안광을 빛내고 있다. 성
질이 만만치 않아 보이는 여인이다.

그러거나 말거나 노예 상인의 말이 이어졌다.

"보다시피 얼굴엔 하자가 있습니다. 하나 몸매를 보십시오.
끝내줍니다. 나올 곳은 나왔고 들어갈 곳은 자알 들어가 있지
요? 이만한 몸매 드뭅니다. 그쵸?"

"그래! 드물다, 드물어!"

"네에, 우리가 돼지 잡을 때 얼굴 보고 잡습니까? 아니죠? 깜
깜한 밤에 불을 탁 끄면 천하절색이나 다름없습니다. 참고로
이 계집은 사내를 모르는 처녀입니다. 자아, 경매 시작합니다.
사실 분은 금액을 불러주십시오."

"5골드 내지."

"예끼, 이 사람아! 그래도 몸매가 있는데 난 6골드 내겠네."

"보아하니 성질도 더러운 것 같구먼. 하나 그거 길들이는 맛
이 나겠어. 난 7골드 내지."

"난 데려다 빨래나 시키겠네. 8골드!"

"에라, 이놈아! 믿을 말을 해라. 너 같이 호색한 놈이 빨래만
시켜?"

“그래, 이놈아! 빨래라는 게 꼭 옷만 빠는 건 아니잖아.”

“그럼 그렇지. 에구, 난 그 꼴 못 본다. 9골드 50실버!”

경매가 진행되는 동안 곁에 있던 소녀가 안절부절못한다. 하여 고개를 돌려 물었다.

“왜? 오줌이 마려?”

“아, 아닙니다. 주인님!”

소녀는 자신의 처지를 명확히 파악하고 있는 듯 공손했다.

“근데 왜 그렇게 안절부절이야?”

“주, 주인님! 우리 언니를 사주시면 안 되나요?”

“언니였어?”

“네, 불쌍한 우리 언니. 언니를 사주세요. 흐흑!”

무릎을 털썩 꿇고 앉아 고개를 조아린다. 현수는 잠시 소녀의 모습을 보았다.

그 순간 노예 상인의 멘트가 있었다.

“자아, 18골드 50실버 나왔습니다. 더 내실 분 없습니까? 없습니까? 없으시면 앞으로 셋을 세겠습니다. 그래도 없으면 18골드 50실버에 낙찰됩니다. 하나, 두울.”

“20골드 내겠네.”

“아, 네에! 20골드 나왔습니다.”

노예 상인은 더 많은 돈을 벌게 되어 기쁘다는 듯 환한 웃음을 지으며 현수를 향해 고개를 숙였다.

“21골드!”

그때 또 한 명이 외쳤다. 현수가 입찰한 사내를 보니 아까 영주성에서 보았던 시종 가운데 하나이다. 데니스 백작의 색욕을 채워줄 색노를 구하러 온 모양이다.

"네에, 21골드도 나왔습니다. 더 내실 분?"

"30골드 내지!"

순간 사위가 조용해졌다. 잠자리 시중이나 들어줄 노예 계집, 그것도 얼굴에 긴 흉터가 있는 색노를 사들이기엔 너무 많은 돈이기 때문이다.

현수가 데니스의 시종을 바라보다 망설이는 기색이 역력하다. 그래서인지 노예 상인도 아까와 같이 하나, 둘, 셋 해서 낙찰시키겠다는 말을 하지 않고 눈치만 살핀다.

시종은 결국 고개를 좌우로 저었다. 몸매 늘씬하고, 느낌 좋은 계집이지만 흉터라는 하자 때문에 더 많은 값을 치러선 안 된다 판단한 모양이다.

결국 현수에게 낙찰되었다.

이후에도 경매는 이어졌다. 대부분 평민의 집에서 음식 만들고, 빨래하며, 시중들어 줄 노예로 팔려갔다.

"자아, 이쪽으로 오십시오."

노예 상인의 안내를 받아 안쪽으로 들어간 현수는 낙찰 금액인 44골드를 지불했다.

"고맙습니다. 나으리! 이건 노예 문서입니다. 그리고 종속 마법을 걸어드려야 하니 이쪽으로 오십시오."

"흐음, 아니네. 그건 내가 알아서 하지. 노예들을 데려오게."

“그건 안 됩니다. 아시다시피 왕국 법에 의하면 팔린 노예는 반드시 종속 마법을 걸어야 합니다. 그러니 협조해 주십시오.”

현수가 따라온 토마스에게 시선을 돌리자 노예 상인의 말이 맞다는 듯 고개를 끄덕인다.

“반드시 그렇게 하도록 법에 명문되어 있습니다.”

왕국의 안전을 위한 조치인 듯하다. 현수는 고개를 끄덕일 수밖에 없었다.

“알았네. 그렇게 하지.”

잠시 후, 마법사가 다가와 4골드와 두 방울의 선혈을 채취해 갔다. 원래는 1인당 4골드씩 받았는데 오늘 거래된 양이 워낙 많아 반감된 비용이라고 한다.

“자아, 다 되었습니다. 이 두 계집은 이제 귀족 나으리의 소유입니다. 안녕히 가십시오.”

“알겠네.”

여관으로 돌아온 현수는 둘로 하여금 목욕을 하도록 했다.

몸에서 풍기는 악취가 너무 심했던 것이다. 물어보니 거의 반년 동안 목욕은 물론이고 세수조차 못했다고 한다.

저녁나절, 현수는 방으로 음식을 가져오도록 했다.

홀로 내려갈 경우 자신 하나 때문에 모든 평민들이 밖으로 내몰릴 것이기 때문이다.

“주인님, 식사를 올려오도록 할까요?”

“그래!”

현수가 대답하자 스무 살쯤 된 노예가 얼른 고개를 숙이며 물러선다. 자신의 몸에서 나는 악취를 잘 알기 때문이다.

"잠깐! 네 이름은 뭐지?"

"이름……. 없습니다. 주인님이 하나 지어주세요."

"이름이 없어?"

"네, 제 이름은 이제 없어진 이름입니다."

"그래? 사연이 있다는 뜻이지?"

"베로스 왕국에서 반역의 죄를 쓰고 국외로 추방당한 신세입니다. 추방되는 순간 치욕적인 이름은 버렸습니다."

"그래? 알았다. 이름을 지어주지. 지금부터 네 이름은… 로즈라 부르겠다. 동생도 이름이 없나?"

"네."

간결한 대답이다. 이로 미루어 짐작컨대 단호한 성격인 듯하다.

"좋아, 그 아이의 이름도 지어주지. 로즈, 네 동생의 이름은 릴리라 하겠어."

"감사합니다. 주인님이 지어주신 이름 잊지 않겠습니다."

"좋아, 식사를 가져오도록 해라."

"네, 주인님!"

로즈가 나간 후 현수는 이들에 대한 처리를 고심했다. 이 세계엔 근거지가 없기에 맡길 데도 없기 때문이다.

잠시 후, 식사가 올려졌다. 현수는 의자에 앉아 먹었지만 로즈와 릴리는 바닥에 무릎을 꿇고 먹었다. 의자에 앉으라는 말을 해봤자 소용없을 것이기에 그냥 내버려 두었다.

식사 후, 오랜 침묵이 흘렀다.

로즈는 말없이 서서 하명을 기다리고 있었고, 릴리는 오랜만에 배가 부른지 꾸벅꾸벅 졸고 있었다.

똑똑!

노크 소리에 창틀을 짚고 물끄러미 창밖 풍경을 바라보던 현수가 고개를 돌렸다.

"백작님, 토마스입니다."

"흐음, 들어오게. 로즈는 릴리 데리고 옆방에 가 있도록!"

"네, 주인님!"

토마스는 로즈가 밖으로 나갈 때까지 말없이 기다렸다.

"그래, 근래에 영지를 벗어났는지를 확인해 보았나?"

"네, 지난 닷새 동안 이 영지를 벗어난 마차는 열세 대입니다. 그중 열하나는 짐마차였습니다. 나머지 둘은 아렌시아 상단 소유의 마차였습니다."

"그래서?"

"상단 마차가 지난 길을 확인해 본 결과 카이로시아님이 탑승하진 않은 것 같습니다."

"그걸 어찌 확신하지?"

"바퀴 자국의 깊이를 확인해 보았습니다. 둘 다 마부 하나씩만 탄 것으로 여겨집니다."

"확실한가?"

"네, 제 개인적인 소견으론 확실합니다."

"좋아, 괜찮은 안목을 지녔군."

　토마스가 물러나고도 현수는 밤이 깊도록 자리에 앉아 무언가를 끄덕였다. 그러다 구름이 달을 가려 사위가 어두워지던 때 누군가 창문을 두드린다.

　톡톡! 토토토토톡! 톡톡! 토토토톡!

　"들어오게."

　말이 떨어지자 온통 검은 복색을 한 사내가 들어선다.

　"하인스 백작님! 로니안 자작님의 전령입니다."

　"그래, 로니안 자작께선 어떻게 하신다고 하나?"

　"국왕 전하의 재가가 떨어지지 않아 영지전을 벌일 수는 없다고 합니다. 한시 바삐 볼일 보시라고 합니다."

　"흐음, 알겠네. 가거든 이 서찰을 전해 드리게."

　"네, 그럼 저는 이만!"

　사내가 사라지자 현수가 종을 들어 흔들었다.

　딸랑딸랑!

　"주인님, 부르셨습니까?"

　"아래층에 내려가 술과 음식을 주문해라. 옆방 기사들과 내가 먹고 마실 것이니 충분한 양을 주문하도록!"

　"네에."

　잠시 후, 현수와 용병 여덟 명의 술판이 벌어졌다. 시끌벅적하게 노래도 부르고, 전장에서의 경험담도 나눴다.

　반 시간 정도 흐른 뒤 술을 마시는 인원은 여덟로 줄었다. 현수가 사라진 것이다. 하나 창밖에서 보이는 실루엣은 아홉이다. 다시 반 시간쯤 지났을 때 현수는 영주성 내부에 있었다.

"흐음, 마법으로 교묘히 감춰뒀군. 이 정도면 4써클 마법사가 있다는 뜻인데……. 흐음!"

현수는 마나 디텍션 마법으로 마법사의 위치를 탐색했다. 마법사는 영주성 2층에서도 가장 외진 구석에 있었다.

"퍼펙트 트랜스페어런시! 언락!"

딸깍!

잠겨 있던 문이 열렸다. 하나 현수는 안으로 들어가지 않았다. 잠시 후 저절로 열릴 것이기 때문이다.

과연 문이 저절로 열린다.

"누구얏? 어떤 새끼가 감히 마법사의 방을……!"

"슬립!"

감히 마법사의 방문을 몰래 연 도둑이 누군지 작살내겠다고 손바닥에 마나를 응집시켰던 마법사는 그대로 고꾸라졌다.

"흐음, 좀 오래 자줬으면 좋겠어. 그리고 깨어나도 소리를 지르면 안 되겠지? 내가 불편하니까. 보이스 익스토션!"

음성 봉인 마법까지 걸어버렸다. 7써클 마스터가 건 마법인지라 4써클 마법사는 이를 해제시킬 수 없다.

따라서 깨어나도 당분간 마법을 쓸 수 없다. 마법을 구현시키려면 시동어를 영창하여야 하는데 목소리가 나지 않기 때문이다. 그 기간은 최하 7일일 것이다.

잠든 마법사를 들어 옮기려던 현수는 멈칫했다. 또 다른 마법사 하나가 있었기 때문이다.

"어헉! 누, 누구냐?"

깊은 잠에 취한 마법사가 축 늘어진 모습으로 미끄러지듯 들어오자 경악하는 표정이다.

"이런 제기랄! 슬립!"

콰당!

고개를 돌려 놀란 표정을 짓던 마법사가 그대로 고꾸라졌다.

"너는 날 봤으니 기억까지 지워줄게. 메모리 일리머네이션! 그리고 목소리도 당분간 못 써. 보이스 익스토션!"

마법사 둘을 해결한 현수는 실내를 둘러보았다. 영주의 전폭적인 지원을 받는 마법 연구실은 처음 보는 것이기 때문이다.

"흐음, 온 김에 뭐가 있나 볼까? 오오! 이건 회복 포션의 원료인 트롤의 피잖아."

현대의 플라스크 비슷하게 생긴 병 속에 담긴 초록색 혈액을 본 현수기 반색했다.

"이건 만드라고라……! 후후, 드디어 마나 포션의 주원료를 얻었군. 어디 쓸 만한 게 더 있나 찾아볼까?"

현수는 이곳을 찾은 이유를 잊었다는 듯 연구실 내부를 샅샅이 뒤졌다. 그리곤 필요하다 여겨진 모든 것을 아공간에 담았다. 트롤 세 마리분의 혈액과 질 좋은 만드라고라 열세 뿌리, 그리고 포션 제조에 필요한 다른 원료들을 챙겼다.

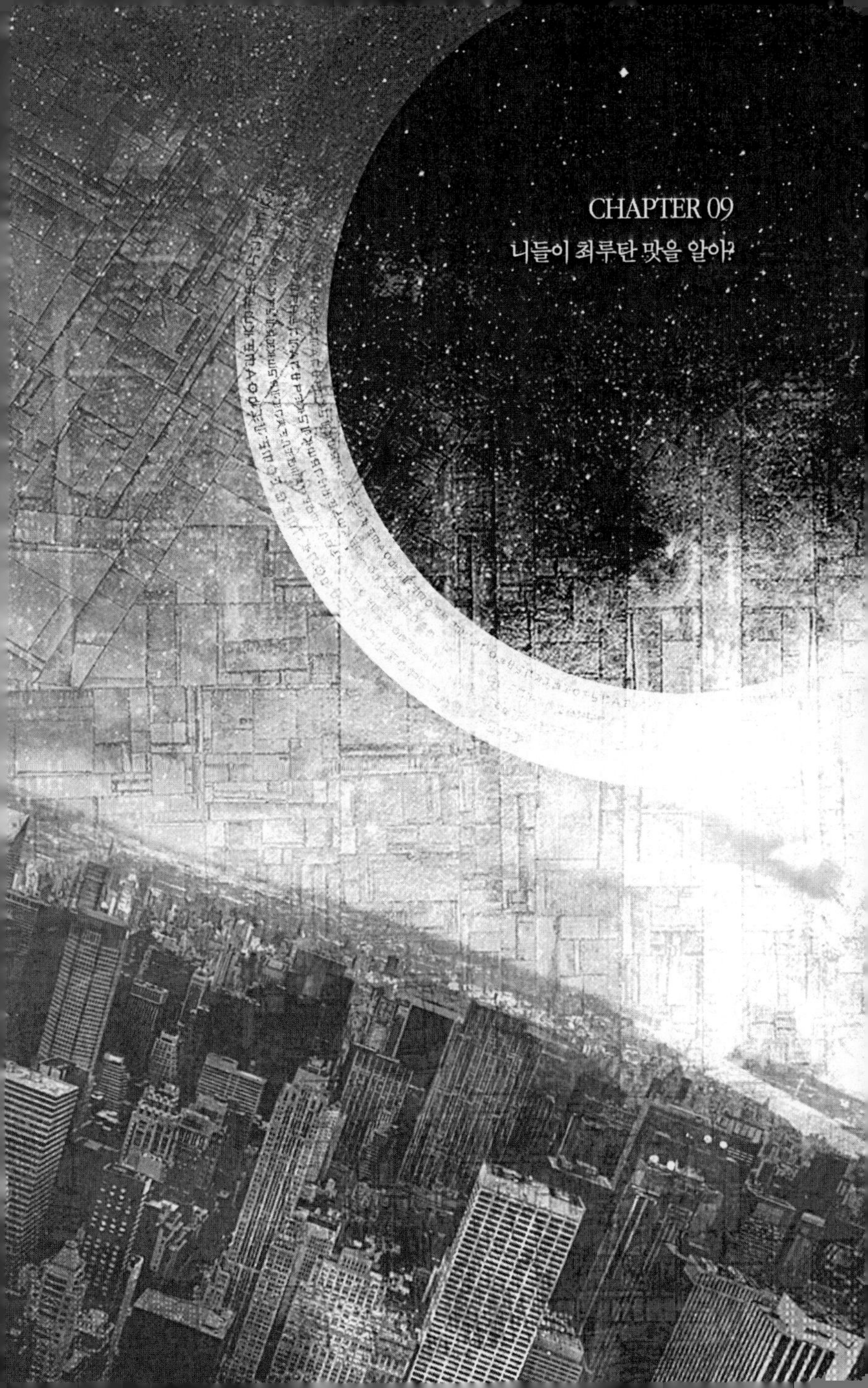
CHAPTER 09
니들이 최루탄 맛을 알아?

"주인 잘못 만난 죄다. 하나 나중에라도 이곳을 떠나 나를 만나게 되면 한 가시 혜택은 주지."

현수는 죽음처럼 깊은 잠에 취한 둘의 얼굴을 바라보았다.

잠시 후, 현수는 방을 나섰다.

"락!"

철컥!

문이 안에서 잠긴 것을 확인하고는 지하로 내려가는 계단 앞으로 갔다.

"알람 마법을 해제시키는 가장 간단한 방법은… 매직 캔슬!"

약 스무 계단쯤 내려가자 굳게 닫힌 철문이 있다.

"와이드 센스!"

기감을 넓혀보니 철문 안쪽에 두 놈이 있다.

"니들도 잠들어. 슬립!"

쿵! 콰당!

둘이 쓰러지는 소리가 들리자 현수의 입가에 미소가 어렸다.

"언락!"

철컥—!

끼이익! 끼이이이익!

"짜식들! 놀 시간 있으면 기름칠이나 좀 하지."

나직이 투덜거리고는 계단을 따라 내려갔다. 지하 1층엔 검과 창, 그리고 갑옷 등 각종 병장기들이 쌓여 있다.

현재 양성 중인 기사와 병사들에게 지급할 것이다.

몽땅 아공간에 넣었다. 로니안 자작에게 줄 선물이다.

지하 2층으로 내려가려니 또 하나의 문이 보인다.

마법으로 재우고 문을 여는데 걸린 시간은 불과 12초이다.

"흐음, 로시아가 여기에 있어야 하는데……."

기감을 넓혀 흐릿한 실내를 살펴보니 대략 서른 명이 있다. 모두 감금된 죄수들이다.

대소변을 가릴 곳이 없어 아무데나 배설을 했는지 지독한 악취가 난다. 그 속엔 상처 썩는 냄새도 포함되어 있다.

현수는 횃불 두 개를 들었다. 그것으로도 부족하다.

"메가 라이트!"

즉시 대낮처럼 환해졌다.

창살 속을 일일이 확인하던 현수의 걸음이 멈춘 곳은 웬 여인이 긴 머리카락을 늘어뜨린 채 쓰러져 있던 곳이다.

"언락!"

철커덕!

"로시아!"

"으으! 으으으으! 으으으!"

서둘러 횃불을 벽에 건 현수는 여인을 일으켰다. 예상대로 카이로시아였다.

뇌옥에 갇힌 지 오늘로서 열흘이다.

처음 사흘은 하루에 빵 한 덩어리를 제공했지만, 지난 칠 일 간은 물 한 모금 주지 않아 신음하고 있었던 것이다.

"로시아. 정신 차려!"

뺨을 두드렸지만 기식이 임임하다. 회복 포션을 먹였지만 좀처럼 정신을 차리지 못하고 있었다.

"로시아! 정신이 드시오? 아! 그렇지. 바디 리프레쉬! 그리고 어웨이크!"

마나가 스며들자 카이로시아가 감았던 눈을 뜬다. 그런데 힘이 하나도 없는 듯하다.

"으으! 하, 하인스……? 하, 하인스 백작님?"

"그래, 나요. 이제 정신이 드는 것이오?"

"네, 네에. 백작님!"

흐릿하던 시야가 점차 명확해지자 그렇게도 보고 싶던 하인스 백작이 보인다. 로시아는 저도 모르게 고개를 끄덕였다.

그런 그녀의 눈가로 눈물이 흐른다. 이제 죽어도 여한이 없다는 생각 때문이다.

"안 되겠소. 일단 여기서 나갑니다."

카이로시아를 업은 현수는 나머지 뇌옥의 문을 전부 열어주었다. 갇혀 있던 자들의 면면을 살핀 현수는 아공간에 담긴 빵과 우유를 꺼냈다.

너무 굶주려서 제대로 걸을까 의심스런 정도였던 것이다.

일인당 패스트리 두 개를 우유에 푹 적셔서 먹도록 했다. 급히 먹다 체할까 싶었던 것이다.

"이제 걸을 수 있겠소?"

"네."

이곳이 어딘지를 잊지 않았기에 모두의 음성은 나지막했다.

"일단 여기를 벗어납시다. 소리 나지 않도록 각별히 주의해야 합니다. 아시겠습니까?"

"네."

카이로시아를 업은 현수가 앞장서고 이레나 상단 사람들, 그리고 나머지 죄수들이 뒤를 따랐다.

계단을 올라 1층에 다다른 현수는 오른손 주먹을 치켜들었다. 모두 멈추라는 신호이다.

잠시 후, 근무 교대하러 이동하는 병사들의 모습이 멀어지자 보아두었던 곳으로 움직였다. 예상대로 근무하는 병사들이 없다. 모르긴 몰라도 야호니 강 저쪽에서 시위하고 있는 테세린 영지 병력의 준동을 막으러 출동했을 것이다.

일행은 현수의 도움 덕분에 무사히 내성을 빠져나갈 수 있었다.

오는 동안 병사 둘이 기절했다. 이들은 꽁꽁 묶인 채 구석에 처박혔다. 혹시 깨어나 소리칠지 몰라 슬립 마법까지 걸었다. 그렇기에 아무도 모른다.

"자아, 이제 조금만 더 힘을 내게. 저곳만 나가면 자유일세."

이제 남은 것은 영주성의 정문이다. 현재 여섯 명의 병사가 긴장된 시선으로 서성이고 있었다.

위쪽엔 혹시 있을지 모를 기습에 대비하기 위한 병력들이 웅크리고 있다. 궁병들이다.

"쉽지 않겠군. 그나저나 왜 소식이 없지?"

현수가 나직이 중얼거리는 순간 위에 있던 병사 가운데 하나가 소리친다.

"적이다! 적이 나타났다!"

"어디야? 어디!"

"적이 어디 나타난 거야?"

휙휙! 휙휙! 휙! 휙!

갑자기 화살이 날아오기 시작하자 방패를 든 병사 뒤쪽의 궁병들이 시위를 잡아당긴다.

성문에 붙어 있던 병사들은 모두 긴장된 표정으로 문틈 밖을 살피느라 여념이 없다.

“모두들 여기서 꼼짝 말고 있으시오. 내가 성문을 열고 신호를 보내면 일단 성문 아래에 집결하시오. 절대 밖으로 나가면 안 되오. 아시겠소?”

“저어, 밖으로 나가면 안 되는 이유가 뭡니까?”

“나가면 저 위의 궁병들이 쏜 화살에 맞을 것이오. 그러니 죽기 싫으면 절대 나가면 안 되오.”

“네, 알겠습니다.”

현수는 카이로시아를 안전한 곳에 내려놓았다.

“로시아! 절대 움직이지 마시오.”

“네, 백작님!”

힘없이 고개를 끄덕이는 카이로시아가 너무도 애처러워 보였다. 하여 이마에 입맞춤해 주고는 일어났다.

다음 순간 현수의 신형은 엄폐와 은폐를 하며 성문 쪽으로 이동해 갔다. 남은 사람들은 긴장된 시선으로 그의 움직임을 살피고 있었다.

그러던 어느 순간 현수의 신형이 사라졌다.

퍼펙트 트랜스페어런시 마법이 구현된 것이지만 사람들은 은신한 것으로 오인하고 있었다.

퍽! 퍼퍽! 퍽! 퍽!

“윽! 켁! 악! 으윽!”

“슬립, 슬립!”

네 명은 현수가 휘두른 몽둥이에 뒤통수를 가격당해 기절했고, 둘은 마법에 걸려 잠들었다.

아래에서 나직하지만 타격음이 들렸음에도 위쪽 궁병들은 이걸 눈치채지 못하고 있었다.

계속해서 날아드는 화살 때문이다.

잠시 후, 성문이 열렸다. 평상시 같으면 삐걱거리는 소리가 났을 것이다. 하나 이번엔 그런 소리가 나지 않았다.

아공간에 담겨 있던 재봉틀 기름을 경첩 부위마다 충분히 뿌린 때문이다.

잠시 후, 일행은 번개처럼 성문 아래에 집결하였다.

"로시아 일행이 전부 몇 명이오?"

"저까지 열 명이 왔어요."

"여러분 중 이레나 상단 소속은 이쪽으로 오시오."

말이 끝나기 무섭게 아홉 명이 현수의 뒤쪽으로 왔다.

"나머지 분들은 어찌시겠소? 같이 나가겠소? 아니면 이곳에 남겠소?"

물어본 사람이 바보이다. 죄를 지어 갇혀 있던 이들이 어찌 자신들을 잡아가둔 사람들과 같이 있고 싶겠는가!

"우리도 동행하게 해주십시오."

"저희도 유카리안 영지 밖으로 나가고 싶소이다."

"흐음, 알겠소. 그럼 내 뒤를 따르시오."

현수는 랜턴을 꺼내 불빛을 두 번 켰다 껐다. 잠시 후 불길에 휩싸인 마차 세 대가 성벽 쪽으로 돌진한다. 그와 동시에 화살 또한 날아든다.

"모두 은신해라! 불빛 때문에 화살이 보이지 않는다!"

성벽 위의 궁병들이 몸을 숙이던 바로 그 순간 현수 일행은 성문 밖으로 나가 성벽을 따라 급속 이동을 했다.

그러는 동안에도 지푸라기가 잔뜩 실린 마차 몇 대가 성벽 쪽으로 밀려 내려갔다. 화염이 충천하다가 곧 사그라들었다.

적의 이목을 붙잡아놓기 위한 계책의 일환이다.

대략 10분쯤 이동했을 무렵 누군가가 나타난다.

"백작님! 오셨습니까? 이쪽입니다."

"흐음, 몸이 불편한 사람들은 모두 마차에 타시오. 자리가 부족하니 걸을 수 있는 사람들은 양보하고……."

사람들은 현수의 지시에 따라 일사불란하게 움직였다.

마차를 이끄는 말의 발굽은 두툼한 천으로 감싸여 있다. 그렇기에 별다른 소음 없이 이동할 수 있었다.

같은 순간 내성에선 난리가 벌어졌다.

내보냈던 영지 정예 병력들을 전멸시키고 진입한 테세린 영지군이 공격한 것으로 오인한 것이다.

데니스 백작은 평소엔 꺼내보지도 않던 검까지 꺼내 들었다. 그리곤 마법사들을 불렀다. 하나 마법사들의 연구실 문은 굳게 닫혀 있었고, 아무리 두드려도 반응이 없었다.

"이런 개자식들! 정작 필요한 때에 무섭다고 도망을 가?"

데니스 백작은 이를 갈았다. 그리곤 남은 병력들을 이끌고 성벽 위로 올랐다. 일부는 가족과 모아두었던 금은보화 등을 챙기러 보냈다. 사세 판단 후 불리하다 싶으면 비밀통로를 통해 빠져나갈 속셈인 것이다.

성문 앞에서 소란이 벌어지는 동안 현수 일행은 야호니 강 쪽으로 이동했다. 이제 강만 건너면 되는 것이다.

그런데 문제가 있다. 야호니 강은 유속이 매우 빠르다. 수심도 깊기에 헤엄쳐서 건너는 것이 거의 불가능하다.

그런데 유카리안 영지 병력 거의 전부가 유일한 통행로인 다리 근처에 매복하고 있다.

'흐음, 마법 없이는 안 되는 것인가?'

사람들이 기력을 회복하도록 잠시 쉬는 동안에도 현수의 뇌는 섬전처럼 기동했다. 묘안을 짜내기 위함이다.

그렇게 10분쯤 시간이 흘렀다. 그러던 어느 순간 번뜩이는 아이디어가 있었다.

사람들에겐 유카리안 병력이 눈에 보이지 않을 때까지 대기하라 일렀다. 그리곤 영주성 쪽으로 황급히 이동했다.

아까 있었던 시위를 조사하기 위한 병력이 인근을 돌아다니고 있었다. 아까의 그것은 여관에서 술을 마시는 척하던 토마스를 비롯한 용병들의 위장공격이었다.

데니스 백작 쪽에서 감시인을 붙였다는 것을 알기에 그들의 긴장을 늦추려 짐짓 술 마시는 척했던 것이다.

현수가 안쪽에서 불빛으로 신호를 하면 일제히 화살을 쏘아 적이 공격하는 것으로 오인하게 만들었던 것이다.

건초를 잔뜩 실은 마차 역시 토마스를 비롯한 용병들이 준비했던 것이다.

어쨌거나 적당한 위치를 점한 현수는 아공간을 뒤져 마트

문방구 코너에 있던 폭죽들을 꺼냈다.

꺼내놓고 나니 양이 제법 많았다. 하여 적당히 땅에 박아놓고 일제히 불을 붙였다.

쑤우웅! 쐐에에엑! 쒸이이잉! 쎄에엥!

"아앗! 적의 화전 공격이다. 모두 대피하라! 대피하라!"

성벽 위를 순찰하던 병사의 외침에 모두의 시선이 쏠렸다. 그러는 동안 무수한 로켓탄이 성벽을 향해 날아갔다.

펑! 퍼펑! 펑! 퍼퍼퍼펑!

매년 10월이면 서울 여의도에서 개최되는 불꽃축제가 이곳에서 벌어진 것이다. 그런데 성벽 위의 병사들은 상당히 많은 병력이 일제사를 하는 것으로 오인하고 대가리를 처박고 있었다.

현수는 로켓탄들이 비산하는 것을 바라보다가 발걸음을 돌렸다. 어두운 밤이기에 투명 은신 마법은 해제하고 플라이 마법으로 날아서 이동했다.

가다보니 야호니 강 인근에 매복해 있던 기사와 병사들이 헐레벌떡 이동하는 모습이 보인다.

세어보니 거의 전부가 이동하는 듯싶다.

"오셨습니까? 근데 대체 저게 뭐랍니까?"

허공에서 펑펑 터지는 폭죽을 본 이레나 상단 사람들의 물음에 현수는 대답하지 않았다.

그보다 급한 일이 있기 때문이다.

"남은 병력은 없소?"

"아직 있습니다. 기사 둘과 병사 50여 명이 매복 중입니다."

"으으음!"

혼자서 이들 모두를 처리하려면 마법을 쓰는 수밖에 없다. 하나 어찌 그럴 수 있는가!

현수는 잠시 입술을 깨물었다.

"토마스!"

"네, 백작님!"

"내 뒤를 따라오시오. 내가 선두에서 공격할 것이오. 미처 공격하지 못한 자들을 처리할 수 있겠소?"

"기사는 감당하기 어렵습니다. 하나 병사들이라면……."

"좋소. 내 뒤를 따르시오. 여러분들도 안전거리를 확보한 상태에서 우리의 뒤를 따르시오. 알겠습니까?"

"네."

"로시아! 사람들이 흩어지지 않도록 하시오."

"네에."

잠깐 사이지만 로시아는 기력을 많이 찾은 모습이다.

"자, 이제……."

현수가 가자는 말을 하려 할 때 누군가가 나섰다.

"잠깐만요. 혹시 남는 활이 있습니까?"

"누구십니까?"

마법사의 로브라고 하기엔 손색이 있는 모포 같은 걸 뒤집어 쓴 사내였다.

"활을 다룰 수 있습니다. 활과 화살을 제공해 주시면 우리가 후미에서 일행을 보호하겠소."

"몇 자루가 필요하십니까?"

"세 자루 주십시오."

"토마스, 활과 화살 남은 거 이분들께 드려."

"네."

잠시 후 현수 일행의 이동이 시작되었다.

깊은 밤이었지만 월광이 교교하여 어렴풋이 사물이 식별되는 어둠이기에 엎어지는 사람은 없었다.

검을 뽑아 든 채 쾌속하게 이동한 현수는 수풀 속에 매복해 있던 병사들을 제압하기 시작했다.

폼멜 부분으로 뒤통수를 가격하여 기절시킨 자도 있고, 슬립 마법으로 재워 버린 놈도 있다.

뒤따르던 토마스 등은 경악한 눈으로 현수의 움직임을 살피고 있다. 웬만해선 알아차리기 힘들 정도로 교묘히 은신해 있는 자까지 남김없이 제압하고 있었기 때문이다.

물론 와이드 센스 마법 덕이다.

그렇게 30여 명을 제압했을 때 현수의 앞을 가로막는 두 그림자가 있었다. 데니스 백작의 신임을 받는 수석기사 제레미 경과 또 다른 기사 하나였다.

"거기까지……! 네놈은 대체 누구냐?"

"그건 알아서 뭐할 건데?"

순간 이미지 컨류징 마법을 써서 알아보지 못한 것이다.

"으음, 테세린의 개냐?"

"입으로 싸울 거냐? 어서 덤비기나 해라. 야압!"

뒤따르는 사람이 있기에 현수는 속전속결하려 선공을 했다.

뽑아 든 검을 시퍼런 오러가 감싸는 모습을 본 제레미는 만만치 않은 상대라 여기고 긴장한 표정을 지었다.

같은 순간, 곁에 있던 기사 역시 검을 뽑아 들고 호시탐탐 기회를 노렸다. 그때 현수의 검이 제레미를 향해 쏘아져 갔다. 당황한 제레미가 이를 막으려던 순간 검로가 돌변했다.

그리곤 곧장 곁에 있던 기사의 허벅지를 파고들었다. 방비가 부족했던 기사는 비명과 함께 쓰러졌다.

"이런 비겁한 놈!"

"나는 혼자. 너흰 둘! 누가 더 비겁한 거지?"

"……!"

"항복할 거 아니면 덤벼!"

"이야아압!"

제레미 경이 자신의 장기를 펼쳤다. 상대와의 거리가 약간 떨어졌을 때 주로 사용하는 것으로 먼저 한발을 크게 내디딘 뒤 그 발을 축으로 회전하며 검으로 베는 것이다.

방심하고 있던 적은 이 공격에 당하거나 피하기 위해 고개를 숙이게 된다.

그때 처음 디뎠던 발로 걷어차면 대부분 당했다.

하나 상대는 김현수이다. 쇄도하는 검끝을 자신의 검으로 툭 건드리니 제레미가 균형을 잃는다.

그 순간 활개를 벌린 그의 명치를 힘껏 걷어찼다.

쐐에에엑! 팅! 퍼억!

"크어억!"

갑자기 숨을 쉴 수 없는 격통을 느낀 제레미는 그대로 고꾸라졌다. 다음 순간 현수의 폼멜이 뒤통수를 가격했다.

퍽!

"끄윽!"

"좋아, 다음은……?"

고비라 생각했던 제레미 경이 너무 쉽게 제압되었기에 기분이 좋아진 현수는 비호처럼 사방을 휩쓸었다.

"진짜 사람인가?"

토마스는 멍한 표정으로 동에 번쩍, 서에 번쩍하며 데니스의 병사들을 유린하는 모습을 지켜만 보고 있었다.

"모두들 이동!"

어둠 속에 있던 마차들이 일제히 움직이기 시작했고, 잠시 후 야호니 강에 놓인 다리에 당도했다.

"신속하게 넘어가시오."

"백작님은 어쩌시려고요?"

"놈들의 추격이 시작되었네. 먼저 건너가게."

"백작님!"

"명령이네. 어서 건너가게. 그게 날 도와주는 것이네."

일행의 마지막이 다리를 건너가는 동안 말발굽 소리가 가까워지고 있다. 최소 200명 이상의 기병이 다가오는 소리이다.

현수는 아공간을 뒤졌다. 예상대로 생각했던 물건이 박스

속에 아직도 적지 않은 양이 담겨 있다.

"흐음, 이 정도면 충분하겠지?"

현수가 꺼내 든 것은 연막탄이다. 그걸 피워 적의 이목을 교란하려 했던 것이다.

"흐음, 근데 이건 안 되겠군!"

하인스 상단의 독점 품목이기 때문이다. 연막탄을 회수한 현수는 맹렬한 기세로 묘안을 짜냈다.

죽이고자 마음을 먹는다면 차라리 편하다.

다리를 건너가느라 여념이 없으니 어스퀘이크로 마상에서 떨어뜨린 후 파이어 스톰 두어 방이면 끝날 것이다.

그런데 그러기 싫다. 주인을 잘못 만난 것뿐이기 때문이다.

방금 전의 기사와 병사들도 죽은 이는 하나도 없다.

"그래! 그게 있었어."

아공간을 뒤져 꺼낸 것은 고춧가루이다. 라면 공장을 털 때 엄청나게 많이 가져왔다.

"그라인딩(Grinding)! 그라인딩!"

위이이잉! 위이이이이이잉!

불과 수초만에 고춧가루들은 아주 곱게 빻아졌다.

"후후, 고생 좀 하겠군."

그릇에 담긴 고춧가루에 라이터 기름을 적당량 뿌렸다.

그러는 사이에 데니스 백작의 정예들이 쇄도했다.

"플라이!"

짙은 어둠 속에서 치솟은 현수는 그릇 속에 담긴 고춧가루

용액을 뿌렸다.

"와일드 스톰!"

화아아아악!

삽시간에 사방으로 뻗은 고춧가루 용액은 허공으로 비산되었다. 그러는 사이에 휘발성분은 모두 날아갔다. 그러자 고운 고춧가루 분말 입자가 기사와 병사들을 휘감았다.

"으헥! 에에취! 커억! 매워!"

"으윽! 이건 뭐야? 아악, 눈이 따가워."

"에에취! 커억! 아이고, 죽겠다."

30명이 넘는 기사와 1,000명에 가까운 병사 전체가 재채기를, 기침을 했다.

또한 눈물, 콧물을 흘렸고, 침까지 질질 흘렸다.

따갑다고 얼굴을 문질렀던 병사는 말로 형언할 수 없는 고통에 데굴데굴 굴렀다.

아르센 대륙 역사상 처음으로 화생방 훈련을 한 셈이다.

"후후, 니들이 최루탄 맛을 알아?"

현수는 의도대로 되었음에 웃음 짓고는 이내 다리를 건넜다.

"어서 오십시오, 백작님! 걱정 많이 했습니다."

"오, 크린스 경! 경이 파견되었구려."

"네, 이제 걱정 마십시오, 놈들이 분수도 모르고 다리를 건너면 가장 먼저 고슴도치를 만들 것입니다. 다음엔 제 검에 황천 구경을 하게 될 것입니다."

"고맙네. 하나 건너오는 놈은 없을 것이네."

대화를 하는 동안에도 야호니 강 건너에는 난리가 벌어지고 있었다. 거의 모든 병사들이 데굴데굴 구르고 있었던 것이다.

물속에 들어가면 그 고통으로부터 해방될 것이다.

하나 불행히도 야호니 강은 절벽 아래를 흐르고, 설사 들어간다 하더라도 떠내려 가게 된다. 그렇기에 끝나지 않는 화생방 훈련을 톡톡히 받고 있는 중이다.

"얀센! 음식 좀 준비하게. 그리고 사람들이 쉴 자리도 마련해 주고."

코찔찔이 세실리아 여관은 이제 일반 손님은 받지 않는다. 하인스 상단의 본점으로 사용될 것이기 때문이다.

비어 있는 객실은 하인스 상단 사람과 이레나 상단 사람들이 머무는 곳이 된다.

그렇기에 얀센은 분주한 손길로 음식을 만들고, 목욕물을 데우기 시작했다. 하룻밤 자고 난 뒤 개운함을 느끼게 하려는 의도이다.

"로시아! 몸은 좀 어떻소?"

오뚜기 식품에서 만든 3분 쇠고기 죽을 세 개나 비운 카이로시아는 확연히 좋아 보인다.

"몸이 조금 무거운 걸 빼면 괜찮은 거 같아요."

"손을 줘보시오."

현수는 한의사도 아니면서 진맥하는 척 카이로시아의 손목에 손을 올려놓았다.

맥이 약한 것 같다. 하여 마나로 체내를 살펴보았다.

열흘 가까이 굶주린 데다가 춥고 습기 많은 곳에서 공포에 질려 있어서 그런지 마나의 흐름이 원활하지 못했다.

'책에서 읽은 바에 의하면 이럴 때 마나 포션이 필요한 거군. 그런데 없으니……'

잠시 생각하던 현수는 일단 편하게 재우는 게 우선이란 생각을 했다. 정신적으로도 지쳤을 것이기 때문이다.

"마나여, 깊은 잠 속으로 빠져들게 하라. 딥 슬립!"

"아흠……!"

뭔가를 말하려던 카이로시아가 잠이 들었다.

밖으로 나온 현수는 이레나 상단 사람들을 살펴보았다. 대체로 양호하다. 그리곤 동행했던 나머지 죄수들을 찾았다.

첫 번째 객실문을 열자 여기저기 앉아 있던 셋이 일어난다.

"은인의 큰 도움을 얻었습니다. 베세른 산맥의 숲을 관리하는 숲의 일족! 레이찰 토들레아가 인사드립니다."

"오마샤 토들레아가 감사 인사 드립니다."

"하일라 토들레아입니다. 은공의 은혜 잊지 않겠습니다."

"으음, 숲의 일족이라면… 엘프였소?"

"그렇습니다. 은공의 성함을 알려주시겠습니까?"

"그건 알아서 무엇하려 하십니까?"

"은공의 성함을 영원히 잊지 않기 위함입니다."

현수는 엘프들이 상당히 고지식하며 고집 또한 대단하다는 것을 안다. 이들은 숲과 평화를 사랑하는 족속이다.

하여 예의를 갖췄다.

"코리아 제국의 하인스 멀린 드 셰울이오."

"저희를 구해주서서 정말 감사합니다, 하인스 백작님!"

"다른 사람을 구하려다 덤으로 구한 것입니다. 은혜라는 말을 들을 정도로 대단하지 않으니 마음 쓰지 마십시오."

"백작님! 저흰 내일 아침에 떠나고자 합니다. 그래도 되겠습니까?"

"베세른 산맥까지 가려면 제법 먼 길인데 그만한 기력이 남아 있습니까? 당장 강 건너 올테른으로 가도 테리안 왕국의 병사들이 있을 텐데 말입니다."

"으으음……!"

"기력이 회복될 때까지 이곳에 머무십시오. 그런 후에 떠나시는 것이 좋을 듯합니다."

"감사합니다. 백작님의 뜻에 따르지요."

방을 나선 현수는 고개를 갸웃거렸다. 데니스 백작이 엘프들을 가둬만 놨다는 게 이상했던 것이다.

특히 막내인 하일라는 못 먹어서 말라 있음에도 대단한 미녀였다. 호색한인 데니스 백작이 그런 미녀를 그냥 뒀다는 게 이해되지 않은 것이다.

만일 조금 더 대화를 나눴다면 그들이 목에 건 목걸이를 보고 그 이유를 알았을 것이다.

적은 마나로도 용모를 감출 수 있는 이미지 체인지 마법이

인챈트된 아티팩트였던 것이다. 그렇기에 데니스는 하일라가 되게 못생긴 여자인 것으로 알았던 것이다.

현수가 하일라 등의 본모습을 본 것은 이들이 마법을 해제시켜 둔 때문이다. 그것은 은공에 대한 예의였다.

어쨌든 현수는 나머지 방도 모두 돌아보았다.

그중 심각한 환자 여섯이 있었다.

하여 회복 포션 여섯 개를 사용했다. 보는 눈이 있기에 컴플리트 힐이나 리커버리 마법을 쓸 수 없었던 것이다.

이들은 모두 곡창지대에서 농사짓던 농노들이다.

데니스 백작의 폭정을 피해 로니안 자작에게로 탈출하다 잡혀서 고문당하고, 투옥되었던 것이다.

이들의 외상은 회복포션 덕에 깨끗이 나았다. 하나 기력마저 회복된 것은 아니다.

현수는 로니안 자작과의 돈독한 관계를 위해 이들 역시 충분히 머물러도 좋다는 뜻을 밝혔다.

깊은 밤, 현수는 테세린의 외곽으로 가서 결계를 쳤다.

그리곤 차원이동을 할 충분한 마나가 모일 때까지 마나심법을 운용했다.

다음 날 아침, 그러니까 아르센력 4월 19일 현수는 지구로 귀환했다.

"마나여, 나를 지구로 데려다 다오. 날짜는 6월 16일. 트랜스 디멘션!"

샤르르르르릉!

마나가 현수의 신형을 감쌈과 동시에 그 모습이 사라졌다.

마치 동화 속 요정 팅커벨이 뿌리는 별가루처럼 희미하지만 영롱한 빛을 발하는 순간 차원이동한 것이다.

*　　*　　*

"날짜는……? 흐음, 성공이군."

서둘러 노트북을 꺼내 날짜를 확인한 현수는 곧장 집으로 향했다.

로시아 등을 위한 마나 포션을 제조하기 위함이다.

"다녀왔습니다."

"그래. 수고했다."

어머니는 여느 때처럼 반색을 하며 맞아주셨다. 현수는 어머니가 차려준 밥을 먹고는 자신의 방으로 향했다.

샤워를 하고 편한 옷으로 갈아입었다.

"그래도 집이 제일 편하군. 이실리프어, 열려라!"

스르르르룽!

허공에 둥실 뜬 마법서를 본 현수는 눈빛을 빛냈다.

"일단 마나 포션 제조법부터 확인하자."

색인을 찾아 손가락을 갖다 대니 삽시간에 페이지가 바뀐다.

"스승님은 지구에 사셨어도 성공하셨을 거야."

현수는 하이퍼링크 기능을 가진 마법서를 부드럽게 쓰다듬었다. 이를 만드느라 심력을 소모했을 멀린을 추모한 것이다.

"흐음, 어디 보자. 마나 포션 제조법! 먼저 양질의 만드라고라를 깨끗한 물에 씻은 후 표피 제거 마법인 필 리무벌(Peel Removal)을 시전하고……."

찬찬히 이실리프 마법서를 읽은 현수는 깊은 밤임에도 지하실로 내려갔다.

그곳엔 기업 연구실 또는 화학 실험실에서나 볼 수 있는 기구들이 즐비하게 놓여 있었다.

일전에 회복 포션을 제조하기 위해 사용했던 것이다.

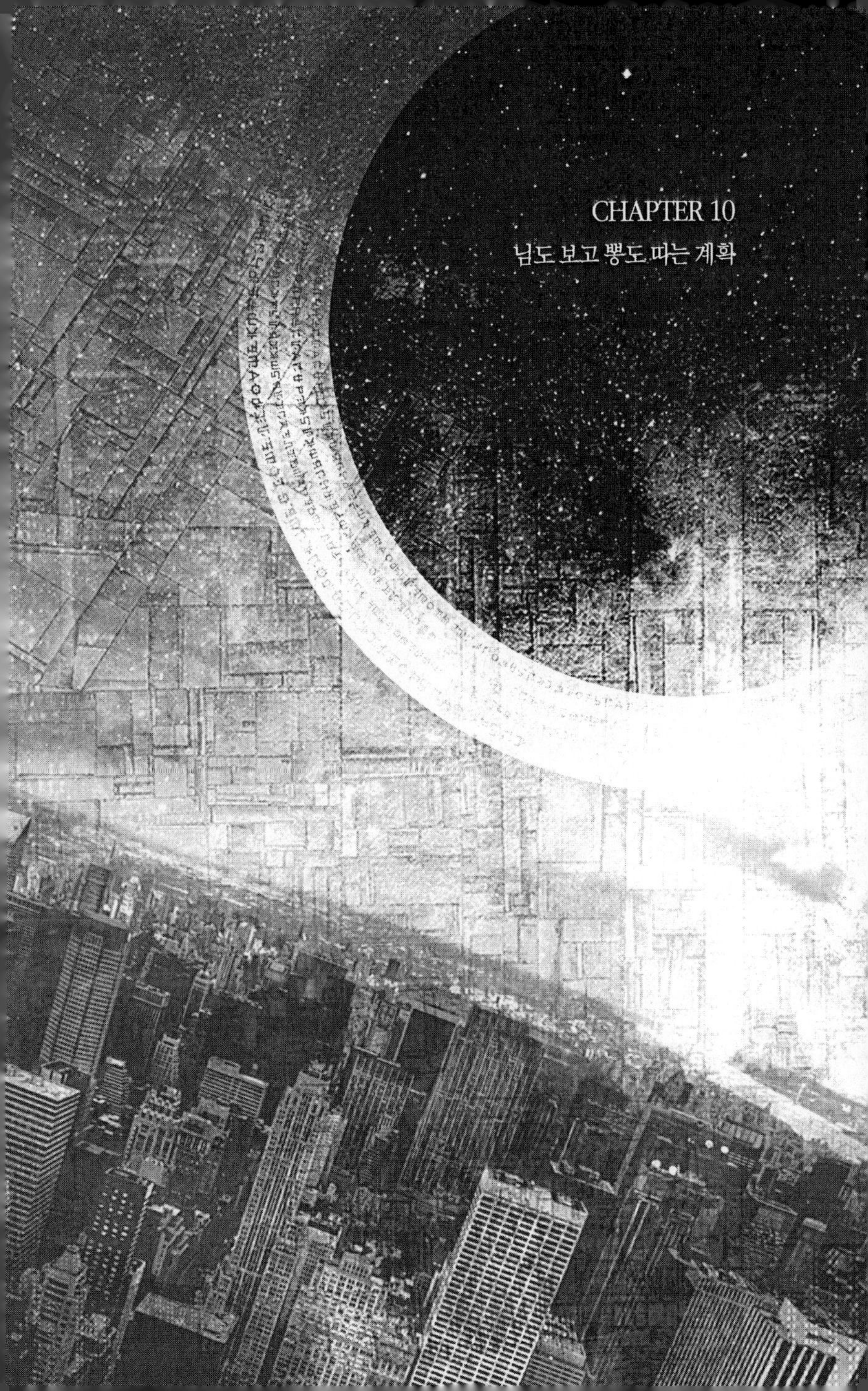
CHAPTER 10
님도 보고 뽕도 따는 계획

현수는 이실리프에 기록된 대로 만드라고라의 표피를 제거한 후 그것을 원료로 마나 포션을 세조했다.

그렇게 해서 만든 게 여섯 병이다. 만드라고라 두 뿌리당 하나의 포션이 제조되는 것이다.

마법서엔 제조 과정에서 실패 확률이 매우 높아 잘해야 서너 뿌리에 하나씩 성공할 수 있다고 되어 있었다.

그리고 덧붙이길 세심한 손길을 유지하지 못하면 열두 뿌리당 하나씩 만들어질 수도 있으니 각별한 주의를 요구했다.

그런데 예상을 뛰어넘는 성취를 얻었다. 이는 정밀한 현대 화학기구들이 있었기 때문이다.

"겨우 여섯 병? 이걸 누구 코에 붙이나? 흐음, 아르센 대륙에 가면 더 많이 구해와야겠군.”

투덜거린 현수는 이번엔 트롤의 피를 꺼냈다. 세 마리분이다. 이걸 원료로 정제기구를 이용한 회복 포션을 제조했다.

현수는 새벽이 되어서야 잠자리에 들 수 있었다.

“좋은 아침입니다.”

“네! 안녕하세요, 사장님!”

“사장님! 일주일의 시작인 월요일이네요.”

“오늘 날씨 너무 좋죠?”

이은정 실장을 비롯한 김수진과 이지혜의 인사를 받은 현수는 사장실로 들어갔다.

잠시 후 은정이 커피잔을 들고 따라 들어온다.

‘크으……! 또 사약이군. 저걸 계속 먹으면 위장에서 쿠데타라도 일으키겠어.’

아주 잠깐 인상을 찌푸린다 생각했는데 은정은 그것도 보이는 모양이다.

“치이, 사장님! 이건 커피믹스거든요.”

“커피믹스?”

“네, 저 포기했어요. 아무리 해봐도 제가 탄 커피는 맛이 너무 없어요. 그래서 오늘부터는 커피믹스예요.”

‘그래? 그래주면 나야 고맙지. 휴우, 살았다.’

안도의 한숨을 내쉰 현수가 빙그레 웃음 지었다.

"그냥 계속해 보지 그래요? 좋은 마루타 있잖아요."

"엄마가 그러셨어요. 이런 걸 어떻게 사장님 마시라고 갖다 드리느냐고. 차라리 사약을 드리래요. 그게 더 달 거라고. 쳇!"

이은정이 타오는 커피에 문제가 있는 이유는 설탕을 너무 조금 넣기 때문이다. 그걸 먹으면 살이 찐다는 강박관념이 박혀 있어 눈곱만큼 넣기에 그토록 썼던 것이다.

프림 또한 매우 적게 넣었다. 프림의 중성지방이 혈관 내부에 침착된다는 기사를 어디선가 보았던 때문이다.

명색이 커피이기에 그것만은 듬뿍 넣었다. 그러니 사약처럼 썼던 것이다.

"어머니가 그러셨다면 그래도 됩니다."

현수는 한마디 더 하려다 말았다. 다시 도전한다고 하면 끔찍한 맛을 또 봐야 할 것만 같아서이다.

"죄송해요."

"참, 별게 다 죄송한 일입니다. 그건 그렇고 문제 발생된 거 없지요? 이 차장님으로부터도 연락 온 거 없어요?"

"아뇨, 있어요. 아침에 팩스가 한 장 왔어요. 이겁니다."

은정이 결재판에서 종이 한 장을 꺼내서 건넨다.

손으로 글씨를 써서 보낸 건데 워낙 악필인 데다 글씨까지 뭉개져 있어서 판독에 어려움이 있었다.

하여 자세히 들여다보는 사이에 은정이 나갔다.

친애하는 동업자에게!

오늘로서 소매약방의 숫자가 2,500군데를 돌파했다네.

추세대로 된다면 내년까지 5,000군데로 늘어날 듯하네.

덕분에 이번에 보내준 약품들도 거의 대부분 팔려 나갔지.

주문 물량이 계속해서 늘어날 것만 같으이. 물량이 늘어나게 되면 더 번거롭고 힘들겠지만 계속 수고해 주게.

지난달 이익금 중 절반 정도는 여전히 무료급식소를 운영하는 데 사용하고 있네. 많이들 고마워해 줘서 흐뭇하네.

다음 주엔 대통령이 표창장을 준다고 오라고 하더군.

모든 관리들이 협조적인지라 땅 짚고 헤엄치는 기분이네.

그래서 말인데 우리가 이들에게 조금 더 도움이 될 일을 찾아 보게. 나야 이곳에 늘 있어서 문제점을 찾기 힘드니 멀리 떨어진 자네가 혜안으로 살펴보게.

지난달과 마찬가지로 발생된 이익금은 자네 계좌로 송금했네. 확인해 보게. 그리고 놀라지 말게.^^

마투바가 자네 언제 오냐고 계속 성화군.

설마 얘한테 책임질 일 해놓고 한국으로 간 건 아니겠지?

조만간 휴가가 끝나니 곧 보겠군.

올 때 김치랑 소주를 왕창 가져오게. 내가 가져온 건 마투바 이 몹쓸 술꾼이 다 먹어치웠네. 제엔장……!

그게 어떤 건데…….

하하하! 웃자고 하는 소리네.

돈은 많이 벌고 있으니 건강하게.

—킨샤사에서 동업자가.

"후후, 역시 좋은 사람이군."

번 돈의 일부를 환원하자고 하여 동의해 주었다.

그걸로 무료 급식 사업을 하여 대통령 표창까지 받는다니 이제 건드릴 사람은 아무도 없는 사업이 될 것이다.

현수는 법인의 공동대표이기에 괜스레 기분이 좋아진다.

"흐음, 콩고민주공화국 사람들에게 도움이 될 일?"

현수는 인터넷 검색을 하기 시작했다. 무엇이 부족한지, 무엇이 필요한지, 거기 상황은 어떤지를 자세히 알고자 함이다.

그러다 김이 솟는 커피잔을 들고 조금 들이켰다.

후루루룩—!

"흐으음!"

달착지근하면서 쌉쌀한 맛이 오묘한 조화를 일으킨다.

마우스로 눈에 뜨인 구절을 클릭하려던 순간 현수의 손이 멈춘다.

"그래, 커피……!"

현수는 재빨리 커피를 검색했다. 커피벨트라는 구절이 보여 이를 클릭했다.

커피벨트란 적도를 중심으로 북위 25°, 그리고 남위 25° 사이를 일컫는 말이다.

이 지역에는 약 80개 열대국가들이 자리하고 있다. 커피는 기온이 따듯하고 강수량이 풍부한 곳에서 잘 자란다.

연중 강우량보다는 월간 강우량이 중요한데 지나치게 강한 햇빛과 열에 노출되지 않아야 한다. 그렇기에 키가 큰 바나나 나무와 야자수를 같이 심기도 한다.

평지보다는 표토층이 두터운 경사면이 좋으며, 물 보유 능력이 좋은 토양이 재배하기에 유리하다.

아프리카 지역의 커피는 신선한 과일을 연상케 하는 달콤한 과일향을 지닌다.

대한민국은 지난해 11만 7천 톤의 커피를 수입했다.

성인 1인당 연간 312잔 정도를 마실 양이다. 금액으로는 4억 2,000만 달러, 한화로 약 4,380억 원어치 수입한 것이다.

내친 김에 바나나도 확인해 보았다.

바나나는 약 6만 6,000톤 정도, 파인애플은 약 1만 4,000톤을 수입한다. 이밖에도 열대 과일 수입량이 급격하게 많아진다는 것을 알 수 있었다.

"흐음, 이걸 잘 이용하면 한국과 콩고민주공화국 양쪽에 좋은 일이 되겠군."

기사를 검색하던 중 바나나 같은 과일을 장거리 운송할 경우 방부제를 사용해야 하는 단점이 발생된다는 것을 알았다.

하나 이 문제는 아주 쉽게 해결된다.

"운반선 창고 바닥에 보존 마법진을 그려 넣으면 되겠군. 후후! 방부제 하나 없는 바나나라고 광고하면 잘 팔리겠지?"

현수는 오래전 어떤 책에서 보았던 구절을 떠올리고는 웃음 지었다.

왜놈들이 한반도를 점거하고 있던 왜정시대 때의 일이다.

지금도 그렇지만 그때도 물이 싱싱한 생선이 비싼 값에 팔렸던 모양이다. 그렇기에 어부들은 생선들이 죽지 않은 상태로 항구까지 옮겨오고 싶어했다.

하나 청어, 준치, 오징어 같은 생선들은 잡히고 얼마 지나지 않아 거의 대부분이 죽었다.

그런데 어떤 배에선 유난히도 살아서 온 놈들이 많았다. 당연히 비싼 값을 받았기에 돈을 많이 벌었다.

다른 어부들이 대체 어떻게 했기에 그랬느냐고 물었지만 빙그레 웃음만 지었다고 한다.

그렇게 세월이 흐른 어느 날 드디어 그 비법이 공개되었다.

그 어부는 잡힌 물고기를 넣어두는 물칸에 작은 상어 한 마리를 넣어두었던 것이다.

잡힌 물고기는 물칸에 있던 상어에게 잡혀 먹힐까 싶어 죽어라고 헤엄쳤던 것이다. 다시 말해 물고기들이 죽기 싫어 헤엄친 결과 살아서 항구에 당도한 것이다.

알고 보니 참으로 간단한 해결책이었다.

보존 마법 또한 아주 간단한 해결 방법인 셈이다.

"흐음, 근데 포도도 재배될 수 있을까? 그러면 타임 패스트 마법으로 100년쯤 숙성된 포도주를 만들 수 있을 텐데……."

해결의 실마리를 찾은 현수는 즐거운 마음으로 검색을 하면서 필요한 것들을 메모했다.

머릿속에만 넣어두는 것보다는 눈에 보이는 메모가 가끔은 다른 것과 연결시키는 데 더 요긴하기 때문이다.

똑, 똑, 똑!

문득 들린 노크 소리에 고개를 들었다.

"사장님, 들어가도 되나요?"

"흐음, 네. 들어오세요."

문이 열리고 여직원 셋이 다 들어온다.

"내게 무슨 할 말이라도 있어요? 설마 노조를 결성했다는 건 아니겠죠?"

"어머, 그런 거 아니에요."

은정이 펄쩍 뛴다. 오해받기 싫다는 뜻이다.

"그런데 왜……?"

"사장님, 이수연 씨 실종사건……. 그거 사장님 맞죠?"

"……!"

가타부타 대답이 없자 은정과 수진, 그리고 지혜가 눈빛을 반짝이며 빤히 바라본다.

"네에, 텔레비전에서 본 그대롭니다."

"그럼 여자친구가 있었던 거예요? 이수연 씨 언니가 사장님의 여자친구예요?"

"그건…….."

현수는 말을 끊었다.

여자들의 수다는 지구를 멈추게 할 수도 있다. 그렇기에 말을 끊은 사이에 잠시 생각을 정리하려 한 것이다.

"네, 맞습니다. 톱스타 이수연 씨의 언니를 우연히 알게 되었지요. 하지만 장래를 약속했다든지 뭐 이런 건 아니니까 괜한 오해로 소문 만들지 말아요."

"호호, 네에. 알겠습니다."

"대신 이수연 씨 사인 받아다 주세요. 싸장님!"

이지혜가 애교 띤 눈빛으로 바라본다.

'에구, 어쩌다 내가……!'

"네에, 알겠습니다. 다음에 만나면 꼭 사인받아다 드릴게요."

"네에, 고맙습니다. 사장님!"

안 받아줄 수 없도록 허리를 깊숙이 숙여 절을 한다.

"바쁜 업무 없어요?"

"치이, 사장님께 여쭤보려고 이젠 잠도 못 잤단 말이에요."

"에구……!"

현수는 여자들의 괜한 관심 때문에 못살겠다는 표정을 지었다. 그 순간 핸드폰이 몸서리를 친다.

부우우우웅! 부우우우우웅!

"흐음, 현우냐?"

"형님, 재주도 좋아요."

"무슨 소리야?"

"이수연의 언니를 사귄다면서요? 오늘 인터넷에 이수정 씨 프로필 다 떴어요. 엄청난 미인이던데요?"

"끄으응!"

나지막한 침음을 냈지만 현수의 말은 끊이지 않았다.

"형님, 이수정 씨랑 잘 됐으니까 다음 타자는 저죠?"

"뭔 소릴 하고 싶은 건데?"

"형님, 형님이 원하는 만큼 술 사드릴게요. 이수연 씨 좀 소개해 줘요."

"에라, 이놈아! 너 안 바쁘냐?"

"형님, 괜히 튕기지 말고 소개 좀 해줘요. 저 이수연 씨 광팬이란 말이에요."

"야, 시답잖은 소리 그만하고 이만 전화 끊자."

전화를 끊은 현수는 잠시 인터넷 검색을 더 했다. 하나 끊이지 않는 상념 때문에 집중할 수가 없었다.

그때 핸드폰이 또 몸살을 한다.

부우우웅! 부우우우웅!

"네, 어머니!"

"현수야, 텔레비전에 나온 거 사실이니? 너 진짜 이수연의 언니랑 사귀냐고?"

"아이고, 어머니! 그거 사실 아니에요. 그냥 우연히 알게 된 건데 기자들이 오버해서 그러는 거예요."

"진짜냐?"

"어머니, 생각해 보세요, 전 아프리카에 있다가 온 지 얼마 안 되잖아요. 근데 어느 세월에 그 여자랑 사귀었겠어요?"

"하긴… 그렇기는 하다."

"어머니, 그러니 괜한 오해하지 마세요. 아셨죠?"

"에구……! 아버지하고 난 드디어 널 장가보낼 수 있다 생각해서 좋아했는데……."

"바빠서 이만 끊습니다."

"그래, 그래라."

전화를 끊은 현수는 골치 아픈 문제에 직면한 사람처럼 이맛살을 찌푸렸다. 근데 또 전화가 온다.

부우우웅! 부우웅!

"여보세요."

"오빠?"

들어보니 이수정의 목소리이다.

"……!"

"저예요. 수정이 오늘 비행 없는데 만나요."

"나, 지금 소금 바쁜데?"

"그래요? 참, 그렇구나. 오빠는 직장인이지. 그럼 이따 퇴근 후에 만나요. 그건 괜찮죠?"

"……!"

"수연이도 오늘 저녁 때 스케줄을 비웠대요. 그러니 시간 없어도 시간 좀 내봐요. 네?"

"그래. 그렇게 할게."

현수는 자신에게 호감을 갖고 들이대는 수정이 부담스러웠다. 키 크고, 날씬하고, 상냥하며, 예쁘기는 하다.

여자친구가 없다면, 또는 마음에 둔 여인이 없다면 무조건

대쉬해야 할 최상의 조건을 모두 갖추고 있다.

하나 현수가 어찌 딴 눈을 팔 수 있겠는가!

영국 출장 중인 강연희 대리가 가슴속에 박혀 있기에 권지현이 관심 보이지만 부러 못 본 척하는 상황이다.

그러니 이수정을 만나는 것이 저어되었다.

그럼에도 만나기로 한 것은 선을 그을 건 긋고, 수연으로부터 사인도 받아와야 하기 때문이다.

"휴우, 언론이 무섭긴 무겁구나."

현수는 고개를 설레설레 흔들었다. 그리곤 다시 인터넷으로 빠져들었다. 한국과 콩고민주공화국 모두에 도움이 될 도랑 치고 가재 잡는 일을 찾으려는 것이다.

하나 누이 좋고 매부도 좋은 일은 드문 법이다. 마당 쓸고 동전까지 줍는 일도 별로 없다.

그렇기에 일석이조인 일을 찾아 한참 동안 서핑을 했다.

똑똑똑!

"사장님!"

"응? 아, 이 실장? 들어와요."

"사장님, 대한약품에서 사장님을 뵙고자 손님이 오셨습니다."

"대한약품이요? 이 실장, 우리가 현재 거래하는 제약사 중 하나인가요?"

"아뇨. 아직은 거래 없는 제약사인데요."

"흐음, 그런데 왜……? 아무튼 오셨으니 들어오시라 하세요."

"네에."

은정이 물러서고 얼마 지나지 않아 말쑥한 양복 차림의 젊은 사내가 들어선다. 서른을 갓 넘긴 듯한 나이이다.

"어서 오십시오. 이실리프 무역상사 대표 김현수입니다."

"반갑습니다. 대한약품 민윤서 사장입니다."

"네, 일단 자리에 앉으시지요."

"감사합니다."

둘이 자리에 앉자 언제 따라들어 왔는지 이지혜가 묻는다.

"사장님, 차는 무얼로 준비할까요?"

"난 사과 주스 주세요. 민 사장님은 어떤 걸 드시겠습니까?"

"아, 저도 사과 주스 좋아합니다."

"네에, 사과 주스 두 잔 준비하겠습니다."

이지혜가 나가자 민 사장이 명함을 꺼내 건넨다.

"이실리프 무역상사 사장님이 젊은 분이란 이야긴 들었는데 이처럼 젊은지는 몰랐습니다. 다시 인사드립니다. 대한약품 대표 민윤서입니다."

"네에, 이건 제 명함입니다."

현수가 명함을 건네자 민윤서는 볼펜을 꺼내 뒷면에 무언가를 기록한다. 만난 날짜와 시간을 쓰는 듯하다.

"어떤 용무로 절 찾으셨는지요?"

"우연히 태극약품 등과 대규모로 거래하신다는 정보를 얻었습니다."

"네, 현재 여러 제약사와 거래 중이지요."

"솔직히 말씀드려 저희도 납품하고 싶어서 찾아뵈었습니다."

민 사장과 시선이 마주친 현수는 빙그레 웃어주었다.

"고맙습니다. 일부러 발걸음을 해주셔서……. 한데 어떤 약들을 생산하시는지요? 납품받는 것과 겹치지 않는 품목이 있다면 고려해 보겠습니다."

"감사합니다. 현재 저희도 태극약품처럼 항생제랄지 소염제, 진통제 등을 생산합니다만 주력은 백신류입니다."

"흐음, 백신이요?"

현수가 관심을 보인다 생각했는지 민 사장이 반색하며 다가앉는다.

"그렇습니다. 현재 아프리카에서 발생된 전염병은 콜레라와 홍역, 그리고 이질 등을 꼽을 수 있습니다."

"흐음, 동아프리카 지역이 가뭄과 기근 때문에 전염병 창궐 우려가 높다는 기사는 보았습니다."

"네, 소말리아는 콜레라, 에디오피아에서는 홍역이 번지고 있지요. 남아프리카 쪽에선 이질이 창궐해 있습니다."

"그래서 UNHCR(유엔난민기구) 소속 의사들이 15세 미만 아동들에게 예방접종을 실시한다고 하더군요."

현수의 대답은 신문에서 언뜻 본 것이 있었기 때문이다.

"맞습니다. 하지만 김 사장님이 수출하시는 콩고민주공화국에선 예방접종이 실시되고 있지 않지요."

"아마도 그렇겠지요. 발등에 떨어진 불이 아니니까요."

상당히 많은 부분을 파악했다 싶은 생각이 들었다. 그냥 젊기만 한 사장이 아니라 뭔가를 해보려 애쓴다는 느낌이다.

"저희 회사에서 만들지만 저희 백신의 품질은 공신력을 얻은 겁니다. 이걸 취급해 주십사 해서 방문했습니다."

"무슨 뜻인지 알겠습니다. 일단 콩고민주공화국 현지와 연락하여 상황을 알아보겠습니다."

"감사합니다."

민윤서 사장이 정중히 고개 숙여 사의를 표했기에 현수 역시 고개 숙여 예를 표했다.

"그리고 말 나온 김에 한 말씀 더 드려도 되겠습니까?"

거래를 트기 위해 온 것이라 그런지 민 사장의 태도는 상당히 정중하다. 현수가 25세 정도로 보여 얕볼 수도 있지만 전혀 그렇지 않은 것이다.

"말씀하십시오."

"이건 저희 회사에서 생산하는 약품 목록입니다. 그리고 이건 저희가 납품해 드릴 수 있는 최소단가이기도 하구요."

브로셔와 인쇄물을 받아든 현수는 잠시 내용을 살폈다.

아까 말한 대로 거의 모든 일반 의약품을 생산하고 있다. 납품 가격을 보니 기존 거래처보다 %가 약간 낮다.

하나 거래처를 바꿀 생각은 없다. 태극약품 등도 나름대로 최선을 다해주고 있다는 것을 알기 때문이다.

"아……! 지금 당장 거래처를 바꾸시라는 말씀이 아닙니다. 우리도 이 정도는 있다는 것을 알려 드리기 위함입니다. 오해하지 않으셨으면 좋겠습니다. 그리고 이건…….”

민윤서 사장은 또 다른 카탈로그를 건네주었다.

“어라! 동물 약품도 생산하십니까?”

현수가 받아든 카탈로그엔 소, 돼지, 닭 등에 사용되는 약품들이 있었던 것이다.

“네, 어쩌다보니 그렇게 되었습니다.”

민 사장은 계면쩍은 웃음만 띠웠을 뿐 구체적인 설명이나 이야긴 하지 않았다.

일반 제약사에서 동물 약품까지 생산하는 일이 드물 것이란 생각을 했지만 아예 없을 일도 아니기에 현수는 더 묻지 않았다.

“동물 약품은 아직 거래하는 곳이 없습니다. 검토해 보지요.”

“감사합니다.”

민윤서 사장이 가고 난 뒤 현수는 한참 동안 생각에 잠겨 있었다. 문득 떠오른 상념이 꼬리에 꼬리를 물었던 것이다.

이는 전에 읽었던 어떤 기사 때문이다.

고형분과 뻘을 제거한 돼지 분뇨에 호기성 미생물을 투여하면 악취가 제거된 유기질 비료를 얻을 수 있다.

분뇨는 분뇨대로 처리하고, 양질의 비료까지 얻는 그야말로 꿩 먹고 알 먹는 기술이다.

커피를 생산해 내기 위해선 강렬한 햇볕을 어느 정도 가려줄 바나나 또는 야자수를 심어야 한다고 했다.

이는 커피농장을 시작하면 바나나나 야자도 함께 수확할 수 있음을 의미한다.

그러기 위해선 적당량의 비료가 필요한데 아다시피 화학 비료는 환경에 좋지 못하다.

이를 해결하기 위한 방안 중 하나는 인근에 양돈장과 양계장, 또는 육우나 비육우 축사를 대단위로 설치하는 것이다.

그러려면 인근에서 손쉽게 채취할 수 있는 천연재료로 사료를 만들 공장 또한 지어져야 할 것이다.

일련의 사업 모두 사람들의 손이 많이 필요한 일이다.

따라서 고용된 사람들의 후생복지를 위한 기숙사와 병원 등이 있어야 한다. 그러려면 에너지를 얻기 위한 발전 설비가 필수불가결이다. 촛불 켜고 살 수는 없지 않은가!

화석 연료를 태우는 화력발전, 또는 원자력의 힘을 비는 원전은 초기 비용뿐만 아니라 지속적인 비용이 든다.

뿐만 아니라 환경에도 좋지 못하다.

이밖에 수력발전도 있고, 지열발전도 있지만 이는 환경적 요인이 매우 중요하다. 다시 말해 어디에 위치해 있느냐에 따라 아예 불가능할 수도 있다.

대안 중 하나로 발전 설비를 갖추는 데 있어 가장 적은 비용이 드는 것은 당연히 태양광발전을 꼽을 수 있다.

초기 자금이 많이 든다는 것이 단점이지만, 일단 설치가 끝나면 그 다음부터는 거의 비용이 들지 않는 장점이 있다.

게다가 환경 오염율이 제로에 가깝다.

이런 발전 설비를 갖추려면 한국으로부터 각종 기자재 등을 모두 가져가야 한다. 그러기 위해선 태양광발전과 관련된 업체를 방문하여 비용과 방법 등을 고려해야 한다.

이런 일련의 생각을 A4 용지에 순차적으로 기록한 현수는 다시 인터넷 서핑을 시작했다.

커피와 바나나 묘목도 구해야 하고, 종돈, 종우에 관한 것도 알아봐야 한다.

다음엔 사료 공장을 건립하는 데 필요한 것도 찾아보아야 한다. 또한 호기성 미생물을 다루는 업체와도 접촉해야 한다.

뿐만 아니라 발전 설비 업체와 전력 배선 공사를 해줄 사람들도 만나야 한다.

점점 일이 커지고 있다는 생각은 했지만 마음만은 즐거웠다. 많은 사람들을 도울 수 있는 일이라 생각한 때문이다.

하지만 이 모든 일을 혼자선 할 수 없다. 전문가도 아닐 뿐더러 관련 지식 부족으로 인한 심각한 시행착오를 겪을 수도 있다. 하여 사람들을 뽑아서 쓸 생각을 했다.

또한 엄청나게 많은 돈이 필요하다.

이실리프 무역상사의 수입만으론 어림도 없을 거금이다. 하나 이에 대한 명쾌한 해결 방안이 있다. 히데요시가 감춰두었던 상당히 많은 금괴와 금화를 처분하면 된다.

국내에서는 출처를 댈 수 없는 것이기에 처분이 곤란하다. 하나 콩고민주공화국에서라면 얼마든지 가능하다.

그곳에서 처분한 돈을 한국으로 송금을 하여 처리하면 깔끔하게 끝낼 수 있다.

그러기 위해선 합법적인 해외법인이 있어야 한다.

마침 콩고민주공화국에서 타는 불길에 휘발유를 부은 듯 번창하고 있는 해외법인이 있다. 천지약품이다.

이는 한국의 법으로는 결코 어쩌지 못할 존재이다.

합법적일 뿐더러 문제가 생긴다 할지라도 내무장관인 가에 탄 카구지가 모두 막아줄 것이기 때문이다.

따라서 차근차근 일을 벌일 일만 남은 셈이다.

현수는 자신의 생각을 잘 정리해서 추려놓았다. 무엇이 필요한지 우선 순위를 매겨놓은 것이다.

그러다 저녁나절이 되자 수정이 정한 약속 장소로 향했다.

도착해서 확인해 보니 인테리어가 매우 훌륭한 커피숍이다.

원목으로 만들어진 바닥은 도시의 차가움보다는 온화한 느낌을 주었고, 벽에 전시된 그림을 조명하는 부드러운 불빛은 화사한 편안함을 연출해 줬다.

곳곳에 놓인 화분과 소품들은 아주 잘 어우러져 고급스러우면서도 우아한 분위기를 풍겨내고 있었다.

그런데 커피 특유의 냄새가 은은한 이곳에 손님이 없다. 혹시 값이 비싸서 그런가 싶어 메뉴판을 슬쩍 보았다.

비싸지도 않다. 그런데도 손님의 씨가 말라 아무도 없다. 하여 고개를 갸웃거렸다.

'이 정도면 연인들의 데이트 장소로 딱인데 왜 손님이 하나

도 없을까? 이상하군.'

그때 화장실에서 나오던 이수정이 반색하며 다가온다.

"현수 씨! 여기에요."

"아, 이수정 씨!"

이 순간 이수연이 코너를 돌아 나온다.

"어라, 수연 씨도 왔네요?"

수정과 통화할 때 수연에 관한 말이 없었다. 그렇기에 이곳에 와 있을 것이란 생각은 하지 못했던 것이다.

"네, 여기 우리 아빠가 하는 커피숍이거든요."

"아! 그렇군요."

이제야 왜 이곳으로 와달라고 했는지 이해가 된다.

보아하니 자신에게 불편함을 주지 않기 위하여 손님을 받지 않은 모양이다. 현수가 고개를 끄덕일 때 중후한 분위기를 내는 초로의 중년인이 다가온다.

"현수 씨! 우리 아빠세요."

"네에……? 아, 안녕하세요. 김현수라 합니다."

전혀 생각지 못한 부친의 등장에 현수는 당황했다.

"반갑습니다. 수정이 수연이 애비되는 이재혁이라 합니다. 우리 아이를 구해주어 고맙습니다."

"아! 네에……. 어쩌다 그렇게 되었습니다."

현수는 대강 말끝을 얼버무렸다. 그렇다 하기에도 그렇지 않다 하기에도 어색했던 때문이다.

"자, 이럴 게 아니라 자리에 앉으십시다."

"네, 아버님! 그런데 말씀 낮춰주십시오. 어른께 존대를 받으니 조금 불편합니다."

"그럼, 그럽시다. 아니, 그러세."

자리에 앉았으나 현수는 준비했던 말을 할 수가 없었다.

어른이 끼어 있는 분위기 때문이다. 게다가 수정과 수연의 부친이라 더 했다. 그러거나 말거나 자매는 너무도 스스럼없게 이야길 이끌어간다.

"호호, 아빠! 현수 씨가 얼마나 용감했는지 아세요? 야쿠자들을 아주 늘씬하게 패서 기절까지 시켰어요."

"어머, 그랬어? 현수 씨, 정말 그렇게 싸움을 잘해요? 몸만 보면 호리호리한데 어떻게 그럴 수 있어요?"

"어머, 애! 내가 말했잖아. 현수 오빠 특수부대 출신이라고. 기억 안 나?"

"아, 그랬니? 맞이, 그러고 보니 그랬네. 근데 어떤 특수부대 출신이세요? 해병대? 공수특전대? 네? 말 좀 해봐요."

여자들의 수다 속에서 현수는 진땀을 뺐다. 그러는 동안 수연에게 사인을 부탁했다. 은정과 수진, 그리고 지혜의 것만 있으면 되지만 자신의 것도 추가로 하나 더 부탁을 했다.

그때 수연이 자신이 발표한 음반들을 꺼냈다.

물론 사인이 되어 있었고, 이런 글귀가 쓰여 있다.

늠름하고 용감하신 현수 오빠께!
수연이 온 마음을 담아 드립니다.

고맙다는 인사를 하고 음반을 받은 현수는 눈을 크게 떴다.

사인 바로 아래 음반의 타이틀 곡명이 쓰여 있는데 '날 사랑해 줘요'였던 것이다.

놀라는 표정을 짓자 기다렸다는 듯 수연이 환한 미소를 지었다. 그리곤 혀를 날름 내민다. 현수는 알아주지 못해 미안하다는 뜻으로 슬쩍 고개를 숙여줬다.

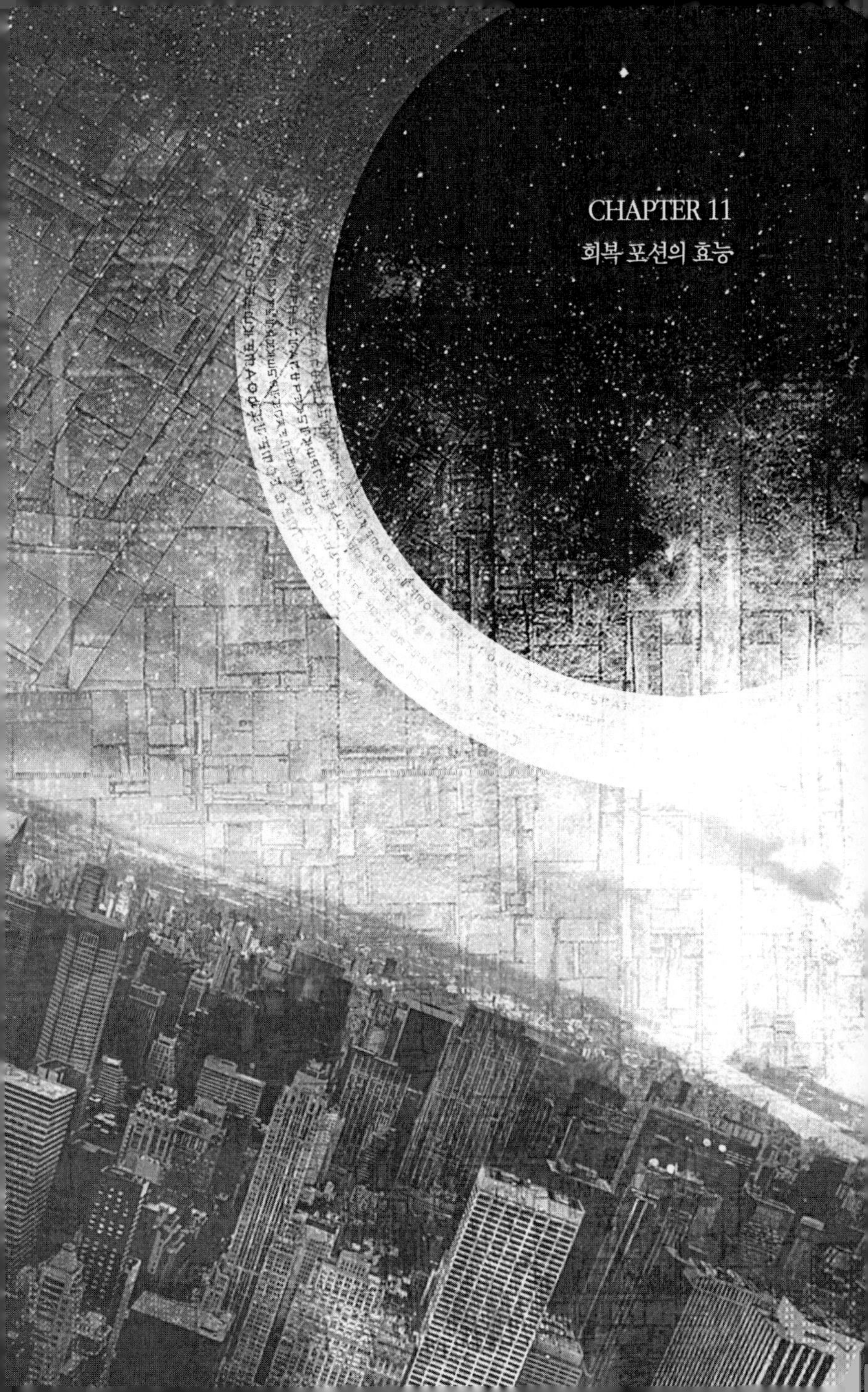

CHAPTER 11
회복 포션의 효능

저녁으론 호텔식 정찬을 먹었다. 들어보니 자매의 부친은 오성급 호텔의 총 지배인이었다고 한다.

정년퇴직하여 고급 커피숍을 냈다. 워낙 많은 사람들과 교류를 했기에 그걸 끊을 수 없어 차린 커피숍이라고 한다.

인근에 재직하던 호텔이 있기에 요리사를 초빙하여 음식 일체를 준비했다고 저녁을 먹자고 한다.

어찌 거절할 수 있겠는가!

넷은 담소를 나누며 식사를 했다. 모두 편한 얼굴이지만 현수만은 바늘방석에 앉은 것 같았다.

마치 사윗감으로 적합한지 여부를 심사하는 자리에 앉은 것 같았기 때문이다. 떡줄 사람은 생각지도 않는데 김치국물 먼저 마시는 것 같았지만 차마 그 이야긴 할 수 없었다.

수정이 상처 입기를 바라지 않기 때문이다.

가족 이야기에서 점차 수연의 연예가 쪽으로 화제가 옮겨갔다. 그러는 동안 수정, 수연 자매가 잘 교육되었다는 것과 예의 바르고 상냥하다는 것을 재확인할 수 있었다.

'현우 녀석이 졸랐는데 한번 다리를 놔줄까? 에이, 아니다. 평범한 현우 녀석이 어찌 톱스타와…….'

현수는 애써 고개를 흔들어 상념을 털어냈다. 이현우와 이수정, 조경빈과 이수연을 소개해 주는 상상을 했던 것이다.

늦은 밤, 현수는 자매의 배웅을 받으며 커피숍을 나섰다. 그런데 갑자기 앞이 보이지 않는다.

눈이 먼 것이 아니라 기습적으로 터진 플래쉬 세례 때문이다. 어찌 알았는지 상당히 많은 언론사 기자들이 우글대고 있었던 것이다.

"김현수 씨! 오늘은 이수정 씨 부친에게 결혼 승낙을 받으러 온 겁니까?"

"정말 이수연 씨 자매와 등산만 한 겁니까?"

"이수연 씨의 언니인 이수정 씨와는 언제부터 만났습니까?"

현수는 아무런 대답도 하지 않고 자신의 차에 올라탔다.

시동을 걸고 천천히 전진하는 동안에도 수십 명의 기자가 차창에 대고 자신들의 궁금한 점을 소리쳐 물었다.

'끄응! 이수연 씨가 톱스타는 톱스타인 모양이군.'

나지막이 투덜댄 현수는 차를 몰아 집으로 향했다.

집 근처에 당도해 보니 많은 기자들이 대기하고 있다. 하여 이실리프 무역상사 사무실로 차를 돌렸다.

"어휴! 유명한 사람들은 대체 어떻게 사는 걸까?"

목을 조이고 있던 넥타이를 풀어헤친 현수는 컴퓨터를 켰다.

문득 낮에 만났던 대한약품 민윤서 사장이 생각이 났다. 하여 대한약품 홈페이지와 그에 관련된 자료들을 찾아보았다.

대한약품은 역사가 오랜 제약사이다.

조부가 창업하여 3대째 대물림 하고 있다. 창립연월일을 따져보니 60년이 넘은 기업이다.

처음엔 그저 그런 제약사였으나 민 사장의 부친대에서 백신을 주로 생산하게 되었다.

콜레라, 장티푸스, 이질, 간염 백신 등을 제조한다.

실적을 확인해 보니 보건소에 상당량을 납품한 사실이 있다.

이는 관계 부처의 정밀한 조건을 통과했음을 의미한다. 다시 말해 백신의 품질은 보증이 된다는 것이다.

평판을 찾아보니 나쁘지 않다. 제약사를 운영하면서 문어발식 기업 확장을 꾀했다던지 하는 일도 없다.

속사정이야 어떤지 몰라도 건실한 기업이라는 뜻이다.

그러다 문득 이상한 것이 보여 클릭을 했다.

거기엔 대한약품이 왜 동물 약품까지 생산하는지 그 이유가 명확히 드러나 있었다.

동물 약품을 제조하는 순수 국내 자본 제약사 가운데 백암 가축전염병 연구소라는 회사가 있었다.

이 회사는 물밀 듯 밀려드는 외국계 제약사에 대항하며 신약 개발에 몰두하던 곳이다. 하나 모든 노력이 허사가 되어버렸다. 많은 연구비를 들였지만 신약 개발에 실패한 것이다.

결국 경영난을 이유로 파산지경에 이르렀다. 이때 주위의 반대를 무릅쓰고 민윤서 사장이 이 회사를 사들였다.

백암가축전염병 연구소는 이익이 전혀 발생되지 않는 기업이었다. 그렇기에 주주들의 극심한 반대에 부딪쳤다.

이에 민윤서 사장은 개인 사재를 털어 인수했다. 그리곤 사명을 대한동물약품으로 개칭했다. 그렇기에 이 회사는 현재 민윤서 사장 개인이 소유한 기업이다.

이를 취재하여 보도한 자료를 보니 민 사장은 국내 동물 약품 산업의 보호를 위한 조치였다고 인터뷰했다.

그냥 놔두면 외국 제약사들의 공세에 국내 기업 모두 고사하게 되는데 그럴 경우 그 분야는 식민지가 된다.

이걸 좌시할 수 없어 과감하게 투자했다는 소리이다. 하나 전망이 밝다는 소리는 어디에도 없다.

현수는 고개를 끄덕였다. 뜻이 존경받을 만했기 때문이다.

그리곤 밤새 필요한 정보들을 수집했다.

다음날 아침, 가장 먼저 출근한 사람은 이은정 실장이다. 하긴 바로 위층이 집이니 늦을 이유가 없다.

"어머, 사장님! 여기서 주무셨어요? 왜 안 올라오셨어요? 빈

방 하나 있는 거 아시잖아요."

"하하, 아닙니다. 잔 건 아니고 뭔가 알아볼 것이 있어서
요."

"아침 식사 아직 안 하셨죠? 불편하지 않으면 저희 집으로
올라가셔요."

"아니, 아닙니다. 괜찮아요."

"아니긴요. 식사는 하셔야죠. 올라가셔요. 어머닌 출근해서
안 계시고 할머니만 계시니까요."

현수는 거듭해서 고사했으나 은정은 의외로 고집이 셌다.
결국 밥 한 술 뜨기 위해 은정의 집으로 올라갔다.

"할머니, 안녕하셨어요?"

"아이고, 이게 누구신가? 우리 집의 은인이 오셨구랴."

"할머니, 사장님이 아침 식사를 못하셨대요."

"아, 그래? 그럼 삼시만 기다리셔. 금방 밥을 지이내겠네."

"감사합니다. 할머니!"

밥 먹으러 올라온 것이기에 그러마 고개를 끄덕이곤 실내를
둘러보았다. 새집에 새 가구들이라 그런지 깔끔한 느낌이다.

구질구질했던 예전 물건들이 간간히 눈에 뜨이긴 했으나 대
체적으로 깨끗하고 쾌적해 보인다.

할머니 곁에서 반찬을 담아내느라 여념이 없는 은정의 뒷모
습을 보니 괜히 흐뭇해진다. 착한 일을 해서 나중에 죽으면 죄
지은 거 하나쯤 지워질 것만 같은 기분이 든 것이다.

'흐음, 할머닌 다 나으셨나?'

“마나 디텍션!”

딱히 할 일도 없었기에 마나로 할머니의 몸을 검색해 보았다. 교통사고로 골절되었던 것들은 모두 정상이다.

하긴 컴플리트 힐과 리커버리 마법을 구현시켰었다. 웬만한 것들은 완치에 가까울 정도가 되어야 정상이다.

‘당뇨병도 많이 좋아지시긴 했지만 완쾌된 것은 아니구나.’

마법을 구현한 직후 꼬맹이 하나가 현수의 손에서 뿜어져 나간 푸른빛이 뭐냐며 묻던 것이 기억난다.

말은 안 했지만 그때 엄청 당황했었다. 딱히 둘러댈 말이 없었기 때문이다.

문득 당뇨병 합병증에 관한 기억이 떠오른다.

당뇨병 환자 가운데 30%는 가려움증과 무좀 같은 피부 감염에 시달린다. 75%는 복통, 변비, 구토, 구역, 설사 등 소화기 장애를 경험하게 된다.

콩팥에도 이상이 발생되며, 남성의 경우엔 자율신경 실조로 성기능 장애가 발생될 수 있다.

발에도 궤양이 생길 수 있는데 15% 정도는 절단을 고려해야 할 정도로 심각한 증세를 보일 수 있다.

뿐만이 아니다.

당뇨 환자의 30~50%는 당뇨병성 망막증이 발생된다. 그리고 70% 정도는 상, 하지의 말초 신경 부위가 저리거나, 감각이 둔해지고, 통증이 생기는 당뇨병성 신경 합병증을 앓게 된다.

그리고 간경변 환자의 30~40%가 당뇨병 환자이다.

또한 뇌중풍, 협심증, 심근경색 같은 혈관 합병증으로
60~70%가 사망할 수도 있다.

'현대로 접어들면서 당뇨병 환자가 상당히 많이 늘어났지?
이걸 치료할 수 있는 신약을 개발하면 떼돈을 벌겠군.'

어젯밤, 상당 시간 동안 제약과 관련된 사이트를 돌아다녔
기에 생각난 것이다. 그러다 문득 스치는 상념이 있었다.

'혹시 회복 포션이 당뇨에도 작용하지 않을까? 근데 대구의
그 사람은 어떻게 되었을까? 좋아지긴 했다고 들었는데 완쾌
되지 않았을까?

지현을 구하기 위해 몸을 던졌다가 중환자실로 실려 갔던
대구 동부경찰서 형사계 소속 경사를 떠올려 보았다.

마법이 없었다면 죽었을 사람을 간신히 죽음의 문턱에서 구
해낼 수 있었던 것이다.

그런 그노 당뇨병 환사였다. 그린데 그에게는 회복 포션을
복용시킨 바 있다. 이후에 어찌 되었는지 궁금했던 것이다.

하나 지금은 너무 이른 아침이다. 따라서 지현에게 전화를
걸어 물어볼 수 없다.

'흐음, 조금 있다 물어보든지. 아니면 한번 만나봐야겠구
나. 그 역시 컴플리트 힐과 리커버리 마법으로 치료를 받았어.
은정 씨 할머니와 다른 점이라면 회복 포션을 복용했다는 거
지.'

할머니의 외상은 전부 나았다. 당뇨병 역시 많이 좋아진 상
태인 듯하다. 하나 완치된 것은 아니다.

만일 그 경찰의 당뇨병이 나았다면 회복 포션은 당뇨병의 특효약이 될 수 있을 것이다.

'하나만 가지곤 알 수 없지. 그런데 얼마만 한 양이 적합한지는 아직 알 수가 없네. 일단 반 병만 드려보자.'

현수는 화장실에서 회복 포션 반병을 따라두었다. 아까워서가 아니라 적정량을 알고 싶은 것이다.

정갈하게 차려진 밥상을 보니 은정의 가정 형편이 눈에 뜨이게 좋아진 듯하다. 생선도 보이고, 육류도 있다.

식사 후엔 과일까지 나왔다.

현수는 또 한 번 흐뭇한 마음이 들었다. 하여 연신 입가에 웃음기를 띠고 있었다.

"우리 사장 총각! 은정이가 은혜를 잊고 잘못하고 그러면 많이 야단쳐도 됩니다."

"아이고, 무슨 말씀을……! 은정 씨가 있어서 되게 편해요, 할머니! 은정 씨, 일 되게 잘하고 싹싹하니까 걱정하지 마세요."

"고맙소. 내가 전생에 무슨 공을 세웠다고 이처럼 착하고 잘생긴 사장님을 만났을까……. 고맙소, 정말 고맙소."

할머니는 여전히 거친 손으로 현수의 손을 한없이 쓰다듬었다. 힐끔 바라보니 은정이 한쪽 구석에서 눈물을 찍어내고 있다. 고생했던 때가 기억났고, 현재의 삶이 얼마나 행복한지를 실감했기 때문일 것이다.

'흐음, 현우 녀석에겐 은정 씨 같이 착하고 예쁜 아가씨가 딱인데. 한번 소개시켜 줄까? 에이, 아니다. 괜히 은정 씨에게 마음의 상처를 줄 수도 있으니 조금 더 두고 보자.'

은정이 커피까지 내왔다. 어차피 내려가서 마실 것이니 사양치 않고 마셨다.

커피를 마신 후 은정더러 먼저 내려가라 하였다. 혹시 전화 올 데가 있을지 모른다는 말에 후다닥 내려간다.

은정이 내려가자 회복 포션을 꺼냈다.

"할머니, 이거 몸에 좋은 거예요. 한번 잡숴 보세요."

"사장 총각, 이게 뭔디?"

"제 친구가 준 건데요. 인삼이랑 녹용 이런 거 달여서 만든 거라고 해요. 몸에 좋은 거라니까 잡수세요."

"아이고, 이런 걸 왜 날 줘? 사장 총각이 마셔야지."

할머니는 극구 사양했지만 현수의 거듭된 권유에 결국 회복 포션 반 병을 마셨다.

복용을 확인한 현수는 슬립 마법으로 할머니를 재웠다. 서너 시간 푹 주무시는 동안 약효가 발휘되게 하기 위함이다.

"은정 씨! 아침 식사 잘 했어요. 음식 정말 맛이 있더군요. 그거 할머니 솜씨죠?"

"아뇨, 전부 제가 만든 건데요? 할머닌 밥만 지으셔요."

"호오, 그래요? 그 음식 전부 은정 씨 솜씨라고요?"

"네, 근데 정말 맛이 있으셨어요?"

"진심, 진심으로 맛이 있었어요."

현수의 말은 진짜이다.

간이 딱 맞아 그런지 재료 고유의 향까지 완벽하게 즐길 수 있어서 정말 맛있게 먹었던 것이다.

"고마워요. 재료도 변변치 않았는데…… 아직 어려울 때 사정을 잊지 않아 엄마는 비싼 재료를 못 사게 해요."

"이해해요, 그 마음!"

현수는 크게 고개를 끄덕였다.

"근데 온다던 전화는 안 왔어요."

"아! 그래요? 오늘 이 실장님 업무가 뭐죠?"

"특별한 일은 없어요. 처리할 일은 거의 다 처리했어요. 김수진 사원과 이지혜 사원 역시 당장 처리할 일은 없고요."

"아! 그래요? 다행이네요."

"어머, 사장님! 안녕하세요? 좋은 아침입니다."

"저도요. 헤헷!"

마침 김수진과 이지혜가 출근하였다.

"잘 되었습니다. 오늘 업무 지시를 하려 해요. 메모 준비 후 사장실로 와주세요."

"네에, 사장님!"

셋이 다이어리와 볼펜을 지참하여 사장실에 들어오자 현수가 메모했던 것을 펼쳤다.

"먼저 이은정 실장님은 오늘 커피 재배에 관한 자료들을 모두 수집해 주세요. 묘목은 어디에서 구하며, 어디가 재배에 적합한지, 어떻게 재배하는지 등을 빠짐없이 알아봐 주세요. 그리고 커피 재배 전문가들을 고용하려면 어떻게 하는지도요."

"네에. 그런데 커피 재배 규모는 어느 정도지요?"

무역과는 관련없는 의아한 지시였지만 이은정은 토를 달지 않고 궁금한 점을 물었다.

"현장에 가봐야 알겠지만 좁은 지역은 아닐 겁니다. 어쩌면 100만 평이 넘어갈 수도 있어요."

"네에, 알겠습니다."

"김수진 사원은 오늘 태양광발전과 관련된 자료들을 수집해 주세요. 소규모가 아니라 대단위 발전입니다. 예를 들자면 아파트 단지 전체에 공급하는 정도가 될 겁니다. 가급적이면 국내 자료를 수집해 주시는데 기술력은 인정받았지만 자금 부족으로 경영에 어려움을 겪는 기업을 우선적으로 찾아봐 주세요."

"네, 알겠습니나."

"이지혜 씨는 한우, 젖소, 돼지, 닭 등 가축 사육과 관련된 것들을 알아봐 주세요. 한국이 아닌 콩고민주공화국에 대단위 축사를 지어놓고 방금 말한 가축들을 기를 생각입니다. 이에 필요한 모든 것들을 알아봐 주세요. 그리고 종우와 종돈을 어떻게 구하는지 알아봐 주시구요."

"네, 알겠습니다."

이은정과 김수진, 그리고 이지혜가 맡은 업무를 처리하기 위해 사장실을 비웠다.

현수는 다시 김수진을 불러 미처 언급하지 못한 업무를 지시했다. 태양광발전 이후 배전 및 배선까지 해야 하므로 전기 공사와 관련된 자료 및 업체를 찾아보라는 것이다.

이지혜 역시 다시 불려 들어갔다. 그녀에게 지시된 업무는 축사 건축부터 시작하여 적정 수의사 수까지, 그야말로 축산과 관련된 알파에서 오메가까지를 파악해 달라고 했다.

혼자 남게 된 현수 역시 다이어리를 펼쳐놓고 많은 메모를 했다. 갑자기 할 일이 엄청나게 늘어난 느낌이다.

"흐음, 일단 자료 수집을 해놓고 우선 순위를 정해서 사람들을 만나면 되겠지."

표창장을 받은 4월 23일부터 7월 23일까지 석 달간 휴가이다. 그런데 오늘은 6월 19일이다.

이제 한 달 남짓한 기간만 남은 셈이다.

"젠장! 시간 한번 빨리 흘러가는군. 한 달 이내에 모든 걸 다 알아볼 수 있을까? 다른 일도 많은데……."

현수는 아직 처리하지 못한 일들이 있다.

첫째는 온갖 나쁜 짓을 다 하는 유진기에 관한 일이다.

둘째는 백두마트에서 당했던 부당한 린치사건에 대한 보복이다.

"흐음, 이쯤 되면 나를 도와줄 사람이 필요한 거군. 그런데 믿을 만한 사람을 어찌 구한다?"

학교 다닐 때엔 학비를 버느라 친구 사귈 여유가 없었다. 연애 한번 못해봤으니 아는 여자도 없다.

같은 과 동기들은 말로만 친구일 뿐 그냥 아는 사이에 불과

하다. 가끔 만나서 쓰잘데기없는 이야길 하며 술 마시는 게 전부이다.

그러고 보니 지금껏 단 한 번도 흉금을 털어놓고 함께 고민을 나눴던 녀석이 없다. 그러다 각자 군대에 가게 되었고, 현재엔 서로 먹고 살기 바빠 연락조차 없다.

고등학교 동창들도 마찬가지이다. 몇 년에 한 번 연락을 주고받았을 뿐이니 친하다고 할 수도 없다.

동문회엔 졸업 후 한 번도 가본 적이 없다.

그러고 보니 현수에겐 친구가 하나도 없다!

"아……! 내가 세상을 잘못 살고 있었나 보구나."

이 세상에 독불장군은 없다는 말을 문득 떠올리고는 이맛살을 찌푸렸다.

"흐음, 그래도 한국에서 일을 봐줄 사람이 필요하기는 한데."

현수는 인상을 찌푸린 채 이런저런 생각을 했다. 그러다 문득 고강철이 생각났다.

교도소를 나오면 갈 데가 없는 사람이다. 오광섭에게 부탁은 해놨지만 대구는 그에게 적합하지 않다.

본인도 그렇지만 그의 아내 역시 상처가 많기 때문이다.

생각난 김에 권지현에게 전화를 걸었다.

띠리리링! 띠리링! 띠리리링!

"어머, 현수 씨! 웬일이세요?"

반색하는 음색이기에 괜스레 기분이 좋아졌다.

“네. 지현 씨, 뭣 좀 물어볼게 있어서요.”

“네에. 말씀만 하세요.”

“저어, 고강철 씨는 지금 어떻게 되었나요?”

“그 사람요? 진범이 잡히기는 했지만 아직 자백을 하지 않았어요. 당시의 흉기들을 찾기는 했지만 시간이 너무 많이 흘러서 과학수사연구소에서도 뾰족한 결론을 못 내리고 있대요.”

“그럼 아직 청송에 있다는 거네요.”

“아직은요…….”

“그 사람들 자백만 하면 풀려나나요?”

“그럼요! 진범이 기소되면 그럴 거예요. 근데 자백을 안 하고 있대요. 듣자하니 여전히 고강철 씨에게 모든 걸 뒤집어씌우고 있다더군요. 참 나쁜 사람들이에요.”

“혹시, 제가 가면 만나게 해줄 수 있어요?”

“누구요?”

“고인철과 고진철이요.”

“아마도요. 아마 그럴 수 있을 거예요. 근데 왜요?”

“제가 자백시킬 수 있을 거 같아서요.”

“아……! 그러실 수 있겠네요.”

“그럼 지금 내려갈까요?”

“정말요? 정말 와주실 수 있어요?”

좋아하는 기운이 역력하다. 하나 현수는 짐짓 모르는 척하며 말을 이었다.

"네, 지금 출발할게요. 그래야 업무 시간 내가 되잖아요."

"네에, 내려오세요. 그리고……."

지현이 말끝을 흐렸다.

"그리고 뭐요?"

"아, 아무것도 아니에요. 하여간 어서 내려오세요."

"네, 그럼 이따 만나요."

"네에."

현수가 대구지청에 당도해 보니 지현이 서성이는 모습이 보인다. 시간 맞춰 내려와서 기다린 모양이다.

"현수 씨! 어서 오세요. 그리고 반가워요."

"하하! 네에. 저도 반갑습니다."

"물어봤는데 그 사건 담당검사가 지금 잠시 자리를 비웠어요. 조금 기다려야 하는데 괜찮죠?"

"뭐, 저야……!"

"그럼 우리 차나 한잔 마셔요."

지현의 뒤를 따라 당도한 곳은 지청 인근 커피숍이다. 단독 주택을 개조하여 만든 모양이다.

손님들이 제법 많았는데 대부분이 소송과 관련된 사람들인 듯싶다. 하하호호 보다는 심각한 표정이었기 때문이다.

"여기 분위기 좋죠?"

깔끔하면서도 산뜻한 인테리어. 향긋한 커피 내음, 곳곳에 놓인 소품이 안정된 느낌을 준다.

특히 좌석과 좌석 사이에 놓인 잎 많은 화분들은 옆 테이블 신경 안 쓰고 대화할 수 있는 분위기를 연출하고 있다.

"네, 좋으네요. 여기 자주 이용해요?"

"가끔요. 비오는 오후에 점심 먹고 가끔 들러요."

"그랬군요."

"근데 진짜 이수연 씨 언니랑 사귀는 사이에요?"

진짜 묻고 싶었다는 듯한 표정이다.

"언론이 있으니 그렇게 말할 수밖에 없었어요."

"……!"

지현은 어서 더 이야기해 달라는 표정이었다.

"사실 이수연 씨는 조폭에게 납치되었어요. 우연히 그 자리에 있게 되어 구해줬는데 언론엔 사실대로 말할 수 없잖아요. 이수연 씨 명예가 있는데……."

"아, 그래서 그 사람 언니랑 사귄다고 둘러댄 거군요."

궁금함이 모두 풀렸다는 듯 환한 미소를 짓는다. 참 예쁘다.

"사실 이수정 씨도 알긴 알아요."

"어머, 그럼……?"

지현의 표정이 또 야릇하게 변했다. 마치 연적이라도 출현한 듯한 표정이다.

현수는 내심 웃음이 나왔지만 편하게 이야기했다.

"그날 비행기를 탔는데 그때 우연히 알게 되었어요."

"아, 그랬군요."

딱 한 번의 만남이었다는 뉘앙스이기에 지현의 표정은 다시 밝아진다. 문득 팔색조 같다는 느낌을 받았다.

"참, 그때 다치셨던 수사관은……."

현수의 말은 이어지지 못했다. 지현이 말을 끊은 탓이다.

"최장혁 경사님이요?"

"네, 그분은 지금 어때요? 퇴원했죠?"

"아뇨, 그분 지금은 나이롱환자예요."

"나이롱환자……?"

"네, 아픈 데가 없거든요. 근데 아직도 입원 중이죠. 서장님이 이 참에 푹 쉬라고 했대요. 한번 만나보실래요?"

"아, 아닙니다. 제가 그분을 아는 것도 아닌데."

"아니에요. 말 나온 김에 한번 가봐요. 어차피 오늘 가보려 했단 말이에요. 커피만 마시고 같이 가요."

현수는 고개를 끄덕였다. 당뇨병이 다 나았는지 확인해 봐야겠다는 생각이 든 때문이다.

"그럼, 그러죠."

잠시 후, 둘은 병실로 들어섰다.

"최 경사님!"

"아……! 권 사무관님! 또 오셨어요? 바쁘실 텐데……."

"아니에요. 저를 구해주신 은인이시니 당연히 찾아뵈야죠. 근데 애들은요?"

"애들은 학교에서 아직 안 왔습니다."

"그렇군요. 어디 불편하신 덴 없으시죠?"

"네에. 염려 덕분에 멀쩡합니다. 하하하!"

최장혁 경사의 시선이 현수에게 향했다. 누구냐는 뜻이다. 표정으론 지현의 애인쯤으로 생각하는 듯하다.

"이분이세요. 최 경사님을 구해주신 은인이……!"

"아……! 정말요? 고맙습니다. 정말 고맙습니다."

느닷없는 소개와 환자가 자리에서 벌떡 일어나서 하는 인사에 현수는 당황했다. 자신이 치료한 것을 이야기했을 것이라곤 생각지 못하고 있었기 때문이다.

"병원에서도 최 경사님이 의식을 찾고 외상이 저절로 아문 것에 대해 원인을 알 수 없다고 했어요. 그래서 할 수 없이 말씀드렸어요."

"……!"

"다른 사람은 아무도 몰라요. 저하고 여기 계신 최 경사님만 아는 비밀이에요."

"……!"

현수가 여전히 말을 하지 않자 지현이 안절부절못한다. 화가 많이 났다 생각한 듯하다.

"미안해요. 약속을 지키지 않아서……."

지현의 선한 눈망울에 습기가 차오름이 느껴진다. 아마도 자책의 눈물일 것이다. 어찌 울게 놔두겠는가!

"흐음, 할 수 없죠. 대신 더 이상은 안 돼요. 아시죠?"

"네, 알아요. 소문 나면 현수 씨가 정상적인 생활을 할 수 없게 될 수도 있다는 걸요."

"저도 입 꾹 다물고 있겠습니다. 제가 하도 권지현 사무관님을 졸라서 할 수 없이 말씀하신 겁니다. 죄송합니다."

최장혁 경사도 정중히 고개 숙여 사과했다.

"네에. 할 수 없는 일이죠."

"고맙습니다."

최 경사는 나이가 훨씬 많음에도 불구하고 거의 직각으로 고개를 숙여 다시 한 번 사의를 표했다.

"말 나온 김에 몸이 다 나았는지 확인해 보고 싶군요. 괜찮으시겠습니까?"

"무, 물론입니다."

"그럼 누워주시겠습니까?"

"네에."

최장혁 경사가 병상에 오르는 동안 지현은 알아서 밖으로 나간다.

"슬립!"

말이 떨어지기 무섭게 멀쩡하던 최 경사가 잠들었다.

"흐음, 마나 디텍션!"

사르르르르룽—!

손끝으로부터 뿜어져 나간 마나가 최 경사의 몸속으로 스며들었다. 마나는 마치 자신의 임무를 안다는 듯 알아서 췌장 쪽으로 이동했다.

아무런 막힘도 없는 상태이다. 현수는 예상이 맞았기에 만족스럽다는 듯 웃음을 지었다.

내친 김에 나머지 장기들도 체크했다.

심장, 위장, 간장, 허파, 신장, 비장 모두 정상적이다. 마지막으로 뇌를 살펴보았다. 그곳 역시 마나의 움직임이 원활하다.

'흐음, 회복 포션이 당뇨병에 효험이 있다는 건데……. 최 경사와 은정 씨 할머니만으로는 부족해. 더 많은 사람들에게 사용해 봐야 정확한 용량과 용법을 알 수 있겠군.'

최경사가 깨어난 뒤 지병이었던 당뇨병이 완치된 듯하다고 하자 반색하며 좋아한다. 하나 병원에는 이야기하지 말라고 하였다. 괜한 수선이 벌어지는 걸 원치 않기 때문이다.

헤어지기 전 최 경사는 현수에게 명함을 주었다.

그리곤 언제든 자신의 도움이 필요한 일이 있으면 전화해 달라고 했다.

최 경사 역시 현수를 도사라 칭했다. 이를 마땅히 대체할 말이 없기에 그냥 고개만 끄덕였을 뿐이다. 하긴 21세기 대한민국에서 마법사라 할 수는 없는 노릇이 아니던가!

그때 전화가 걸려왔다. 고인철 형제를 체포할 때 수사를 지휘했던 곽 검사가 지청에 당도했으니 오라는 내용이다.

"반갑습니다. 곽호 검사입니다."

"네에, 전 김현수라 합니다."

"권 사무관님, 이분이 놈들의 입을 열게 하실 분이라고요?"

평범한 샐러리맨처럼 생겼기에 하는 말일 것이다. 곽호의 표정엔 전혀 신뢰의 빛이 담겨 있지 않았다.

"네, 김현수 씨는 사람의 심리에 대해 많은 공부를 했어요. 그러니 한번 맡겨보셔요. 밑져야 본전이잖아요."

오기 전에 이런 말을 하기로 입을 맞추었던 것이다.

"하긴요……."

고개는 끄덕였지만 곽 검사의 얼굴엔 여전히 믿음이 가지 않는다는 빛이 어려 있었다.

"일단 제가 그자들을 만나게 해주시겠습니까?"

"좋습니다. 하나 많은 시간을 드릴 수는 없습니다. 그리고 밖에서 저희 수사진들이 참관할 겁니다. 가혹 행위는 절대 하시면 안 됩니다."

"네. 그렇게 하지요. 길어야 10분이면 될 겁니다. 그리고 제가 신호를 보내면 녹음과 녹화를 하시는 편이 좋을 겁니다."

"네, 그러시다면……. 저를 따라오시지요."

곽 검사는 지청에 마련된 심문실로 현수를 안내했다.

실내에 들어서서 보니 가혹 행위를 할 수 없도록 CCTV가 설치되어 있었다.

현수는 CCTV를 등지고 앉아 자신의 얼굴과 입술 모양을 확인할 수 없도록 했다.

잠시 후 고인철, 고진철 형제가 다가오는 소리가 들린다.

CHAPTER 12
본격적인 행보

저벅저벅! 끼이이익—! 쿵—!

반대쪽 철문이 열리는가 싶더니 둘이 들어선다.

"어라……! 넌 우리 변호사가 아닌데?"

"그래, 넌 뭐하는 놈이냐?"

고인철 형제는 부러 그러는지 험악한 인상을 지었다.

"일단 자리에 앉으세요."

"글쎄, 니가 뭐하는 놈인지 알아야 앉거나 말거나 할 거 아
냐? 대체 넌 누구냐? 누가 보냈어?"

고인철의 물음에 현수는 대답 대신 입술을 달싹였다.

"마나여, 이들을 내 뜻에 복종케 하라. 오베이(Obey)!"

"……!"

"자리에 앉으세요."

"네에."

둘이 자리에 앉자 현수는 이름과 주소 등을 물었다. 밖에서 곽 검사와 수사관이 보고 있다는 것을 알기 때문이다.

그렇게 7~8분을 이야기한 후 현수는 탁자 아래 스위치를 눌렀다. 안의 대화 내용이 밖으로 들리게 하는 장치이다.

"좋아요. 그럼 지금부터 그때 벌어졌던 사건에 대해 소상히 말해보십시오."

"네, 그때 죽었던 세 놈들은 우리가 애써 이룩한 업소를 날로 먹으려고 했습니다. 해서 놈들을 해치우기로 마음먹고……."

고인철이 말을 하면 고진철이 빠진 부분을 채워주는 진술이 이어졌다. 물론 고음질로 녹음이 되고 있었다.

둘의 진술은 거의 20분에 걸쳐서 이루어졌다.

이들의 진술은 녹음과 동시에 녹화까지 되었기에 법정에서 범행을 자백한 증거 자료로 쓰이게 될 것이다.

"마지막으로 당부드리고 싶은 것은 법정에서 진술할 때 오늘 했던 말과 다른 말은 하지 말라는 겁니다."

"물론입니다. 있는 사실 그대로를 말씀드릴 겁니다."

"고진철 씨도 그럴 거죠?"

"네, 강철이가 이번 사건과 관련없다는 내용까지 자세히 말씀드리겠습니다."

"그럼 오늘의 대화는 이만 마치죠."

“네, 오늘 말씀 고마웠습니다.”

둘이 정중히 고개 숙여 인사까지 하자 곽 검사 일행은 눈을 휘둥그레 뜨고 있었다.

그간 이들의 입을 열기 위해 별의별 수를 다 썼다.

때론 협박도 했고, 범행을 자백만 하면 자수한 것으로 처리해 주겠다는 회유도 했었다.

그럼에도 불구하고 굳게 닫혀만 있던 입들이다.

그런 고인철, 고진철 형제가 너무도 순순히 모든 범행을 시인했기 때문이다.

“역시 현수 씨에요. 수고하셨어요.”

“하하, 네에.”

권지현이 자랑스럽다는 표정으로 환한 웃음을 지었다.

“이거 죄송합니다, 아까는 별 기대 없었는데……. 아직 제가 사람 보는 눈이 부족한 듯합니다. 사과드립니다.”

곽호 검사가 정중히 사과했다.

사실 오늘의 일은 지청장의 딸이자 5급 사무관인 지현의 안면 때문에 가능했던 일이다.

자존심 강한 검찰이 내부인사도 아닌 외부인사에게 범행 자백을 도와달라는 말을 어찌하겠는가!

아무튼 지현의 권고로 현수의 접견을 마지못해 허락했다. 물론 아무런 결과가 없을 것이라 생각했다.

그런데 지금껏 그토록 애를 써도 안 되던 일이 눈앞에서 마치 눈 녹듯 스르르 풀어졌다. 어찌 놀라지 않겠는가!

"김현수 씨! 앞으로도 자백하지 않는 놈이 있으면 부탁 좀 드리겠습니다."

말을 한 이는 곽호 검사와 함께 일하는 수사관인 듯하다.

현수는 마치 농담이라는 듯 웃는 낯으로 대꾸했다.

"제가 조금 바빠서 앞으론 어려울 것 같은데요?"

"아이고, 그거 아쉽습니다. 요즘 흉악한 범죄를 저지르고도 모르쇠로 일관하는 놈들이 많아 애를 먹고 있는데……."

저도 모르게 업무상 어려움을 토로하는 듯하다.

"하하, 지현 씨가 부탁하면 들어드릴지도 모릅니다."

"아! 그렇습니까? 권 사무관님, 앞으로도 잘 모시겠습니다."

수사관의 너스레에 지현의 얼굴이 환히 피어오른다. 대구지청의 꽃이라는 말이 과언이 아닌 듯 너무도 아름답다.

현수는 순간 영혼이 밝아지는 느낌이었다. 그렇기에 한동안 지현의 예쁜 얼굴에서 시선을 떼지 못했다.

그러던 어느 순간 화들짝 놀라며 고개를 흔들었다. 마음속의 연인 강연희 대리에게 죄 지은 느낌이 든 것이다.

그러거나 말거나 곽호 검사가 환한 웃음을 지었다.

"권 사무관님! 솔직히 별 기대하지 않았었는데 오늘 횡재한 기분입니다. 감사합니다."

"호호, 네에."

지현이 흡족하다는 듯 고개를 끄덕여 주자 곽호 검사가 현수에게 정중히 고개를 숙였다.

"그리고 김현수 씨! 오늘의 도움, 정말 감사합니다. 덕분에 어려운 일 하나를 해결했습니다."

"네에. 제가 도움이 되었다니 기쁩니다."

현수와 지현은 곽호 검사의 사무실에서 차 한 잔 대접받고 밖으로 나왔다.

"배 안 고파요? 전 고픈데……. 우리 뭣 좀 먹으러 가요."

"그럽시다."

"근데 우리 전에 약속 하나 하지 않았었나요?"

"약속이요? 무슨……."

"어머, 섭섭해요. 저하고 철석같이 약속해 놓고서는……. 치잇! 저 같은 거 관심도 없으시다는 말씀이시죠?"

상대의 느닷없는 비약에 순진한 현수는 또 한 번 당황한다.

"그게 무슨 말씀이십니까? 아, 아닙니다."

"호호, 그럼 저한테 조금이라도 관심있다는 말씀이세요?"

눈빛이 반짝인다. 어찌 아니라 하겠는가!

현수는 대답 대신 고개를 끄덕였다. 솔직히 조금 아까 눈부신 미모와 환한 미소에 잠시 정신 팔리지 않았던가!

"아이, 기분 좋아라. 호호, 오늘 정말 좋아요."

"……!"

"밥 먹고 안동 하회마을 구경 가는 건 어떨까요?"

"아……! 그 약속이군요."

"네에. 대구에선 가까운 데지만 아직 한 번도 못 가봤어요. 영국 여왕도 구경한 곳인데 대구 사람인 제가 못 가봤다는게 조금 억울한 기분도 들고요."

“그렇군요. 그럼 그럽시다.”

“호호, 기분 정말 좋아요. 근데 우리 뭐 먹죠?”

“대구 찜갈비가 유명하잖아요.”

“아……! 맞아요. 찜갈비 맛있어요. 좋아요, 그거 먹으러 가요.”

현수와 지현은 입에서 살살 녹는 찜갈비를 먹으며 담소를 나누었다. 둘 사이가 훨씬 더 친해지는 시간이었다.

식사 후엔 하회마을로 갔다. 산책하듯 천천히 거닐며 여기저기를 기웃거렸다.

공부하느라 여행다운 여행을 다녀보지 못한 지현은 느긋한 걸음으로 걸으며 둘러보는 관광의 참맛을 느끼는 듯 피곤한 기색을 보이지 않았다. 그건 현수도 마찬가지이다. 정말 마음 편히 아무런 걱정 없이 곳곳을 둘러보았다.

저녁나절이 되어 하회마을 특유의 헛젯밥을 파는 식당엘 들어갔다. 헛젯밥이란 헛제사밥이라고도 한다.

주문을 하고 나니 지현이 묻는다.

“내일 출근하셔요?”

“그럼요. 할 일이 태산처럼 쌓여 있어요.”

현수가 너스레를 떨자 지현이 샐쭉한 표정을 짓는다.

“치이, 휴가 중이라면서요.”

“천지건설에서 휴가 중인 건 맞아요. 그런데 그새 제가 일을 하나 벌여놓았거든요. 그래서 조금 바빠요.”

“어머! 무슨 일인데요?”

궁금하다는 듯 눈빛을 반짝인다.

"조그만 무역회사 하나 냈어요. 한국과 콩고민주공화국 간의 의약품 수출을 중개하는 회사지요."

"호호, 그럼 돈은 잘 버시겠네요."

"돈이야 뭐……. 이제부터 조금씩 벌겠지요."

"부디 잘되시길 빌게요."

"고맙습니다."

음식이 나오자 먹기에 바빠졌다. 꽤 긴 거리를 걸어서 그런지 허기진 때문이다.

"지현 씨! 한 달쯤 후엔 다시 아프리카로 가야 해요. 혹시 전화 못 드려도 섭섭해하지 마세요."

"7월 22일이 출국 날짜지요? 그때쯤 서울에서 세미나가 있어요. 제가 배웅해 드릴게요."

"아이구, 아닙니다. 배웅은 무슨……. 세미나 때문에 서울에 오시면 여러 모로 바쁠 테니 그러지 마십시오."

"호호호, 바쁘면 당연히 못 나가죠. 그래도 섭섭해하지 않으실 거죠?"

"네? 아, 네에. 그럼요."

지현을 대구에 내려놓은 현수는 늦은 밤에야 집에 도착할 수 있었다.

꺼놓았던 핸드폰을 켜니 문자 메시지가 와 있다.

안녕하십니까? 김 사장님!

어떤 결정을 내렸는지 궁금하군요.

회신해 주시면 좋겠습니다.

—드미트리.

"으으음……!"

현수는 자력으로 해결할 수 없는 난제를 만난 느낌이 들어 나직막한 침음을 냈다.

드미트리 하나만 어떻게 해서 문제가 해결된다면 기꺼이 그러고 싶은 마음이다. 하나 상대는 거대한 조직이다.

드미트리 혼자 정보를 독점하고 있는 건 분명 아닐 것이다. 허락만 해준다면 모스크바의 드모비치 상사로부터 연간 6억 달러어치 의약품을 거래할 수 있도록 해준다고 했다.

한화로 6,700억쯤 되는 거래이다.

이런 거래를 어찌 일개 조직원이 결정했겠는가!

아마도 레드 마피아는 현수에 대해 상당히 많은 부분을 파악하고 있을 것이다.

부모님은 물론이고 친척과 친구들까지 모두 꿰고 있을 것이다. 어쩌면 강연희 대리나 권지현 사무관, 그리고 새롭게 알게 된 이수정, 이수연 자매 등의 거처도 모두 파악했을 것이다.

물론 현수가 말을 듣지 않을 때 위해를 가하거나 협박용으로 납치를 할 수도 있을 것이다.

그렇기에 이러지도 저러지도 못하는 핀치에 몰린 것이다.

현수는 궁금했다.

레드 마피아가 콩고민주공화국 같은 나라에서 대체 무엇을 얻어내기 위해 이러는지 알 수 없다. 하나 결코 예사롭지 않은 것을 노리고 있다는 것만은 분명하다.

"으으음……!"

현수는 꽤 오랫동안 나지막한 침음만 내며 이맛살을 찌푸리고 있었다. 그러던 어느 순간 번뜩이는 묘안이 떠올랐다.

마음을 정한 현수는 내일 일은 내일 결정한다는 기분으로 잠자리에 들었다.

"사장님, 말씀하셨던 자료 가운데 일부예요. 한꺼번에 드리면 너무 방대한 자료가 될 것 같아 조사되는 대로 정리해서 올려 드릴게요."

"아, 그래요? 수고했네요."

현수는 은정이 내민 USB를 컴퓨터에 꽂았다.

여러 개의 폴더가 있다. 하나는 '커피 & 바나나'이고, '축산'과 '비료', 그리고 '태양광발전'이라는 폴더도 있다.

하나하나 열어 내용을 살펴보았다. 예상보다도 상세한 자료가 일목요연하게 정리되어 있다.

필요한 것들을 인쇄하여 다시 한 번 살피고는 양복을 집어들었다.

"외출했다 오겠습니다. 시간되면 퇴근하세요."

"네, 사장님! 제가 수행할까요?"

"아니에요. 자료 정리하느라 애썼으니 조금 쉬세요."

사무실을 나서고 한 시간 반쯤 지난 뒤 당도한 곳은 시화공단에 위치한 극동 솔라파워라는 업체이다.

비어 있는 수위실을 지나 주차장에 차를 댔다.

주차장을 사이에 두고 양쪽에 샌드위치 판넬로 지은 건물이 있기에 우측 건물로 들어갔다.

"실례합니다. 이곳이 극동 솔라파워입니까?"

"아니에요. 극동은 저쪽이에요."

"아, 그렇습니까? 실례했습니다."

반대쪽 건물로 들어가니 썰렁한 분위기이다.

아무도 없었던 것이다. 잠시 머뭇거리고 있으니 여직원 하나가 화장실에서 나온다.

"사장님과 만나기로 약속한 김현수라 합니다."

"아, 네에. 잠시만 기다려 주세요. 사장님 금방 오실 거예요."

낡은 소파에 앉아 있으니 커피를 한잔 내온다.

"직원들은 모두 외근 중인 모양입니다."

"네……? 아, 네에."

여직원은 긍정도 부정도 아닌 대답을 하곤 총총히 물러났다.

현수는 김수진이 올렸던 보고서 내용을 떠올려보았다.

극동 솔라파워는 태양광발전 설비를 자체 제작하여 시공까지 해주는 업체이다.

업계에서는 기술력을 인정받았지만 건설회사와 거래하던

중 예상치 못한 난관에 봉착하여 자금난을 겪는 중소기업이
다.

업계 최초로 전기료 및 난방비 없는 아파트 단지를 건설하
겠다는 모 건설회사와 손을 잡고 의욕적으로 일을 했다.

그런데 그 건설사가 도산하면서 받아야 할 공사비를 받지
못해 부도 위기에 처해 있는 것이다.

한창 때에는 100명이 넘는 직원들의 일터였던 극동 솔라파
워는 현재 여직원 하나밖에 없는 곳이 되어버렸다.

간간히 일반 주택이나 소규모 공장 등에서 일감이 들어오면
예전 직원들 가운데 아직 취업 못한 사람들을 불러 공사해 주
면서 명맥을 유지하는 중이다.

현재 경쟁사들이 극동 솔라파워만의 노하우와 기술력을 얻
기 위해 인수합병을 노리고 있는 상황이다.

김수진이 올린 보고서엔 극동 솔라파워는 다른 업체에 비해
공사비가 덜 든다고 한다. 기술력 덕분이기도 하지만 적정한
마진 이상을 욕심내지 않기 때문이라 되어 있다.

그래서 이곳을 가장 먼저 방문한 것이다.

커피를 다 비우고도 10분이 지나도록 사장은 오지 않았다.
그럼에도 현수는 일어서지 않았다.

모르긴 몰라도 은행이나 제2금융권에 있을 것이다.

대출받은 사업자금의 만기 상환을 유예시키거나, 새롭게 대
출을 받아야 할 사정 때문이다.

극동 솔라파워의 사정은 김수진이 올린 보고서에 기록되어

있다. 그렇기에 이런 추측을 한 것이다.

하나 사장의 뜻은 이루어지지 않을 것이다.

극동 솔라파워는 공장의 절반을 다른 업체와 공동으로 소유하고 있다. 자금난 때문에 팔았던 것이다.

아마도 상대는 담보대출에 동의해 주지 않을 것이다. 남이 돈 빌리는 데 내 재산을 담보로 내주진 않기 때문이다.

그렇다면 신용대출이어야 하는데 현재의 극동 솔라파워는 위기에 처해 있다. 은행이란 달면 삼키고 쓰면 가차없이 뱉는 곳이다. 따라서 대출은 어림도 없는 일이다.

20분쯤 지났을 때 40대 사내가 들어선다. 작업장 인부들이 입는 낡은 작업복 차림이다.

여직원이 발딱 일어나며 인사를 했다.

"다녀오셨어요? 근데 아까부터 손님이 와 계셨어요."

"아, 기다리시게 하여 미안합니다. 주윤우라 합니다."

얼른 다가와 손을 내밀었기에 악수를 했다.

"반갑습니다. 저는 이실리프 무역상사의 김현수라 합니다."

"아! 무역회사에서 오셨군요. 차는……?"

"네, 마셨습니다."

"그러세요? 미스 김, 나도 커피 한 잔 부탁해."

"저도 한 잔 더 주십시오. 커피 맛이 일품이더군요."

현수는 일부러 너스레를 떨었다. 자칫 딱딱해질 수 있는 분위기 쇄신용이다.

이제 겨우 스무 살을 넘었을 미스 김도 따라 웃는다.

"시간 약속을 해놓고도 은행에서의 일이 지연되어 조금 늦었습니다. 다시 한 번 사과드립니다."

주윤우 사장은 상대가 자신보다 훨씬 나이 어린 청년이지만 고개 숙여 정중히 사과했다. 주 사장의 인품이 괜찮다는 것을 의미하는 행동이다.

"아닙니다. 사업을 하다보면 금융권과의 일이 우선일 때가 종종 있지요. 저는 괜찮습니다."

"그나저나 저를 만나자고만 하셨는데 어떤 용무이신지요?"

"극동 솔라파워와 함께했으면 하는 일이 있어서요."

"공사와 관련된 일입니까?"

"그렇습니다. 어쩌면 상당히 큰 공사일 수도 있는 일입니다. 저는 작은 무역회사를 운영하고 있는데……."

현수는 사업자등록증 사본 및 무역협회에서 발행한 최근 수출 실적표를 내밀며 설명했다.

주윤우 사장은 25세로 보이는 현수가 실제는 30에 가까운 나이라는 것에 놀랐고, 이실리프 무역상사의 비약적으로 늘어나는 실적에 경탄해 마지않았다.

대강의 설명이 끝나자 주윤우 사장이 잠시 표정을 굳혔다. 뭔가 고심한 것이다.

"저어, 아실지 모르겠지만 현재 저희 회사는 상당한 어려움에 처해 있습니다."

웬만한 사람 같으면 물에 빠진 사람 썩은 지푸라기라도 잡는 심정일 것이다. 당장 며칠 내로 돌아오는 어음을 막지 못하면 부도가 날 상황이기 때문이다.

그렇기에 일단 위기를 넘기고 보자는 생각을 가졌다면 이런 솔직한 고백 대신 현란한 말로 상대를 현혹시키려 했을 것이다.

그런데 주윤우 사장은 처지를 솔직히 드러냈다.

이 순간 현수는 마음을 굳혔다.

주윤우 사장은 비록 모면하기 어려운 위기에 처해 있지만 다른 사람을 끌어들여 피해를 입히려는 생각이 없는 사람이다.

가까이 두면 언젠가는 해를 끼칠 사람이 있다. 그런데 주 사장은 결코 그런 범주 안에 들어가는 사람이 아닌 것이다.

그렇기에 속내를 드러냈다.

"알고 왔으니 그 점은 개의치 않으셔도 될 것 같습니다."

"좋습니다. 그럼 조금 더 구체적인 이야길 들어볼까요?"

"네, 태양광발전 시스템을 콩고민주공화국에……."

길다면 긴 이야길 모두 들은 주윤우 사장의 얼굴은 붉게 상기되어 있었다. 지금껏 해왔던 모든 공사금액을 다 합쳐도 부족할 정도로 엄청나게 큰 공사였던 때문이다.

"극동 솔라파워는 현재 극심한 자금난에 시달리고 있습니다. 솔직히 부도날 지경입니다. 그런데 왜 저희 회사와……."

주윤우 사장은 뜻밖의 행운에 혹시 감춰진 더 큰 불행이 있을까 싶은 표정이다.

“경험은 일천하지만 왠지 사장님이라면 믿어도 될 것 같다는 느낌이 든 때문입니다. 같이 일해주셨으면 좋겠습니다.”

“……!”

주윤우 사장은 대꾸할 말을 잃었다는 듯 아무런 소리도 내지 않았다. 대신 현수와 시선을 맞췄다.

대체 왜 이런 친절을 베풀려고 하느냐는 무언의 물음이다. 현수는 싱긋 미소 짓고는 말을 이어갔다.

“아직 정확한 공사 규모가 산정되지 않은 상태입니다. 그래서 극동 솔라파워가 회생할 자금 규모를 알고 싶습니다.”

“네……? 그건 무슨 말씀이신지요?”

“극동 솔라파워의 밀린 급여, 은행에 상환해야 할 금액, 그리고 돌아올 어음 총액이 얼마냐는 말씀입니다.”

“그, 그건 왜……?”

“거래 상대에 대한 것을 알고 싶어서 그러는 겁니다.”

“흐음, 알겠습니다. 미스 김, 장부 좀 가져다줄래?”

“네, 사장님!”

대화를 시작할 때부터 귀를 기울이던 미스 김이기에 어떤 장부라는 말이 없었음에도 사장이 원하는 것을 가져왔다. 미스 김은 현재 넉 달째 월급이 밀려 있는 상황이기 때문이다.

주윤우 사장이 장부를 뒤적이며 무언가를 메모하는 동안 현수는 조금 식은 커피를 마저 비웠다.

“저어, 커피 더 드릴까요?”

미스 김의 친절에 현수는 싱긋 미소 지었다. 그리곤 고개를
흔들었다.

"두 잔이면 충분해요. 그리고 커피 맛있었어요."

잠시 후 주윤우 사장이 메모지를 탁자 위로 전하며 입을 열
었다.

미지급 급여 (39명)	1억 8,950만원
산업은행, 기업은행 대출원금	12억 4,500만원
대출금 연체이자	2,120만원
미 도래 발행어음	9,130만원
합 계	15억 4,700만원

현수는 쪽지를 보고 주윤우 사장을 다시 보았다.

회사가 어려워지면 대부분의 사업주들은 자기 살길을 먼저
찾는다. 직원들의 급여는 관심 밖이 될 수도 있다.

외국으로 도주하는 자들이 이런 유형이다.

그런데 극동 솔라파워는 어려워지기 시작한 지 꽤 되었다는
회사치고는 미지급 급여가 얼마 되지 않는다.

이는 직원들을 우선으로 생각했다는 뜻이다. 또한 거래처
에 발행한 어음 액수도 생각보다 적다. 자신과 거래한 상대에
게 최대한 피해를 입히지 않으려 했다는 반증이 될 수도 있
다.

"가계약서 작성을 마치면 계약금으로 20억 원을 드리지요.

그걸로 갚아야 할 것은 모두 갚으십시오.”

“네에……? 이, 이십억 원이요?”

화들짝을 넘어 대경실색하는 표정이다.

“그 정도는 있어야 회사가 다시 정상화될 것 같습니다. 안 그렇습니까?”

“그, 그야……!”

주윤우 사장은 말을 잇지 못하고 있었다. 그 마음을 짐작한 현수가 웃으며 말을 이었다.

“계약금은 전액 현금으로 송금될 겁니다.”

“저, 전액 현금이요?”

“네, 직원들 밀린 급여를 지불해야 하지 않습니까?”

“그, 그렇지요.”

“저희 회사는 현금 거래 이외엔 하지 않습니다. 앞으로도 모든 공사비는 전액 현금으로 결제될 겁니다.”

“……!”

지금껏 단 한 번도 어음이 아닌 현금으로 결제를 받아본 적이 없는 주윤우 사장은 또 다시 할 말을 잃었다.

물론 너무 좋아서이다.

“참, 직원들을 다시 불러들이셔야 하지 않겠습니까?”

“그, 그렇습니다.”

“공사할 곳이 콩고민주공화국이니 비자 신청부터 해주십시오. 시간이 많이 걸릴 일이니 서둘러야 할 겁니다.”

“네! 무, 물론입니다.”

"참, 구체적인 도면이 없으니 계약서 작성은 원칙에 합의하는 내용 정도면 될 것 같습니다. 이의 없으시죠?"

"그, 그럼요."

주윤우 사장의 얼굴은 5분도 안 되는 사이에 완전히 달라졌다. 오늘 아침, 은행 문 열리기 무섭게 대부계 직원을 찾아가 통사정했다. 빌리려던 금액은 800만 원이다.

당장 돌아올 어음을 막기 위한 금액이다.

그것 막지 못하면 거래처가 어려움을 겪게 된다는 것을 알기에 무작정 나섰던 것이다.

물론 아무런 담보도 없기에 쌀쌀맞은 대접만 받고 터덜터덜 걸어왔다. 버스 탈 돈조차 없기 때문이다.

타고 다니던 승용차는 진즉에 팔아서 없고, 다 썩은 화물차 한 대가 있지만 현재 고장 난 상태라 서 있다.

그런데 20억 원이나 되는 거금을 계약금으로 준다니 어찌 기쁘지 않겠는가! 하여 입이 찢어질 것만 같은 웃음이 터지려는 것을 억지로 참고 있었다.

"내일 오전 9시에 저희 회사를 방문해 주십시오. 계약서는 제 사무실에서 쓰는 것으로 하지요."

"네, 시간 맞춰 방문하겠습니다. 감사합니다."

현수는 극동 솔라파워 사무실을 나선 직후 뒤에서 들리는 환호성에 기분 좋은 웃음을 지었다.

어차피 누군가와 할 계약이다. 기왕이면 어려운 상황에 처한 사람과 거래를 할 생각을 애초부터 품고 있었다.

　남들에게 희망과 기쁨이 되는 기분 좋은 환희를 맛보고 싶었기 때문이다.

　이제 극동 솔라파워는 더 이상 은행 신세를 지지 않는다.

　절절 매면서 대출해 달라는 소리를 할 필요도 없고, 직원들에게 지급할 급여를 제 날짜에 지급해 주지 못하는 괴로움을 겪지 않는다. 그리고 극동 솔라파워와 거래하는 거래처들은 모든 납품 대금을 현금으로 받게 될 것이다.

　현수와의 거래가 상당히 오랫동안 지속되기 때문이다.

　시화공단을 떠난 현수는 향남 제약 단지로 향했다. 나선 김에 대한약품을 둘러볼 생각을 한 것이다.

　"어서 오십시오. 김 사장님!"

　"네에, 불쑥 찾아와서 죄송합니다."

　"아이구, 무슨 말씀을……! 미스 최, 아침에 내가 가져온 거 있지? 그거 좀 내와요."

　"네, 사장님!"

　미스 최라는 비서는 사장이 청년을 이처럼 반길 줄 몰랐다는 표정을 지었다.

　잠시 후 비서가 내온 것은 인삼을 갈아서 만든 음료이다.

　"제약회사에 오니까 몸에 좋은 걸 대접받는군요."

　"하하, 그런가요? 좋아하시니 다행입니다."

　민윤서 사장은 사람 좋아 보이는 웃음을 지었다. 그리곤 다시 말을 잇는다.

“납품 건으로 오신 건 아닌 듯합니다.”

“네, 맞습니다.”

“하면 어떤 용무로……?”

“대한동물약품의 기술력이 궁금해서 왔습니다.”

“동물 약품에 관심있으십니까?”

“네. 주셨던 브로셔만으로는 제 궁금증이 풀리지 않아서
요.”

“그렇다면 우리 연구진들을 만나보셔야겠군요. 연구실로 가
보시겠습니까?”

“바쁘지 않으시면 부탁드려도 될까요?”

“네에. 그럼요. 가시지요.”

대한동물약품의 연구실은 생각보다 단출했다.

인원도 다섯밖에 없었는데 40대 중반 연구원 하나와 30대
초반 여성 연구원 넷이 있을 뿐이다. 이전엔 약 30명이 있었는
데 회사가 기울자 모두 나간 때문이다.

현수와 민 사장은 이들이 무언가에 대한 논의를 하고 있을
때 안으로 들어서게 되었다.

“김지우 박사님!”

“아, 사장님!”

“이분이 궁금한 것이 있다 하여 모시고 왔습니다. 귀한 손님
이니 잘 설명해 주셨으면 합니다.”

“물론입니다. 사장님!”

김지우 박사가 현수에게 시선을 돌리자 정중히 고개 숙여

인사를 했다.

"김현수입니다. 동물 약품에 관하여 몇 가지 궁금한 사항이 있어 찾아왔습니다."

"네, 김지우 소장입니다. 말씀하십시오."

"이곳에서 생산되는 동물 약품이 아프리카 같이 더운 곳에 사는 동물들에게도 효과가 있는지요?"

"물론 있지요. 약이란 게 어디선 효과가 있고, 장소를 바꾸면 효과가 사라지는 것이 아니니까요."

"그렇군요. 그럼 이곳에서 생산되는 약품이 국제적인 기준으로 봤을 때 어느 정도인지요?"

"질문의 요지가 모호하여 무엇이 궁금한지 알 수는 없지만 어디 내놔도 빠지진 않으리라는 것이 저의 의견입니다."

현수의 질문에 김지우 박사는 막힘없는 대답을 해주었다. 넉분에 궁금하던 것을 많이 해소할 수 있었다.

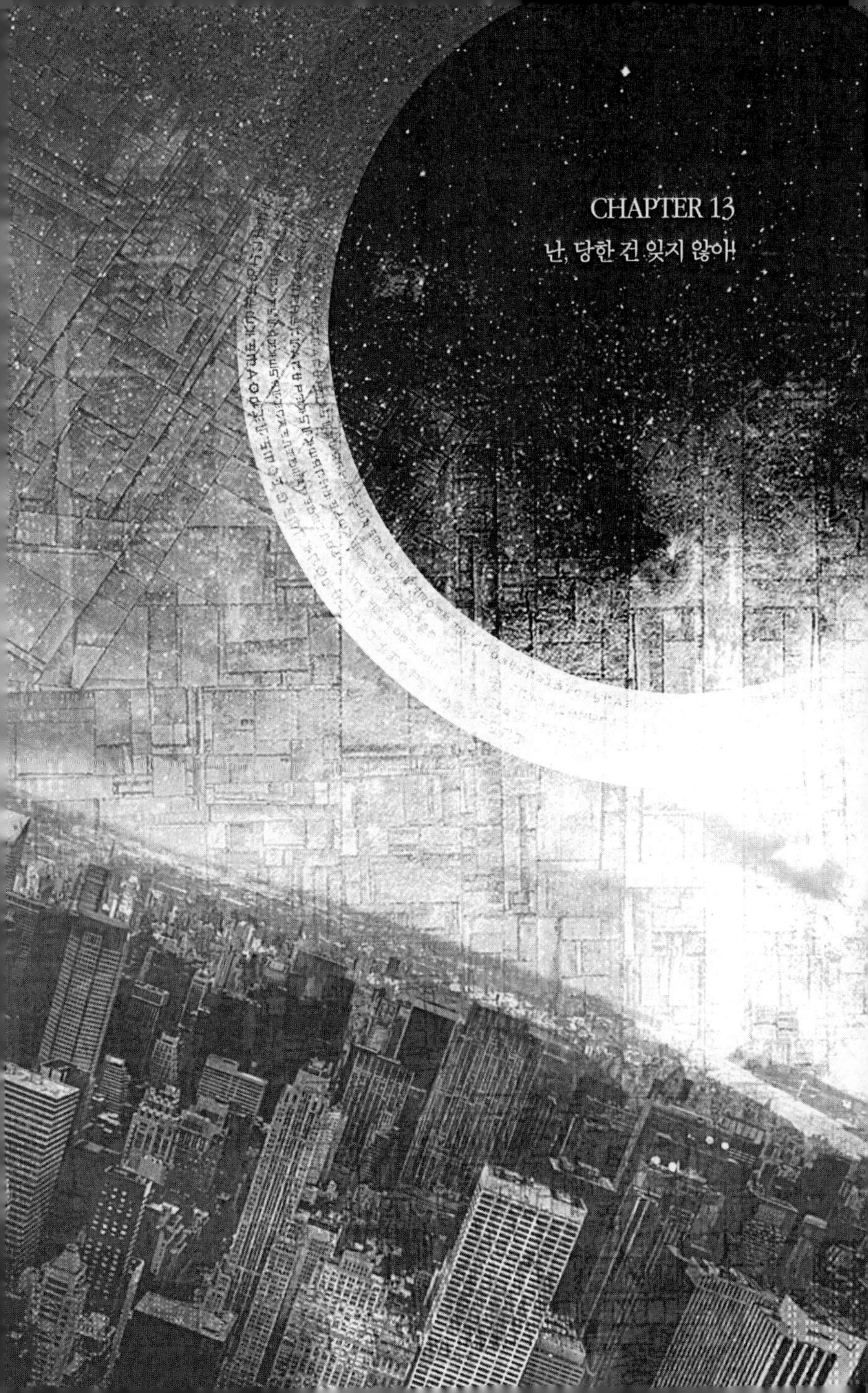
CHAPTER 13
난, 당한 건 잊지 않아!

현수는 민윤서 사장과 저녁식사를 함께했다.

그러면서 많은 대화를 나눴는데 우연히 콩고민주공화국에 조성할 대단위 축산단지에 관한 이야기가 나왔다.

한우를 길러 국내로 수입할 생각을 이야기한 것이다.

아울러 젖소의 젖을 짜서 유제품으로 가공하고, 돈육과 닭고기 수입을 고려하고 있다고 하였다.

보존 마법이 그려진 마법진과 마나석 몇 개만 있으면 굳이 냉동하지 않아도 될 것이다.

어쨌거나 한국과 미국은 한미 FTA를 체결했다. 이로 인하여 축산 농가들은 가격 경쟁력을 잃게 되었다.

한우 고기가 맛이 있기는 하지만 비싸다. 반면 수입 고기는 맛은 떨어지지만 가격이 엄청 싸다. 가만 놔두면 국내 축산농가 거의 전부가 고사하게 될 상황이 된 것이다.

그러면 한우는 사라지게 될 수도 있다.

하회마을에서 느꼈듯 우리 고유의 것이 사라지고 나면 후손들에게 물려줄 것도 없어지는 것이다.

그래서 처음 생각보다 엄청나게 커진 규모를 고려하고 있다. 물론 히데요시가 감춰둔 금괴가 있기에 가능한 일이다.

우선은 한우 20만, 젖소 5만, 돼지 70만, 육계 1천만, 산란계 600만 마리를 사육할 예정이다.

이 모든 수치는 국내 사육두수의 약 10% 정도이다.

경험이 쌓이면 차츰 숫자를 늘려 한국과 콩고민주공화국의 모든 수요를 충당할 계획이라 하였다.

민 사장은 너무도 엄청난 규모에 여러 번 입을 벌렸다. 그러면서 혹시 사기 내지는 뻥이 아닌가 살폈다.

하나 현수에게선 분명 진실된 분위기가 흐른다.

이에 해당하는 동물 약품을 생각해 보니 어마어마한 양이다.

현재 민윤서 사장이 인수한 대한동물약품은 적자상태이다. 사재로 연구원들의 급여를 충당하는 상황인 것이다.

그런데 현수가 생각하는 거대 축산단지에 동물 약품을 납품할 수만 있으면 단번에 흑자로 돌아서게 될 것이다.

하나 민윤서 사장은 무리수를 두지 않았다.

될 일이라면 내버려둬도 될 것이지만, 안 될 일이라면 아무리 애를 써도 안 된다는 것을 여러 번 경험한 때문이다.

식사가 거의 끝나갈 무렵 생각을 정리한 현수가 물었다.

"사장님! 대한동물약품을 운영하시느라 힘드시죠?"

"네, 조금……! 하나 벅찬 정도는 아닙니다."

"괜찮으시다면 지분의 절반을 제게 파시는 것은 어떻겠습니까? 그럼 지금 부담하시는 것이 절반으로 줄어들 테니까요."

"……!"

말을 꺼내놓고 현수는 다시 먹는 것에 집중했다.

민윤서 사장이 생각을 정리할 시간을 주기 위함이다.

두 번째 고기를 집어먹을 때 민 사장의 입이 열렸다.

"좋습니다. 김 사장님이 팔라 하시니 팔죠."

"감사합니다. 그럼 얼마를 드리면 되나요?"

"제가 3년 전에 대한동물약품을 인수할 때 지불한 금액은 118억 원이었습니다. 솔직히 그동안 많이 망가졌습니다. 하여 현재의 가치로 따지면 약 80억 원 정도 될 겁니다."

"흐음, 3분지 1 정도가 줄었군요."

현수는 민 사장이 솔직한 성품이란 것을 다시 한 번 확인했기에 기분이 좋아졌다.

이런 사람과는 일을 같이해도 다툴 일이 없기 때문이다.

"절반인 40억을 주십시오. 지분의 50%를 드리겠습니다."

"3년 사이에 40억이나 손해보셨는데……."

"그건 제 선택이었습니다. 그리고 손해는 봤지만 선택은 지금도 후회하지 않습니다."

수많은 군소제약사들이 외국계 거대 제약사에 인수합병되어 사라졌다. 그걸 막고 싶었던 것이다.

"45억 내지요. 대한동물약품은 그럴만한 가치가 있습니다. 그리고 지분은 49%만 주십시오."

민윤서 사장을 고기를 집으려던 젓가락질을 멈췄다. 그리곤 크게 고개를 끄덕였다.

"좋습니다. 팔기로 하지요."

"오늘 제가 좋은 값에 좋은 제약사를 샀을 뿐만 아니라 솔직하고 능력있는 동업자를 만났군요."

"하하, 저도 괜찮은 동업자를 만났다고 생각합니다."

둘은 유쾌한 기분으로 저녁식사를 했다. 계약서는 다음 날 저녁 때 쓰기로 했다.

서울로 올라온 현수는 유진기의 집으로 갔다. 그런데 이상하다. 모든 불이 꺼져 캄캄했던 것이다.

'흐음, 전부 외출했나? 그럼 나만 좋지.'

마침 잘 되었다는 생각에 현수는 희미한 웃음을 베어 물었다. 그리곤 주의를 둘러보고 아무도 없음을 확인했다.

"퍼펙트 트랜스페어런시! 플라이!"

담을 넘어갔는데 전에는 분명히 있던 도베르만 핀쳐 네 마리의 기척이 없다.

'개까지 어디로 끌고 갔나?'

“언락!”

딸깍—!

전처럼 이층 서재의 창문을 열고 안으로 들어선 현수는 어둠을 뚫고 볼 수 있는 마법을 구현시켰다.

아무도 없는 집에 들어와 불을 켤 수는 없기 때문이다.

“마나여, 어둠 속에서도 볼 수 있게 하라. 오올 아이!”

대낮까지는 안 되지만 사물을 식별하는 데 전혀 어려움 없게 되자 금고가 있던 방으로 갔다. 혹시나 해서이다.

그런데 금고가 보이지 않는다.

“으으음!”

그리고 보니 집기가 많이 없어진 것 같다. 하여 다른 방의 문을 열어보았는데 아무것도 없다.

아래층까지 내려온 결과 이사 갔다는 것을 알 수 있었다.

“제기랄……! 전에 그걸 그냥 가져왔어야 하는데……!”

조경빈의 머리카락을 수집해 놓았던 앨범만 가져왔으면 이사를 가든 말든 상관없다. 그런데 걸레까지 몽땅 들고 어디론가 사라졌다. 하여 망연자실한 표정이 되어버렸다.

유진기는 6월 6일에 사람은 없는데 2층의 금고가 차례로 열리는 희한한 사건을 경험했다.

나중에 다시 확인해 보았더니 금고는 분명히 열렸었다.

장부에 일련번호를 매겨놨는데 그것이 뒤집힌 채 놓여 있다는 것이 증거이다.

　　장부는 1~23번까지 번호가 매겨져 있다, 그리고 늘 같은 순서로 보관했다. 물론 맨 위가 1번이다. 유진기에게 일종의 강박증이 있기 때문에 이는 거의 철칙이다.

　　그런데 다시 확인해 보니 23번이 엎어진 채 맨 위에 놓여 있었다. 분명 누군가의 손을 탔다는 증거이다.

　　이날 이후 모든 것을 주의 깊게 살펴보았다.

　　그러다 6월 14일엔 금고문이 열릴 때 작동되는 인디케이터에서 회로 손상이 발견되었다.

　　아무도 건드리지 않는 것이기에 저절로 떨어질 수 없는 땜납이 외부에서 가해진 힘에 의해 떼어진 것을 발견한 것이다.

　　다음날, 모든 짐을 싸들고 이사를 감행했다.

　　그리곤 누가 자신의 집에 귀신같이 드나들었는지 알아내기 위해 부하 넷을 주변에 깔아두었다.

　　오늘 현수가 투명 은신 마법과 비행 마법을 쓰지 않고 들어갔다면 분명히 발견되었다.

　　그러면 은밀한 미행의 대상이 되었을 것이다.

　　다음 순서는 현수의 의도를 알아내기 위한 가족 납치이다. 인질을 잡아 현수를 불러들인 다음 끝장낼 계획이다.

　　소위 조폭들이 하는 말로 담가버릴 생각이었던 것이다.

　　장부에 기록된 내용이 워낙 민감하기에 보았다면 살려둘 생각이 없었던 것이다.

"제기랄! 가족이 아니면 주민등록 이전 상황을 알 수도 없는데……. 백두마트 본사로 가서 놈의 뒤를 미행해야 하나?"

집까지 차를 몰고 오는 동안 유진기가 조경빈의 머리카락 수집 앨범을 감춰둔 장소를 어찌하면 알아낼 수 있을까를 고심했다. 결론은 마법이다.

"제기랄, 생각할 일도 많은데."

현수는 집 근처 산에 올라 결계를 치고 밤새 마나심법을 운용했다. 결계 안에 타임 딜레이 마법을 걸고 마나 집적진을 깔고 앉는 것은 이제 습관이 되었다.

"좋은 아침이에요."

"네, 사장님!"

"이은정 씨, 아니 이 실장님! 오늘 업무는 뭐죠?"

"지시하신 일에 대한 자료 수집 및 보고서 작성이에요."

"알았습니다. 그렇게 하세요. 그리고 조금 있다가 손님이 오실 거예요. 현재 계좌에 남아 있는 돈은 얼마죠?"

"39억 8천 3백만 원 정도 있습니다."

"우리 계좌의 일일이체한도는 얼맙니까?"

"계좌별로 알일이체한도 2억 원입니다."

"알겠습니다. 일 보세요."

9시 정각이 되자 극동 솔라파워 주윤우 사장이 말쑥한 정장 차림으로 나타났다. 미스 김도 따라왔다.

"어서 오십시오. 미스 김도 왔네요."

"네에."

"네에, 사장님!"

주윤우 사장과의 계약은 거의 일사천리이다.

자료를 한번 읽음으로 해서 태양광발전에 대한 거의 모든 것을 파악하기는 했다. 하나 이론과 실제는 다른 법이다.

현장에서 벌어지는 일엔 주윤우 사장이 베테랑이다. 그렇기에 대부분 그의 의견대로 계약서 작성이 되었다.

단 한 번뿐인 만남이지만 신뢰할 수 있다 판단하였기에 해달라는 대로 해준 것이다.

거의 네 시간에 걸친 마라톤 회의 끝에 가계약서가 작성되었다. 도장을 찍은 직후 은정은 현수의 지시에 따라 계좌에 있던 현금을 송금해 주었다.

점심은 현수가 샀다.

주윤우 사장은 거듭해서 감사 표시를 했다.

어제 현수가 다녀간 직후 미스 김은 현수가 어쩌면 사기꾼일 수도 있음을 주지시키려 애썼다.

20억이나 되는 거금을 쓰기에 극동 솔라파워는 너무도 별볼일 없는 기업이라는 것을 누구보다도 잘 알기 때문이다.

하나 주윤우 사장의 의견은 달랐다. 그렇기에 눈물을 머금고 퇴직시켰던 사원들에게 일일이 전화를 걸었다.

극동 솔라파워가 어쩌면 기사회생할 수 있을 뿐만 아니라 밀려 있던 급여까지 한꺼번에 해결될 희망이 생겼음을 알린 것이다.

전화를 받은 직원 대부분 극동 솔라파워로 몰려들었다. 워낙 취업하기 힘든 세상인지라 거의 대부분 백수였기 때문이다.

주윤우 사장의 성품을 알기에 월급이 밀려 있어도 항의 한 번 안 하던 직원들이다.

미스 김의 이야기를 들은 이들은 어쩌면 사기일 수도 있다는 그녀의 의견에 동조했다. 그만한 돈을 투자도, 기성고도 아닌데 내놓을 일이 없다 생각한 것이다.

오늘 아침, 극동 솔라파워 사무실이 모처럼 북적였다. 혹시나 해서 모두가 모여든 것이다.

돈을 받으면 무조건 회식이고, 못 받아도 오랜만에 옛 동료와 점심이나 같이 먹을 요량이다.

어쨌거나 이실리프 무역상사를 나온 주윤우 사장은 버스 정류장 인근 공지에서 사무실로 전화를 걸었다.

띠리링! 띠리리리링!

"여보세요. 극동 솔라파워입니다."

"아, 최 과장……? 나 사장이네."

"네, 사장님! 가셨던 일은 어떻게 되었습니까?"

"흐흑, 최 과장! 흐흐흑……!"

주윤우 사장이 말을 하다말고 갑자기 격하게 흐느끼자 최 과장이란 사람의 음성이 급격하게 올라간다.

"사, 사장님! 설마, 사기였습니까? 그놈이 사장님을 속인 거예요? 어떤 놈입니까? 대체 어떤 놈이 감히……!"

최 과장의 음성은 곁에 있던 직원들의 핏대 올린 소리에 파묻혔다.

"에이, 그럴 줄 알았어. 요즘 같은 세상에……."

"대체 어떤 새끼가 우리 사장님 같은 분에게 사기를 치는 거야? 콱 죽여 버릴까?"

"그래, 나쁜 놈이네! 그렇지 않아도 곤란한 사장님한테……."

"야, 우리 여기서 이러고 있을 게 아니라 그 괘씸한 놈 사무실에 쳐들어가자."

"그래! 가서 다 때려 부숴 버리자."

"어떤 십장생 같은 놈이……! 카아아악, 퉤에……!"

직원들이 한바탕 분노하고 있을 때에도 수화기에서 귀를 떼지 않은 최 과장이 입을 열었다.

"사장님! 그냥 오세요. 저희가 쐬주 한 잔 올릴게요."

누군가가 또 곁에서 소리를 지른다.

"그래요, 사장님! 오늘 제가 술 사드릴게요. 짠돌이 박 대리가 사장님께 술 한 잔 올리겠습니다. 어서 오세요."

"흐흑! 최 과장. 흐흐흑……!"

"네, 사장님!"

"흐흑! 기뻐하게! 우린 이제 살았어. 살았다고……!"

"네……? 그게 무슨 말씀이세요?"

"흐흑! 흐흐흑……!"

"사장님 전화 줘보세요."

주윤우 사장의 눈에서 하염없는 눈물이 쏟아지는 동안 미스 김 역시 엊저녁부터 밤새 술 먹은 여자처럼 벌건 눈이 되어 눈물을 흘렸다.

그런데 사장이 말을 잇지 못할 정도로 눈물을 흘렸기에 전화기를 빼앗아 든 것이다.

예의는 아니지만 시화공단에서 애를 태우고 있을 전직 선배 사원들에게 기쁜 소식을 전하기 위함이다.

"최 과장님! 저 미스 김인데요."

"그래, 미스 김! 대체 사장님이 뭐라 하시는 거야? 그리고 어서 모시고 내려와. 오늘은 우리가 살게."

"최 과장님!"

미스 김이 소리를 빽 질렀다.

"그래. 왜?"

"방금 계약서 썼어요. 그리고 우리 회사로 현금 20억 원이 송금되었구요. 사기꾼이 아니었어요."

"뭐, 뭐라고? 정말……?"

"네, 나중에 저 이실리프 무역상사 김현수 사장님한테 무릎 꿇고 빌어야 하는 거죠?"

"저, 정말이야? 계약서 썼어? 돈도 줬고?"

최 과장이 언성을 높이자 시끄럽던 주위가 삽시간에 고요해졌다. 대체 무슨 영문인가 싶은 것이다.

"네, 계약금 20억 원. 전액 현금으로 송금되었어요. 제가 확인했어요. 흐흑! 우리 이제 실업자 아니에요."

“미, 미스 김……!”

“네. 이제 백수 생활 안 하셔도 돼요. 사장님이 전부 복직시
키신다고 했어요. 흐흑! 흐흐흐흑……!”

미스 김 역시 오열하기 시작하자 지나던 사람들이 둘을 의
아한 눈으로 바라보기 시작했다.

40대 중년과 20대 꽃다운 처녀가 불륜을 저질렀는데 본 마
누라에게 들켜 개박살 난 모양 같았기 때문이다.

하여 주위로 사람들이 모여들었다. 그리곤 나름대로 삼류소
설을 쓰곤 손가락질을 했다.

그러거나 말거나 둘은 한참을 울었다.

삐익! 삐익! 삐이이익!

“뭡니까? 무슨 일 났습니까?”

교통정리를 하던 김 순경이 호각을 불며 다가서자 누군가
자신이 쓴 삼류소설을 이야기했다.

물론 자기 생각이라는 말을 빼지 않았다.

“선생님, 이분이 하신 말씀이 사실입니까?”

김 순경의 말에 주윤우 사장의 들썩이던 어깨가 잦아들었
다. 하나 다시 크게 들썩이기 시작했다.

“흐흑! 여러분! 저 이제 살았습니다. 퇴직했던 우리 직원들
도 전부 복직할 수 있게 되었습니다. 그동안 직원 가족들이
겪었을 고난을 생각하면……. 흐흑! 이제 살았습니다. 흐흐
흑!”

몇 마디 말에 사람들은 자신들의 상상과는 전혀 다른 결말

에 맥이 빠진다는 표정을 지었다.

"뭡니까, 방금 전의 그 말은……? 이분이 이 아가씨와 불륜이라고 했습니까?"

"저어, 그, 그게 아니라. 제가 그랬잖아요. 순전히 내 생각이라고……."

"뭐라구요……?"

그렇지 않아도 막히는 교통 때문에 바빠 죽겠는데 쓸데없는 일까지 끼어들게 만든 것이 괘씸하다는 듯 김 순경이 언성을 높이자 소설을 썼던 30대 아주머니는 줄행랑을 놓았다.

이 순간 미스 김이 들고 있던 핸드폰에서 환호성이 터져 나왔다.

"와아아! 만세! 만세! 와아아아아아!"

"극동 솔라파워 만세! 만세! 와아아아아아아!"

구경하던 사람들이 흩어질 때까지 미스 김은 전화를 끄지 않았다. 직원들의 환호성이 주윤우 사장의 귀에 들어가게 하고 싶었기 때문이다.

직원들과 함께 차를 마시면서 현수는 품고 있던 복안을 털어놓았다.

이실리프 무역상사의 모든 수익과 천지약품에서 발생되는 이득금을 전부 투자하여 대단위 커피농장과 축산단지를 조성할 것이라는 사업 계획을 이야기한 것이다.

수진과 지혜, 그리고 은정은 입을 벌린 채 다물지 못했다.

콩고민주공화국과 한국 모두에게 이득이 될 일이며, 황금알을 낳는 거위가 될 것이란 예상 때문이다.

또한 그 규모가 상상을 초월했기 때문이다.

필리핀에는 델몬트사 소유인 파인애플 농장이 있다.

민다나오섬 중부 부키드논(Bukidnon) 지역에 있는 것이다.

농장 입구엔 노동자를 위한 캠프 필립스가 있다. 이곳을 지나면 527만 평 규모의 파인애플 숲이 펼쳐진다.

여의도 전체 면적의 두 배가 넘는 면적이다.

그런데 현수가 생각하는 커피농장의 시작은 이것의 두 배 정도 되는 1,000만 평 규모이다.

땅값이 거의 들지 않을 것이기 때문이다.

아마도 사업계획서를 제출하면 콩고민주공화국 정부는 흔쾌히 무상 불하할 것이다. 자국민의 일자리가 엄청나게 늘어나는 일을 왜 마다하겠는가!

그 곁에 다시 1,000만평 규모의 우사, 돈사, 계사가 지어질 것이다. 어쩌면 더 넓은 면적이 될 수도 있다.

그곳은 한국과 콩고민주공화국 양국에 신선한 육류과 우유, 그리고 계란을 공급하는 기지가 될 곳이다.

뿐만 아니라 유가공 공장과 축산물 가공공장도 지어진다.

이것의 인근엔 축산분뇨를 처리하는 공장이 들어설 것이고, 그렇게 만들어진 유기질 비료는 농장에 뿌려질 것이다.

여기에 종사할 종업원들은 농장 중심부에 위치한 곳에 거주하게 된다.

현대의 공법으로 작은 도시가 조성될 것이기 때문이다.

한국에서처럼 고층 아파트 단지는 결코 아니다.

4층 이하의 연립주택 단지들이 들어서게 된다. 이들을 위한 병원도 지어지고, 위락시설도 만들 생각이다.

교육을 위한 각급학교도 지을 생각이다.

식민지처럼 단물만 뽑아먹을 생각은 추호도 없기 때문이다.

2,000만 평이면 여의도 전체 면적의 여덟 배 정도 된다.

대한민국의 인구밀도를 적용시킨다면 적어도 인구 3만짜리 소도시가 생기는 것이다.

한국에서처럼 이들의 모든 욕구를 충족시킬 시설을 갖추려 한다면 천문학적인 돈이 들 것이다.

하나 콩고민주공화국은 한국과 다르다. 물가도 싸고, 인건비도 싸며, 부동산 값도 거의 없다.

그리고 사람들이 바라는 욕구도 그리 많지 않다. 그렇기에 시간이 얼마가 걸리든 이런 일을 해내고야 말겠다고 했다.

그곳에서의 산물은 콩고민주공화국 내수용을 제외하곤 거의 대부분 한국으로 수입될 것이다.

쇠고기, 돼지고기 등은 당당히 미국산과 경쟁한다.

물론 가격 경쟁력 면에서도 우월하고 맛에서도 이길 것이다. 미국보다 콩고민주공화국의 모든 것이 훨씬 싸기 때문이다.

그리곤 한국의 많은 것들이 수출될 예정이다. 그것은 콩고 민주공화국 국민들의 삶의 질을 높여줄 것이다.

또한 아프리카 대륙에 무공해 내지는 저공해 산업이 발전될 토양이 되게 하겠다고 했다.

이야기가 끝날 즈음 은정과 수진, 그리고 지혜는 존경의 눈빛으로 현수를 바라보았다.

그저 운이 좋아서 돈을 왕창 벌 수 있는 루트를 뚫은 사람 정도로만 생각했다. 그런데 그 뜻이 너무 원대하다.

어찌 존경하지 않을 수 있겠는가!

"어서 오십시오. 민 사장님!"

"네에. 어제 보고 오늘 또 보는군요. 이쪽은 우리 회사 법률 고문인 송승원 변호사입니다."

"반갑습니다. 김현수라 합니다."

"네에. 송승원입니다."

송승원 변호사는 민윤서 사장 건너 쪽 소파에 앉았다. 셋 중 먼저 입을 연 것은 송 변호사였다.

"어제 민 사장님으로부터 투자에 관한 내용을 들었습니다. 김현수 사장님께서는 대한동물약품의 주식 49%를 인수하는 대신 45억 원을 지불하신다고 하셨다는데 맞습니까?"

"네. 맞습니다."

"그럼 이 서류를 살펴봐 주십시오."

송 변호사가 넘긴 서류는 소유지분 분할계약서였다.

내용을 읽어보니 약정한 대로 되어 있기에 서명을 했다.

"서명을 하셨으니 약속한 대금을 지불해 주서야 하는데 어떤 방법으로 해주실 거지요?"

송 변호사의 말에 현수는 책상 아래에서 박스들을 꺼냈다. 안에는 1kg 단위로 주조된 금괴가 들어 있다.

국제적으로 통용되는 인증된 골드바라는 뜻인 GDB(Good Delivery Bar) 마크가 찍혀 있다.

이것은 콩고민주공화국에서 어린 소녀들을 상대로 변태짓을 하던 왕가 약포에서 가져온 것이다.

"오늘 아침에 확인해 보니 1g당 62,586원이 도매가이고, 소매가는 70,693원이더군요."

싯누런 금괴들이 담긴 상자를 본 민윤서 사장과 송승원 변호사는 눈빛을 빛냈다. 그러거나 말거나 현수는 계속 금괴가 담긴 상자를 꺼내 놓으며 입을 열었다.

"도매가 기준으로 따지면 71.901kg이고, 소매가로 따지면 63.655kg이 됩니다. 민 사장님, 이걸로 받으시겠습니까?"

"으음, 현물로 받겠습니다."

요즘은 은행 정기예금 이율이 4% 미만이다.

하여 많은 사람들이 금에 투자를 하는 시기이다.

"송 변호사님! 이럴 때는 어떻게 환산을 해야 합니까?"

"으음, 뭐라 의견 드리기 곤란한 질문이군요."

송 변호사가 슬쩍 발을 뺀다.

원래는 민윤서 사장의 편을 들어주어야 한다. 대한약품의 고문변호사이자 민 사장의 친구이기 때문이다.

그런데 와서 보니 적대 관계가 아닌 상당히 우호적인 분위기이다. 이런 시점에 민 사장의 편을 들어 분위기를 깨고 싶지 않았던 것이다.

어찌 그 뜻을 모르겠는가! 현수가 싱긋 웃음 지었다.

"민 사장님은 대한동물약품을 인수한 이후 손해가 막심하였습니다. 그러니 일흔두 개를 드리지요."

"네……? 그, 그렇게까지 하지 않아도……."

"앞으로 회사를 잘 운영하셔서 제게 막대한 이익을 남겨주시면 됩니다. 하하하!"

"아, 네에……."

민윤서 사장은 어떻게 처신해야 할지 모르겠다는 듯 안절부절못했다. 상대가 무조건적인 신뢰와 더불어 너무 많이 베풀기에 괜히 민폐 끼친 기분이 든 탓이다.

"참, 이런 거 여쭤봐도 되는지 모르겠습니다."

"말씀하십시오."

현수가 정색하자 민 사장이 시선을 맞췄다. 송 변호사는 대체 무슨 소리를 하려는지 궁금하다는 표정이다.

"대한약품의 주식배분율은 어떤지요? 물론 민 사장님이 대주주시겠지요?"

"네에, 하지만 현재 제 지분은 12%밖에 되지 않습니다."

"그럼 39%쯤이 우호지분인가 보군요."

"그렇다고 볼 수 있습니다."

“주주들의 알력은 없습니까?”

현수가 왜 이런 질문을 하는지는 알 수 없지만 왠지 사실을 말하는 것이 좋다는 생각이 든 민 사장이 입을 열었다.

“그런 게 없을 리가 없지요. 주식 9.5%를 소유한 박 전무를 비롯한 여러 이사들의 견제를 받고 있습니다.”

자기 입으로 말했지만 민 사장은 왠지 치부를 들킨 기분이 들었다. 하여 얼굴을 붉혔다.

“대한약품은 상장기업으로 알고 있습니다. 그럼 소액주주들의 지분은 어떤지요?”

“제가 파악한 바론 22% 정도 됩니다.”

“그렇다면 제가 주식을 사도 되겠습니까?”

“그게 무슨……?”

“뜻대로 경영하려면 마음이 편해야 하지 않겠습니까?”

“그거야 그렇지만…….”

“대한동물약품을 인수할 때 주주들의 반대가 극심하여 개인 재산으로 그것을 사들였다 하셨습니다. 그때 대한약품 지분을 파신 거죠?”

“그렇습니다.”

현수의 예상대로 민윤서 사장은 자신이 보유하고 있던 주식의 상당량을 지인들에게 넘겼다. 그렇기에 12% 지분만 있음에도 대표이사 직을 가질 수 있는 것이다.

오늘 받은 금괴는 계속해서 값이 오를 것으로 전망된다.

주식이 어디 가는 것 아니며, 요즘 주식값이 조금씩 하락

하고 있으니 금값이 오르면 그때 처분하여 되살 생각을 했다.

그런데 현수가 주식을 매집할 것처럼 이야기한다. 하여 그 속뜻을 파악하려는 것이다.

"금 시세의 도매가와 소매가의 중간 정도 가격인 65,000원으로 따졌을 때 대한약품 주식 100억 어치는 약 154kg에 해당됩니다."

대체 무슨 이야길 하려는지 다 들은 뒤에 대답하겠다는 듯 민윤서 사장은 눈빛만 빛냈다.

송승원 변호사도 말없이 현수의 얼굴만 바라보았다.

조금 전 현수는 일흔두 개의 금괴를 지불하면서 네 개의 상자를 꺼냈다. 그리곤 여덟 개를 꺼냈다.

상자당 1kg짜리 금괴가 스무 개씩 들어 있다는 뜻이다.

그런 상자가 전부 열두 개가 있다.

순도 99.9%짜리 24K 금괴가 240개나 있었던 것이다.

일흔두 개를 지불했으니 이제 남은 건 168개이다.

"민 사장님께서 주식을 넘겼던 분들에게 연락하여 되팔 생각이 없느냐고 물어봐 주십시오."

"……?"

"민 사장님이 넘기실 땐 118억 가치였지만 오늘 시세로 따져보면 100억 원밖에 되지 않습니다. 그리고 나날이 떨어지고 있는 상황이지요. 그러니 거래가 되지 않겠습니까?"

민윤서가 주식을 넘겼던 상대는 고등학교 동창들이다.

변호사, 의사 등 소위 돈 좀 번다는 친구들이기에 조금 깎아서 넘겨줬었다. 이들은 고수익을 기대했다.

그런데 주식 양도 후 얼마 지나지 않아 외국계 제약사의 대대적인 인수합병 바람이 휘몰아쳤다.

그 결과 국내 자본으로 설립된 자잘한 중소 제약사들 대부분이 넘어갔다. 그리곤 회사명 자체가 사라졌다.

다국적 기업의 일부분이 되어버린 것이다.

대한동물약품도 본래는 그럴 운명이었다. 그런데 민윤서 사장이 사들였던 것이다.

"송 변호사! 네 생각은 어때?"

"나야 좋지. 시세대로 사주는데 금은 도매가에 가깝게 주신다니 이 기회에 내 지분도 팔았으면 해."

"김 사장님! 잠깐만요."

민윤서 사장의 뜻을 파악한 현수는 자리에서 일어났다.

"화장실 다녀오겠습니다. 충분히 상의하십시오."

"감사합니다."

현수가 화장실을 다녀오는 사이에 송 변호사와 민 사장은 주식을 보유한 친구들에게 전화를 걸어 의사를 타진했다.

"어떻게 결론이 났습니까?"

"네, 김 사장님의 뜻대로 주식을 양도하겠답니다."

"아, 그래요? 송 변호사님!"

"네, 말씀하십시오."

"주식양도양수에 관한 업무를 부탁드려도 될까요? 아! 물론

수임료는 드리겠습니다.”

“아이고, 아닙니다. 솔직히 제가 보유한 주식도 처분하는 겁니다. 좋은 값에 사주시는 것만으로 만족합니다.”

“그렇다면 저야 감사하지요.”

송 변호사는 현수로부터 일체의 업무에 대한 위임장을 받았다. 금괴는 계약서가 모두 작성되면 지불하는 것으로 했다.

현수는 이제 대한약품의 최대주주가 되었다. 보유물량이 39%이니 민 사장의 지분과 합치면 51%가 된다.

이제 안정적으로 경영권이 확보된 것이다.

민 사장은 혹시라도 현수가 경영권을 탐내면 어쩌나 하는 생각을 했다. 하나 이는 기우라는 걸 금방 깨달았다.

콩고민주공화국에 설립될 대단위 커피농장과 축산단지, 그리고 유기질 비료 생산 공장을 떠올린 것이다. 거기에 비하면 대한약품과 대한동물약품은 새발의 피밖에 되지 않는다.

민 사장과 송 변호사는 저녁까지 먹고 갔다.

식사비는 송 변호사가 냈다. 친구 때문에 처분조차 못하고 보유만 하고 있던 주식을 팔았기에 기분이 좋았던 것이다.

덕분에 은정과 수진, 그리고 지혜도 포식했다.

“흐으음, 커피 묘목은 국내엔 없으니 현지에서 알아봐야겠군. 그럼 이제부터 뭘 하지?”

　창가에 턱을 괴고 앉아 창밖을 내다보던 현수의 눈에 택시 하나가 뜨였다.
　자동차가 아니라 문에 붙어 있던 광고가 보인 것이다.

　우리의 24시간은 고객들을 위한 시간입니다. 백두마트!

　"그렇군! 놈들을 잊고 있었어."
　사무실을 나선 현수는 백두마트 서초점으로 향했다.

『전능의 팔찌』 제6권에 계속…

FUSION FANTASTIC STORY

변혁
1998

천지무천 장편소설

주식 투자에 실패해 나락으로 빠진 강태수.

그런데,
눈을 띠보니 22년 전 과거로 돌이왔다!

『변혁 1998』

"다시는 후회하는 삶을 살지 않으리라!"

미래의 지식은 그를 천재적 사업가로 만들었고,
지난 삶의 깊은 후회는 그를 혁명가로 이끌었다.

새로운 삶을 살게 된 강태수.
변혁의 중심에 서다!

Book Publishing CHUNGEORAM

유행이 아닌 자유추구 -
WWW.chungeoram.com